metro

Jörg Juretzka
Alles total groovy hier

metro wurde begründet
von Thomas Wörtche

Zu diesem Buch

Kristof Kryszinski ist mit seinem Kumpel Scuzzi ins sonnige Spanien unterwegs. Sie wollen einen Ort finden, an dem ihr Bikerklub die Stormfuckers-Ranch eröffnen kann. Noch während der Fahrt begegnet ihnen jedoch alles andere als Sommer, Sand und Meer: eine verdorrte Stein- und Staubwüste, die erbarmungslos sengende Sonne und Banden verwahrloster Kinder. Dazu ist Schisser, der bereits eine entsprechende Immobilie gefunden hatte, verschwunden – ebenso die 180 000 Euro, mit denen er das Objekt erstehen sollte.

Auf der Suche nach Freund und Geld stoßen Kryszinski und Scuzzi auf ein Aussteigerdorf berauschter Hippies. Auch die Jugendlichen machen in der iberischen Gluthitze dem bierdurstigen Kryszinski gehörig Dampf – ganz zu schweigen von den harmoniebedachten Blumenkindern, gegen die der Mülheimer instinktiv eine herzliche Abneigung entwickelt.

»Knallig, direkt, schräg, mit kurzen Dialogen, kruden Typen, irren Geschichten und einem Privatschnüffler, der mal wieder ganz tief drinsteckt. Und nebenbei darf man noch lachen. Was will man mehr?«
Westdeutsche Allgemeine

»*Alles total groovy hier* ist mit das Beste, was es in letzter Zeit auf dem deutschen Krimimarkt zu lesen gab.« *Literaturkritik.de*

Der Autor

Jörg Juretzka, 1955 in Mülheim an der Ruhr geboren, ist gelernter Zimmermann und baute Blockhütten in Kanada, bevor er sich aufs Schreiben konzentrierte. *Prickel*, sein Krimidebüt und der erste Fall für den abgerockten Privatermittler Kristof Kryszinski, erschien 1998. *Alles total groovy hier*, Kryszinskis achter Fall, landete auf Platz zwei der Krimi-Welt-Bestenliste und wurde mit dem dritten Platz des Deutschen Krimipreises 2010 ausgezeichnet.

Im Unionsverlag ist außerdem lieferbar: *Der Willy ist weg*.

Mehr über Buch und Autor im Anhang
und auf *www.unionsverlag.com*

Jörg Juretzka

Alles total groovy hier

Kriminalroman

Unionsverlag

Die Originalausgabe erschien 2009
im Rotbuch Verlag, Berlin.

Im Internet
Aktuelle Informationen,
Dokumente, Materialien
www.unionsverlag.com

Unionsverlag Taschenbuch 527
Mit freundlicher Genehmigung des Rotbuch Verlags, Berlin
© by Rotbuch Verlag 2009
© by Unionsverlag 2011
Rieterstrasse 18, CH-8027 Zürich
Telefon 0041-44-283 20 00, Fax 0041-44-283 20 01
mail@unionsverlag.ch
Alle Rechte vorbehalten
Reihengestaltung: Heinz Unternährer
Umschlaggestaltung: Peter Löffelholz
Umschlagbild: Soundsnaps
Druck und Bindung: CPI – Clausen & Bosse, Leck
ISBN 978-3-293-20527-7

Für Cora und Verena

*Speziellen Dank an
The Defectors für ›Creepy Crawl‹*

Prolog

Nein, das ist nicht ganz richtig. Als erstes *Wesen* nach dem Abbiegen von der Nationalstraße, nach dem Verlassen der endlosen Agrar-Wüste aus weißen Plastikplanen, sah ich diese zahnlos grienende Zwölfjährige, die ihr T-Shirt hob, um mir ihre unterentwickelten Brüste zu zeigen, und dann den Rock, mit dem sie die vielleicht dünnsten und dreckigsten Beine entblößte, die mir je unter die Augen gekommen sind.

Dann sah ich den brennenden Hund, verfolgt von einer Meute Steine schmeißender Kinder und Jugendlicher.

Das kreischende Tier querte unseren Weg, ich riss am Steuer, und Scuzzi schreckte aus dem Schlummer, als das rechte Vorderrad dem Leiden des Hundes ein rumpelndes, knirschendes Ende bereitete. Ich stoppte in einer Staubfahne, stieg aus, geriet voll in den Steinhagel der verwahrlosten Horde, bekam deftig einen gegen den Schädel und musste mich zurück in den Wagen flüchten. Wurfgeschosse knallten auf die Karosse, und ein Stern erschien in der Heckscheibe, doch der Hund war tot, wie ich mich mit einem kurzen Blick hatte überzeugen können.

Ich gab Gas, und die Straße senkte sich. In der Ferne wurde mit viel gutem Willen ein blauer Streifen ahnbar.

»Jessas!«, keuchte Scuzzi, noch reichlich benebelt wie meist nach dem Aufwachen. »Wo sind wir hier gelandet?«

»Willkommen an der Küste des Lichts«, antwortete ich, fasste mir an die Stirn, nahm die Hand runter und sah mein Blut.

Tag 1

Die Straße ließ sich Zeit, wand sich in Schlangenlinien durch ein schroffes, felsiges Terrain und häutete sich dabei. Will sagen, das Asphaltband erodierte allmählich zu einem Stückwerk, dessen Einzelteile weiter und weiter auseinanderklafften, je länger wir ihm folgten. Dorniges Gestrüpp und Baumleichen säumten die Straßenränder, skelettdürre Pferde vegetierten auf sonnenverbrannten, staubigen Weiden. Hier und da, wo der Straßenverlauf zum Verzögern zwang, fanden sich dunkle, ausgemergelte, zahnlückige Gestalten beiderlei Geschlechts und jeden Alters, ihre Mienen eine Mischung aus trotziger Resignation und unkaschierbarer Verschlagenheit. Sie hoben Tiere ans Wagenfenster, Hunde, Welpen zumeist, doch auch der eine oder andere Leguan war darunter, von Katzen ganz zu schweigen.

»Zigeuner«, sagte Scuzzi und spuckte aus. »Halt bloß nicht noch mal an, oder von uns und dem Auto sind binnen Minuten nur noch die Gerippe übrig.«

Wir rumpelten weiter durch die Schlaglöcher, und Scuzzi sprach aus, was uns beide beschäftigte. »Irgendwie hab ich mir nach Schissers Beschreibung die Gegend hier ein bisschen anders vorgestellt.«

Das grelle, nahezu senkrecht vom Himmel herabschwärende Licht nahm allem die Konturen, eine knisternde Hitze ließ jede Bewegung erstarren, vom trägen, mühelosen Flug der Geier einmal abgesehen. Und uns, natürlich, in unserem stickigen Wohnmobil, alle Fenster so weit es ging aufgerissen, wodurch das Innere unaufhaltsam zustaubte, bis es Teil der Landschaft zu werden begann.

Etwas wie eine Vorahnung kroch mir durch die Eingeweide, eine Beklemmung, eine erste Stufe von Angst, ohne dass es dafür tatsächliche Gründe gab. Es war die Lebensfeindlichkeit der Landschaft, die gnadenlose Härte der himmlischen Strahlung, die schockierende Armut der Leute.

Wir passierten ein Dorf, oder was davon übrig war. Ein paar streunende Hunde lagen oder schlichen herum, doch andere Bewohner waren nicht auszumachen, die instinktiv erhoffte Bar erst recht nicht. Nur eingesunkene Dächer, zugemauerte Türen, vernagelte Fenster oder aber gähnende Höhlen, die Räume dahinter voll Müll und Sand, wüst und trocken wie alles hier. Und, wie gesagt, keine Bar. Ich begann, den Landstrich zu hassen und Schisser zu verfluchen, und Scuzzi erst recht.

Die beiden hatten das erbrütet, hatten sich gegenseitig hineingesteigert in dieses Kiffer-Klischee, hier im ach so sonnigen Süden die *Stormfuckers Ranch* zu gründen, eine Dope-Plantage als Erholungs- und Rückzugsort für alternde Biker, wenn man so will. Und dann hatten sie nach und nach die halbe Gang damit angesteckt.

Ich war von Anfang an dagegen, hatte nicht einen Cent beigesteuert, jede Menge Ärger mit den örtlichen Behörden vorausgesehen und allein schon deshalb verkündet, niemals mitfahren zu wollen. Und trotzdem war ich jetzt hier, auf der Suche nach dem verschollenen Schisser und den ebenfalls abgängigen hundertachtzigtausend Euro, nicht zu vergessen.

Fetter, widerwärtig stinkender, schwarzer Rauch schlug uns entgegen, gerade als ich dachte, wir hätten es bis ans Wasser geschafft. Eine als wilde Müllkippe genutzte Kluft zum Meer hinab schwelte vor sich hin, allem Anschein nach für immer. Zahllose Reifenspuren deuteten jedenfalls an, dass sie weiterhin munter mit Nachschub versorgt wurde.

Irgendwie war ich mit der Gegend fertig, noch bevor ich auch nur den Gang rausgenommen hatte.

»Du bist Detektiv, Kristof«, hatte Charly, Präsident der Stormfuckers und damit auch meiner, festgestellt. »Also fahr runter und finde heraus, was da los ist. Und nimm Scuzzi mit. Der kann Spanisch.«

Scuzzi. Pierfrancesco Scuzzi. Spricht in Verhöhnung des eigenen Namens kein über das Vokabular eines türkischen Pizzaboten hinausgehendes Wort Italienisch, hatte aber angeblich letztes Jahr von zwei Barschlampen auf Gomera Spanisch gelernt.

Pierfrancesco also, mein Scuzzi, mein bester Freund. Er mit dem polytoximanen Drogenproblem, er mit dem geleckten Äußeren und dem billigen Charme eines sizilianischen Erbschleichers, er ohne Führerschein und sonstige Ambitionen außer denen, sich die Birne dichtzuziehen und träges Abhängen in den Stand einer Kunstform zu erheben.

Das Problem ist, unsere Freundschaft funktioniert nicht auf Reisen. Ja, im Grunde funktioniert sie nur zu Hause, wo ich mich verziehen kann, sobald er mir auf die Eier zu gehen beginnt.

Nun, nach mittlerweile drei gemeinsamen Tagen und Nächten unterwegs, waren wir über das Beginn-Stadium schon lange hinaus.

Ein paar schlaglochvernarbte Serpentinen noch, und endlich kamen wir ans Meer hinunter, so kühl, so blau, so angenehm für das vom Asphalt geschundene Auge, so besänftigend für die Seele wie Salbe auf gereizter Haut.

Scuzzi und ich trennen uns, entschied ich. Wir suchen in

verschiedenen Richtungen, wir finden Schisser, wir finden das Geld, wir fackeln das verdammte Wohnmobil ab und ich fliege mit der nächsten Maschine zurück.

»Hey, kuck mal, da drüben! Was ist das denn?« Scuzzi deutete mit allen Anzeichen einsetzender Euphorie.

›*Paradise Lodge*‹ stand, grob in ein raues Brett geschnitzt, quer über der Einfahrt eines eingezäunten Geländes.

»Ein Campingplatz«, stellte ich mit sorgfältig akzentuierter Sachlichkeit fest. Schwer zu sagen, was mich mehr zu entzücken vermag: der Anblick eines Campingplatzes oder der eines Dixi-Klos.

Trotzdem ließ ich den Wagen ausrollen. Denn das hier, das Ende dieser Straße, war, was wir über Google und die Telefonauskunft als wahrscheinlichen Ort von Schissers letztem Anruf eingekreist hatten.

»Wow, das sieht ja völlig abgefahren aus.«

»Abge*fuckt,* wolltest du sagen.« Bunt, das war der erste Eindruck. Chaotisch und versifft, der zweite und dritte.

Doch immerhin, wir waren da. Am Ziel, vorläufig.

Ich klopfte den Starterknopf zurück ins Armaturenbrett, und der Diesel gab Ruhe.

Dafür erklang Musik. Leise zwar, doch trotzdem unüberhörbar, penetrant. Scott McKenzie, aus einer Vielzahl über das Gelände verteilter Lautsprecher. Mit seinem einen, seinem einzigen, hunderttausendmal gehörten Hit.

»Hey, coole Mucke«, fand Scuzzi, und ich senkte meine Stirn auf das Lenkrad.

Eine Bar, dachte ich. Bitte, lass sie eine Bar haben.

Verschattet von einer improvisierten Markise bestand die Rezeption aus einem ausgedienten militärischen Wachhäuschen und war unbesetzt. *Bitte klingeln* stand in sechs verschiedenen Sprachen neben einem Haken, dem jegliche Form von Klingeling-erzeugendem Instrument tragisch abging.

»Hallo, ist hier jemand?«, rief Scuzzi, wie man das so macht. Wenn man keine Augen im Kopf hat. Oder sachte einen an der Waffel.

Ich trat in den Schatten, rang mit meinem kolossalen Unwillen, hier zu sein, und sondierte das Gelände.

Nur an den Rändern der Anlage wirkten die Dinge halbwegs mobil, standen ein paar fahrbar wirkende Autos, die weißen Schuhschachteln moderner Wohnmobile, dazwischen Kuppelzelte.

Der Rest war Shanty-Town. Favela. Slum.

Wellblech, Sperrmüll, Plastikplanen.

Halb nackte Kinder, räudige Hunde, Hühner.

Girlanden, Glaskugeln, Windspiele, Petroleumfunzeln baumelten, Graffiti und Murals verherrlichten kubanische Revolutionäre und den Freiheitskampf aller Unterdrückten, vorwiegend in Rot, Gelb, Grün und Schwarz. Das Ganze war umgeben von einem Maschendrahtzaun, der nicht so recht zu wissen schien, ob er Eindringlinge draußen oder aber die Bewohner drinnen halten sollte.

Eine leichte Brise wehte vom Meer herein und nahm unterwegs die Aromen der in Strandnähe positionierten Toilettenanlage auf.

So was wie den Mittelpunkt dieser Idylle bildete ein der Räder beraubter und auf Betonklötzen aufgebockter amerikanischer Ex-Schulbus, in psychedelischen Mustern bemalt, und auch ohne näher hinzusehen, wusste ich sofort, dass ›Magic Bus‹ über seiner Windschutzscheibe stand.

Ihn umgab, wie die Altstadt die Kirche, eine Ansammlung von Barackenheimen und mit wackeligen Anbauten versehener Wohnanhänger und Bauwagen, die allesamt einen gestrandeten, an Ort und Stelle resignierten Eindruck machten.

Im Schatten einer alten Eiche fungierte ein aus Tischen, Stühlen und Bänken zusammengewürfeltes Oval als eine Art Freiluft-Mensa.

Die Atmosphäre war friedlich, schläfrig, brüderlich-solidarisch, drogenlastig und schwer alternativ. Also eigentlich perfekt zum Relaxen, perfekt, mal das Haar herunter und den lieben Gott einen guten Mann sein zu lassen, sollte man meinen.

Warum ich trotzdem steif vor Widerwillen dastand, kann daran liegen, dass mir jegliche Zusammenballung von Aussteigern seit jeher suspekt ist. Noch dazu bei räumlicher Enge in fremder Umgebung, und vor allem, wenn der Faktor Zeit dazukommt, Zeit als Gärfaktor für alle Arten von Neurosen und Psychosen. Dann noch eine Menge mit Sex und Drogen bekämpfte Langeweile mit in den Topf gerührt, und die Brühe fängt an zu stinken, zumindest für mich.

Solange nicht klar war, wo sich Schisser aufhielt und wie es ihm ging, war mir hier alles und jeder suspekt, und wenn sie noch so friedensbemüht auftraten.

Schisser, dachte ich, wieso hast du mich hergelotst? Wieso gerade hierhin? Zu den ganzen dir so verhassten Gutmenschen? Sprich mit mir.

Doch Schisser schwieg. Nur Bob Marley leierte etwas, das in meinen Ohren immer wie ›feiern, eiern, reihern‹ klingt.

Das brachte den Gedanken an geistige Getränke zurück. Ich brauchte ein Bier. Dringend.

Es bimmelte, und da war jemand im Wachhäuschen der Rezeption.

»Hi, ihr Freaks«, rief sie, hängte das Glöckchen an den

Haken, ließ ihre blauen Augen und ihre weißen Zähne blitzen und saugte Scuzzi und mich damit ruckartig vor ihre Theke.

Sie war etwa Anfang zwanzig und von den nur lässig gebändigten Löckchen mit den eingeflochtenen Blümchen bis zu den von Kettchen umschmeichelten bloßen Füßen komplett auf Hippie-Queen kostümiert. Bezaubernd.

Vielleicht ließ es sich hier ja doch aushalten. Vielleicht waren meine Beklemmungen unbegründet.

Scuzzi hob seine Ray-Ban in die Stirn, dann zwei gespreizte Finger in die Höhe und raunte: »Peace.«

›Fremdscham‹ nennt man das Gefühl, wenn sich ein Freund neben einem gerade komplett zum Affen macht.

»Love«, antwortete das Mädchen, und die beiden teilten einen Anfall ungemeiner Heiterkeit.

›Missgunst‹ ist so ein anderes Gefühl, das einen schon mal packen kann.

Sie hieß Vishna und ihr farbenfrohes, ärmelloses Kleid war an allen Rändern mit weißen Rüschen verziert. Vor allem an denen des großzügig bemessenen Ausschnitts vorne.

»Vishna?«, fragte Scuzzi. »So wie ein weiblicher Gott Vishnu?«

Augen nieder, zartes Lächeln. »Wenn du so magst ...«

Hoppla, war das eine Andeutung von Unterwürfigkeit? ›Hey, Perle, was ist, kommst du mit rüber in den *Hymer,* Crack rauchen, Schnaps saufen und rammeln, bis wir beide nicht mehr können?‹ – ›Wenn du so magst ...‹

»Ihr müsst leider diese Anmeldebögen ausfüllen«, fuhr sie ernsthaft fort und reichte Scuzzi zwei Pappkarten. »Die Einwanderungsbehörde sitzt uns deswegen dauernd im Nacken.«

Zarter hellblonder Flaum, da, wo ihr die Einwanderungsbehörde dauernd saß. Flaum, wie man ihn gern in der Nase kitzeln spüren möchte.

Scuzzi drückte mir meine Karte und einen Kuli in die Hand.

»Woher hast 'n du die Blumen im Haar?«, fragte er Vishna.

»Aus unserem Garten.«

»Welcher Garten? Ich hab hier noch gar keinen gesehen.«

»Der ist auch gut versteckt. Aber vielleicht zeig ich ihn dir ja mal …«

»Seit wann interessierst *du* dich für Grünzeugs?«, fragte ich dazwischen.

»Botanik«, belehrte er mich, »und Pharmazeutik liegen erstaunlich eng beieinander.«

»Da hast du wohl recht«, meinte Vishna mit einem verschwörerischen Lächeln.

Sie war wirklich bezaubernd, wie sie so abwechselnd mit ihren Wimpern wedelte und ihre Wangen aufleuchten ließ. Doch war sie in erster Linie bezaubernd zu Scuzzi, was mir ein bisschen die Flamme unter die Galle hielt.

»Ihr seid das erste Mal hier?«

Nicken, synchron.

»Nun, ihr werdet sicher bald merken, dass dies ein ganz besonderer Ort ist.«

»Oh, du, das spürt man sofort«, behauptete Scuzzi. »Alles scheint hier in einem guten, runden Beat zu schwingen.«

Ich schob ihm den Kuli und Vishna meine ausgefüllte Pappkarte zu.

»Ja, wirklich total groovy«, bestätigte ich mit der mir eigenen, feinen Ironie.

Vishna lächelte ihr bezauberndes Lächeln. Doch immer noch nur für Scuzzi. Mir war danach, ihn auszuknocken, von den Beinen zu kicken und dann möglichst nonchalant seinen Platz einzunehmen.

»Und um dieses Feeling zu bewahren, ja, um es zu schützen, muss ich euch bitten, eure Handys bei mir abzugeben. Wir empfinden Handys als belastend, als zehrend.«

Mir wanderte eine Braue die Stirn hoch.

»Für die Spiritualität des Ortes«, fügte sie hinzu, bevor ich fragen konnte.

»Genau das habe ich auch immer schon gesagt, oder?«, tönte ich, stieß Scuzzi den Ellenbogen in die Rippen, und sein Handy wechselte von seiner in meine Hosentasche. »Deshalb besitze ich erst gar keins.« Wer mir den Kontakt zur Außenwelt beschneiden will, muss sich was Überzeugenderes einfallen lassen als die verkackte Spiritualität des Ortes.

»Und du?«, fragte sie Scuzzi, der über der Sparte ›Beruf‹ in seiner Anmeldung brütete. Ohne auch nur einen Ansatz von Widerspruch griff er in seine Hosentasche, stutzte, klopfte dann alle anderen ab.

»Hm«, meinte er verwundert. »Muss ich wohl im Auto gelassen haben.«

»Warum gehst du es nicht suchen?«, fragte ich in einem Tonfall, der nur haarscharf an ›zuckrig‹ vorbeischrammte. Doch Scuzzi wollte das Handy lieber später abgeben, wenn das okay sei, und *natürlich* war das okay.

Vishna beugte ihr mittelblond sonnengebleichtes Haupt über meinen Bogen und begann, die Angaben in einen PC zu tippen. Ein leicht verschwitztes Strähnchen fiel dabei nach vorn, wurde zurückgestrichen und fiel erneut.

»Krü-ss-zinski? Oder wie genau spricht man das aus?«, fragte sie – *Scuzzi*.

»Wie mans schreibt«, warf ich ein. Auf die andere Frage, nämlich wie man Kryszinski buchstabiert, antworte ich dann immer: ›Wie mans spricht.‹ Ja, ich weiß: Ich gehöre ins Fernsehen. In mir schlummert ein zweiter Thomas Gottschalk, wenn nicht gar Achim Mentzel.

Dann wollte sie unsere Ausweise als Pfand, doch ich zahlte lieber für eine Woche im Voraus und bestand auf einer Quittung.

»Und nun«, sagte Vishna, Anmeldung abgeschlossen, »möchte ich euch im Namen der Gemeinschaft willkommen heißen.«

Sie kam raus aus dem Wachhäuschen, in Händen zwei … Blumengirlanden.

Das konnte jetzt unmöglich ihr Ernst sein. Ich meine, es gibt für alles Grenzen.

Scuzzi senkte bereitwillig den Kopf, trat einen Schritt vor und ließ sich dekorieren wie eine indische Kuh.

Ich nicht. Ich machte einen deutlichen Schritt zurück.

»Aber das ist hier Brauch.«

Brauch, schäumte es in mir auf. Ich hasse Bräuche. Sie sind nichts als Vorwand und Begründung für eine Million hirnverbrannter Verhaltensweisen und überflüssiger Rituale, von Osterfeuern über die kirchliche Rekrutierung Neugeborener bis hin zu Klitoris-Beschneidungen. Das gesamte Brauchtum rings um den Globus findet sich immer und unweigerlich fest in den schwieligen Händen rückständiger, halsstarriger Ignoranten.

Nicht so hier.

Feingliedrig, geradezu zart, diese Hände. Die sich hoben, und den Blumenkranz mit ihnen. Und damit den Blick freigaben auf blasse, glatte, weiche Achselhöhlen und hinein in den Ausschnitt des Rüschenkleides. Wie von allein und eigentlich gegen meinen erklärten Willen senkte sich mein Haupt. Kein BH, kein Bikini-Top, nichts.

Umschmeichelt von einem Parfüm, das eindeutig in die Kategorie ›Narkotica‹ sortiert gehörte, hängte Vishna mir die verdammte Girlande um, und ich fand mich außerstande, weiter zu protestieren.

»Wer die Blumenkette als Zeichen der Ankunft trägt, bekommt normalerweise von jedem aus der Gemeinschaft ein kleines Geschenk überreicht.«

»Hey, und was krieg ich von dir?«, fragte Scuzzi, ölig wie eine Sardine frisch aus der Dose.

Vishna flüsterte Scuzzi etwas ins Ohr, das ihm das Haar zu einem Kamm aufrichtete.

»Und ich?«, fragte ich, irgendwie unbeholfen, geradezu klumpfüßig in meiner nicht zu kaschierenden Geilheit.

»Dir schenke ich einen Pilz«, sagte sie gleichgültig.

»Einen *Pilz*«, echote ich, als ob es sich um einen dermatologischen Befund gehandelt hätte, und bekam einen schrumpeligen, getrockneten Psylo in die Hand gedrückt.

»Und wenn ihr sonst was braucht, wendet ihr euch am besten an Leroy. Gleich gegenüber.«

Scuzzi machte auf der Hacke kehrt.

»Moment«, bremste sie ihn, und reichte jedem von uns einen Wisch. »Hier habt ihr noch eine kleine Liste mit unseren Regeln.«

Ich glaube, ich machte: »Hä?«

»Kristof«, wandte sie sich direkt an mich, und das Blau ihrer Augen hatte deutlich an Gefunkel eingebüßt. »›Auch die freieste Gemeinschaft braucht Regeln.‹ Wer hat das gesagt?«

»Weiß nicht«, murrte ich. »Josef Stalin? Pol Pot?«

»Osho«, antwortete sie zärtlich.

»Toller Einstand, den du uns hier bescherst«, fand Scuzzi, sobald wir einigermaßen außer Hörweite waren, nahm mir den Pilz ab und schob ihn sich zwischen die Zähne. »Musstest du wirklich diesen Guru als zertifizierbaren Schwachsinnigen bezeichnen und seine Anhänger in eine Reihe stellen mit den Taliban und den Fans von DJ Ötzi?«

Ich grunzte. Über dem ganzen Gebalze der beiden und dem Umstand, so kalt ignoriert worden zu sein, hatte ich glatt vergessen, nach der nächsten Bar zu fragen. Jetzt wusste ich nicht, wen ich dafür lieber in den Arsch treten wollte, mich oder Scuzzi.

Wir fanden Leroy hinter einer sorgfältig vergitterten und lässig mit ›Headshop‹ überschriebenen Baracke. Die Augen geschlossen, hing er weit zurückgelehnt in einem alten Sessel, den Kopf über der Lehne baumelnd, Mund offen, was gelbliche Zähne entblößte nebst einem Zungenbelag, der an die erfolgreiche Besiedlung einer Petrischale denken ließ.

Vor ihm auf einer umgedrehten Bierkiste stand eine Hookah immer noch leicht unter Dampf. Scuzzi schmachtete sie an wie ein Pilger eine Marienstatue.

Ich machte einen leisen Schritt ins Halbdunkel des Ladens. Besah mir das Warenangebot. Da war zuerst mal der übliche Klimbim an Rauchgeräten und anderer Hardware. Alles, was einem dabei helfen konnte, sich möglichst flott zugunsten eines temporären Wohlbefindens den IQ bis auf einen Level nahe der Debilität abzusenken. Dazu bebilderte Anleitungen zum Selberzüchten der entsprechenden Pflanzen oder aber zum Mixen förderlicher Chemikalien. Schließlich gabs noch eine reiche Auswahl fertig vorbereiteter Substanzen. Alle unter Glas, mit Herkunftsbezeichnungen. Schön und gut, doch was idiotischerweise fehlte, war ein Kühlschrank mit Getränken, dammich.

Ich trat wieder raus und geriet mit dem Kopf an ein Windspiel.

Ruckartig kam Leroy bei.

»Hey, zwei neue Ärsche«, grinste er schmal. »Zwei neue, bleiche Ärsche.« Er trug einen Kaftan in Jamaika-Farben und eine satte, ungeheuer selbstzufriedene Behäbigkeit zur Schau, bräsig wie ein sonnenbadendes Walross und ungefähr genauso feist. Ein kurzer, wenig dichter und dadurch stacheliger Bart umrahmte mit einigem Abstand ein paar fettiger, wie zum Schmatzen gemachter Lippen. Listige Augen musterten uns blutunterlaufen unter schweren Lidern hervor.

»Seid ihr zum Surfen hier?«, fragte er und sog ein paarmal sabbernd am Schlauch seiner Pfeife, bevor er sich die Frage selbst beantwortete, begleitet von einer Menge Rauch. »Neeiin, ihr seid keine Surfer, keine Wasserwesen. Ihr seid Suchende, erdgebunden. Ich spüre das.« Worte, wie an mich gerichtet. Genau wie der Blick.

»Das ist richtig«, fand Scuzzi. »Wir suchen …«

»Einfach einen Ort zum Abhängen«, unterbrach ich ihn. Ich hatte ihm mehrmals eingeschärft, Schissers Namen vorerst niemandem gegenüber zu erwähnen, doch war nicht sicher, wie viel von meinen Worten hängen geblieben war in dem dopegesättigten Schwamm oben auf Scuzzis Schultern.

»Genau. Irgendwas, wo man mal cool ein paar Wochen chillen kann.«

Cool chillen, dachte ich. Manchmal juckt es mich, Scuzzi allein für seine Wortwahl eine ins Genick zu hauen.

Oh, da hätten wir es nicht besser treffen können, hieß es. Fantastische Vibes, an diesem Ort. Ideal, um Kraft zu tanken.

Kraft, aha. Sehr überzeugend von einem, der reglos wie eine vollgestopfte Wollsocke in seinem Sessel hing.

»Habt ihr uns zufällig gefunden?« Wieder sah er mich

dabei an, er konnte wohl nicht anders. Und ich, musste ich mir eingestehen, war auf diese freundlich, beinahe beiläufig gehaltene Befragung schlecht vorbereitet.

»Sagen wirs so ...« Scuzzi schnupperte demonstrativ, »wir sind einfach dem Rauch gefolgt«.

Leroy nickte gewichtig, als ob Scuzzi damit eine Weisheit von sich gegeben hätte. Und nicht einen Wink mit dem Zaunpfahl.

»Ja, das ist irgendwie fast schon magisch. Aber jeder, der raucht, jeder, der irgendwie drauf ist, kommt irgendwann hier vorbei ...«

Irgendwie angezogen von den Vibes, dachte ich gallig, mitten rein ins Netz des fetten Spinners. Erst das Blumenkind, jetzt er hier, der salbadernde Drogen-Guru. So langsam kam ich mir vor wie der zahlende Besucher in einem Museumsdorf.

»Woher hast du denn die Beule?«, wandte Leroy sich wieder an mich. Unwillkürlich fasste ich mir an die Stirn.

»Kleines Willkommenspräsent eurer Nachbarn im Osten. Dabei hatten wir noch gar keine Girlanden um.«

»Ah, die verdammten Zigeuner! Die werden ständig aggressiver, entwickeln sich zu einer regelrechten Bedrohung für uns. Und was machen die Behörden? Nichts!«

Hockte da vor seinem Tante-Emma-Laden voll illegaler Rauschmittel und beschwerte sich über die Nachlässigkeit der Staatsorgane.

»Doch darf ich euch zum Trost für den Ärger und als mein Geschenk zur Feier eurer Ankunft eine ordentliche Dröhnung unseres selbst gezogenen und selbst gepressten Haschischs anbieten?«

Der Satz war noch nicht beendet, das Fragezeichen noch nicht artikuliert, da hatte Scuzzi schon den vollgesabberten Schlauch zwischen den Zähnen, sog rhythmisch Rauch ein und stieß ihn durch mehr oder weniger sämtliche seiner Schädelöffnungen wieder aus. Leroy beobachtete ihn mit nahezu väterlichem Wohlwollen.

»Mir wäre ja ein Bier lieber«, öffnete ich meine Seele sperrangelweit.

»Oh, mit Bier ist schlecht, im Moment.«

Meine Laune sackte in den Bereich, den der Wohnungsmakler gern als ›Souterrain‹ anpreist.

»Aber versuchs doch mal ...«

Eine Frau trat heran und unterbrach ihn. Ein Typus Frau, wie ich ihn instinktiv schon immer gefürchtet habe. Ein ausgesprochen haariges Muttertier, das ›Eifer‹ als den perfekten Ersatz für Charme oder ein sonst wie gewinnendes Wesen ansieht. Eine von den Rotblonden, obendrein, die alle die Hitze nicht vertragen, hektische Flecken davon kriegen und geschwollene Beine und Zustände, die aber trotzdem Sommer für Sommer die heißesten Ecken der Welt mit ihren Schweißausbrüchen überziehen, immer auf der Suche nach möglichst exotischen Vätern für ihre möglichst bunte Sammlung alleinerzogener Kinder.

»Versuchs mal ... wo?«, fragte ich, doch die Frau hatte sich neben Leroy gekniet und sprach leise und eindringlich auf sein rechtes Ohr ein.

Sie trug die unvermeidliche Latzhose und davon abgesehen nicht viel mehr als jede Menge ungebändigt sprießendes Haar. Ich fragte mich, was ich von ihr wohl gern als Begrüßungsgeschenk annähme, und dann wünschte ich, der Gedanke wäre mir nicht gekommen. Hastig riss ich mir die verdammte Blumenkette vom Hals.

»Oh, Alma, könnt ihr das nicht alleine regeln?«, maulte Leroy.

»Versuchs mal … *wo?*«, fragte ich dazwischen, doch Alma kaute schon wieder an Leroys Ohr herum.

Die kontinuierliche Musikberieselung stockte für einen Moment, und ich hörte: »… sie krampft wieder. Und du weißt, du hast von uns allen den größten Einfluss auf sie …«

»Ja, okay, da muss ich wohl mit«, entschied Leroy schließlich griesgrämig und stemmte sich aus dem Sessel. Er wandte sich zum Gehen, überlegte es sich dann aber noch mal anders und schloss erst die Tür seines Headshops dreimal ab.

»Das geht jetzt nicht gegen euch«, meinte er zu uns. »Aber es gibt immer mal wieder Leute hier …« Er schüttelte den Kopf über die *immer mal wieder Leute hier,* seufzte und schloss sich der Frau an. Seine Gangart war die eines kräftigen, erst mit den Jahren fett gewordenen Mannes, Füße unsichtbar unter dem bis auf den Boden hängenden Kaftan. Alles in allem erinnerte sein Habitus nicht wenig an den eines Bischofs. Auf dem Weg zu einem Exorzismus oder einer ähnlich lästigen Pflicht.

»Versuchs mal … *wo?*«, rief ich ihm nach, doch er reagierte nicht. »Du dickwanstiger Schnarchsack von einem Scheiß-Späthippie«, fügte ich noch hinzu, wenn auch mehr zwischen den Zähnen hindurch, eigentlich unhörbar.

Alma fuhr trotzdem zu mir herum, musterte mich scharf von oben bis unten, sah dann abrupt weg.

Wahrscheinlich war ich ihr einfach nicht exotisch genug.

Schwach interessiert beobachtete ich die beiden, bis sie an einem der neueren Wohnmobile klopften. Jemand öffnete von innen und ein Schrei drang heraus. Ein Schrei, wie ihn Gebärende von sich geben. Schauerlich. Dann fiel die

Tür ins Schloss, die Musikbeschallung setzte wieder ein und John Paul Young füllte die Luft mit Liebe.

»Als Erstes lösen wir hier mal einen Haufen Steckverbindungen«, entschied ich und rupfte die Kabel aus der direkt über unseren Köpfen hängenden Box.

Aah.

»Kristof, jetzt entspann dich doch mal ein bisschen.«

»Nein.«

»Hier, nimm mal 'nen Zug. Dasste wieder besser draufkommst.«

»Ey, Scuzzi, stell dir vor: Ich will gar nicht gut draufkommen. Wir sind hier nicht im Urlaub. Wir haben hier was zu erledigen. Schon vergessen? Wir sind auf der Suche nach unserem gemeinsamen Freund und deinem Geschäftspartner. Und nach einem Haufen Geld, falls ich dich erinnern darf.«

»Ach, Geld. Und Schisser, da bin ich mir sicher, der taucht schon wieder auf. Du kennst ihn.«

»›Ach, Geld‹? Und ›Schisser taucht schon wieder auf‹? Wenn das alles nicht so wichtig ist, kannst du mir dann bitte mal verraten, wofür wir uns auf eine Fünftausend-Kilometer-Rundreise in dieser lahmen, stinkigen Scheißkarre begeben haben?«

»Dafür«, sagte Scuzzi und wies mit großzügiger Geste auf den nahen Strand, die Brandung, die wogende blaue Fläche und schließlich auf den sich unter sinkender Sonne langsam orangerot verfärbenden Horizont. »Unter anderem«, fügte er dann besänftigend hinzu. »Und nun zieh mal, eh es alle ist.« Doch ich wollte nicht. Genervt schloss ich für einen Moment die Augen. Streckte meine Antennen aus und ließ mein transzendentes Wesen mit den Vibes des Ortes verschmelzen, haha, bis ich ein Signal empfing. Entschlossen setzte ich mich in Bewegung, nach kurzem Zögern und einigem an hastigem Geblubber, gefolgt von einem – wenn das möglich ist – zufrieden vor sich hin hustenden Scuzzi.

Ich hatte mich geirrt. Der aufgebockte Schulbus hieß gar nicht ›Magic Bus‹. Das ist doch eher was für die östliche Route. Kathmandu, du verstehst. Hier, am südwestlichen Ende Europas, stand natürlich ›Marrakesh Express‹ über der Windschutzscheibe. Ergänzt von drei Buchstaben schierer Verheißung: BAR.

Endlich, dachte ich und erklomm die Stufen mit dem leichten Schritt eines Preisträgers auf dem Weg zum Rednerpult.

Lang und schmal, wie so ein Bus nun mal ist, blieb nicht viel Spielraum bei seiner Einrichtung. Eine Theke zog sich die eine Längsseite entlang, und ihr gegenüber hatte man die Original-Schulbus-Sitze paarweise um Campingtische gruppiert. Der Barkeeper erwies sich als unterernährter Unterhemdträger mit einem schorfigen Skalp unter strähnigem Haar. Er hieß Rolf, und was er mir auf meine Bestellung antwortete, ließ meine Laune in eine Tiefe sinken, wie sie normalerweise nur südafrikanische Minenarbeiter jemals kennenlernen.

»Du, mit Bier ist schlecht, im Moment.«

Ich verwies auf die gnadenlosen Temperaturen und die Notwendigkeit, den Körper mit Flüssigem zu versorgen, ich verwies auf zurückgelegte zweieinhalbtausend Kilometer und das Bedürfnis, meine Nerven davon zu überzeugen, angekommen zu sein, ich verwies darauf, dass, wer immer sein Etablissement ›Bar‹ nennt, gefälligst einen Grundstock gängiger Getränke anzubieten hat, mit Bier an vorderster Stelle. Und ich verwies darauf, dass er dann sicherlich auch mehr Gäste bewirten könne als gerade mal zwei, namentlich Scuzzi und mich.

Doch der ganze Vortrag brachte mich einem Bier nicht näher, ja war, in Anbetracht meines trockenen Halses, regelrecht kontraproduktiv.

Was er *dann* anzubieten habe, fragte ich, meine Geduld an einem Faden, zart wie Vishnas Nackenhaar.

Tee.

Eistee.

Kräutertee.

Buttermilch.

»Au ja, gib mir mal 'ne Buttermilch«, freute sich Scuzzi.

Ich begann mich zu fragen, wie wir beide, bei aller Unvereinbarkeit der Geschmäcker, es jemals zu einem Gefühl von Freundschaft zwischen uns gebracht hatten.

Er bekam sein Getränk und begann an dem schlierigen Zeugs herumzuschlabbern, bis ich sagte: »Ich kotz gleich.«

»Du«, erklärte mir Rolf, »du musst verstehen, anders als du haben wirs hier irgendwie nicht so mit Alk, weißt du?«

Wie viele ›Dus‹ kann man in einen Satz packen? Ich rieb mir die Nasenwurzel. Kopfschmerz, nicht besser gemacht von der pochenden Schwellung, wo mich der Stein getroffen hatte.

»Doch wenn du unbedingt willst, kann ich mal hinten nachsehen, da müssten irgendwo, glaub ich, noch ein paar Flaschen vom Roten liegen, den wir letztes Jahr selbst gekeltert haben.«

Ein Satz, der selbst bei wohlwollendster Analyse eher als schrille Warnung denn warme Empfehlung verstanden werden musste, doch ich war verzweifelt genug, alles zu probieren, was meiner Stimmung auf die Sprünge helfen könnte, also nickte ich matt.

Okay, machen wirs kurz: Die Miege war eher blau als rot und schmeckte wie etwas, in das man Tierhäute einlegt, um die Borsten zu lockern.

»Gut?«, fragte Rolf.

Ich sah auf, und er hakte nicht nach.

Scuzzi blieb noch ein bisschen, teilte sich mit Rolf einen Dreiblatt und überließ mir vertrauensvoll die Wahl eines Platzes für unser rollendes Heim.

Weiter hinten, in der Nähe zum Wasser, parkten die Surfer ihre Transporter, wie üblich alle von VW, spartanisch ausgebaut und sorgfältig patiniert.

Mich mit dem feisten Wohnmobil danebenzustellen hätte bedeutet, automatisch als verweichlicht und generell uncool benaserümpft zu werden.

Der *Hymer,* also: Noch so eine Scuzzi-Idee. Billig geschossen von einem seiner Drogen-Kunden. Mir aufgezwungen mit der Begründung, er könnte uns Transportmittel, Behausung und Tarnung zugleich sein. Nahezu drei Tonnen schwer, diarrhö-gelb, ausgestattet mit einem Mercedes-Diesel, der ebenso großartig im Rußausstoß wie erbärmlich in der Leistungsentfaltung war. Sein Lieblingsgelände war flach, am besten topfeben, seine Lieblingsgeschwindigkeit achtzig. Kilometer. Pro Stunde. Und das mit einem halben Kontinent zu kreuzen und unter einem Fahrer, der bis heute nicht die Zeit gefunden hat, mal im Duden nachzuschlagen, was ›Geduld‹ eigentlich genau bedeutet. Selbstredend hab ich es vom ersten Moment an mit Vollgas versucht. Doch alles über achtzig resultierte in einem Dröhnen, das sich erst auf die gesamte Karosse übertrug, von da auf die Köpfe der Insassen und dann dort festsetzte.

Allein schon deshalb hielt ich also Ausschau nach einem freien Plätzchen zwischen den ganzen stillgelegten, aufgebockten, für immer vor Anker gegangenen Immobilheimen, denn ich würde das Ding unter keinen Umständen wieder nach Hause steuern. Aber es bot sich keine Lücke.

Einmal mach ich dich noch an, dachte ich, zerrte am Startknopf, orgelte den Anlasser und spürte die ganze Fuhre schaukeln, als der gusseiserne Klotz von Motor endlich ansprang. Dann klopfte ich den Gang rein und rollte die Karre neben all die Surfmobile. Ging mir doch am Arsch vorbei, wofür mich die Wasserratten hielten.

Der Abend kam. Die Sonne schwand. Die Hitze blieb. Zikaden begannen zu zirpen, bis man zum DDT greifen wollte.

Scuzzi erschien, heiter, gelöst, enorm gesprächig. Wenn auch auf eine verschleppte Art, die an interplanetare Telefongespräche denken ließ. Jeder zweite Satz begann mit ›Was ich nicht kapiere‹, und ich fand es von Mal zu Mal schwieriger, ihn nicht dafür anzuschreien.

»Was ich überhaupt nicht kapiere, ist …« Pause, lang genug, um sich die Nägel an Fingern und Zehen zu schneiden, das abendliche Fernsehprogramm bis in die Nischensender zu sondieren, oder um rauszugehen, ein Loch zu graben, zurückzukommen und Scuzzi kopfüber hineinzustopfen, »… warum wir nicht einfach rumfragen, ob Schisser hier irgendwo ist.«

»Weil, wenn Schisser *hier irgendwo wäre,* er sich wie verabredet regelmäßig bei dir oder Charly melden würde.«

Je länger, je öfter ich darüber nachdachte, desto näher tastete ich mich an den Gedanken heran, dass Schisser etwas zugestoßen sein musste.

»Hast du schon mal daran gedacht …?«

Ich zählte bis zehn. »Ja?«, fragte ich dann, etwas lauter als sonst.

»… dass er eventuell durchgebrannt sein könnte, mit der Knete?«

Hundertachtzigtausend, immerhin. Trotzdem schüttelte ich den Kopf. Schisser war Biker, wie man dunkelhaarig ist, oder hellhäutig, Links- oder Rechtshänder. Mitglied einer Rockergang zu sein war für ihn ebenso natürlich wie zwangsläufig, es war wie angeboren. Der Betrag, für den er seine Identität als Stormfucker aufgeben würde, war nicht in Zahlen auszudrücken.

»Ich fürchte vielmehr«, sagte ich langsam, »dass er tot ist. Ermordet.« Da, jetzt war es ausgesprochen.

»Ach was«, sagte Scuzzi dann. Pause. »Nicht Schisser.«

Es war, musste ich zugeben, nur schwer vorstellbar. Wenn ich irgendjemanden kannte, auf den das Attribut ›nicht umzubringen‹ passte, dann auf diesen zweibeinigen Aggressionsstau.

»Aber vielleicht hatte er …« Erneute Pause.

Ich blickte ihn an. Dachte an eine zusammengerollte Zeitung und daran, sie ihm bei jeder weiteren Verschleppung eines Satzes über den Schädel zu dreschen.

»… einen Unfall. Du weißt, wie er fährt.«

Ja, ich wusste es. Schisser fährt eine *Buell,* und er fährt sie den Erfordernissen des Straßenverlaufs angepasst entweder mit dem Knie auf dem Boden oder abwechselnd mit dem Vorder- oder Hinterrad in der Luft, und das von morgens bis abends. Doch erstens macht er das seit über zwanzig Jahren und zweitens hatten wir das alles schon während der Fahrt durchgekaut. Wieder und wieder. Schisser hatte Papiere. Und sein Motorrad ein Kennzeichen. Selbst wenn er also in einem Kranken- oder Leichenschauhaus gelandet wäre, hätte sich inzwischen bestimmt jemand die Mühe gemacht, die Polizei in Mülheim zu informieren. Das wiederum wäre sicherlich Hauptkommissar Menden zu Ohren gekommen, und Menden, neu ernannter Leiter der Abteilung ›Bandenkriminalität‹, lässt keine Gelegenheit aus, Charly zu Stormfuckers-Angelegenheiten zu verhören. Nichts davon war bis heute geschehen.

»Was ich nicht kapiere ...« Pause.

Das Blöde war, ich hatte keine Zeitung. Ich begann mich zu fragen, ob eine Bratpfanne nicht sowieso das geeignetere Instrument wäre.

»... ist, wie Schisser sich bei mir melden soll, wenn mein Handy weg ist. Ich kann es nirgendwo finden.«

Sollte ich ihm sagen, dass ich es hatte? Nein. Je weniger Scuzzi wusste, desto geringer war die Chance, dass er sich irgendwo verplapperte. Diese mehr oder weniger gekonnt beiläufig gehaltene Befragung durch Leroy ging mir nicht aus dem Kopf. Was der fette Hippie hatte erfahren wollen, war, ob wir hier jemanden suchten.

Das wiederum verstärkte mein Gefühl, Schissers Fährte direkt vor Augen zu haben. Ich sah sie nur noch nicht.

Ich ließ Scuzzi einfach sitzen und machte das, was ich die ganze Zeit schon vorgehabt hatte.

An einem Laternenmast gegenüber der Einfahrt zur *Paradise Lodge* hing ein einsames Münztelefon. Ich holte das Handy aus der Tasche – keine Anrufe, keine Mitteilungen – und tippte die Nummer ein, von der aus Schisser seinen letzten Anruf getätigt hatte.

Das Münztelefon bimmelte.

Gänsehaut.

»Was ich nicht kapiere …«

Scuzzi war während meiner kurzen Abwesenheit von Vishna zur abendlichen Strandparty der Gemeinschaft eingeladen worden.

»… ist, warum du nicht mitkommen willst.«

Er tat sein Bestes, mich zu überreden, doch ich tendiere schon mal zu unschönen Kombinationen von Neid und Bockigkeit und wünschte ihm deshalb nur von ganzem Herzen viel Spaß und, als Nachgedanken, die Krätze an den Hals.

Sobald er davongewackelt war, machte ich mich auch auf die Socken, strich ziellos umher, der Gedanke an Schisser immer dicht bei mir, der an Bier nie weit entfernt.

Einmal eh am Telefon, hatte ich noch rasch Charly angerufen und ihn in ein paar knappen Worten darüber informiert, dass unsere Ortsfestlegung absolut präzise war.

Knappe Worte deshalb, weil nach dem erneuten Aufflackern des Bandenkrieges zwischen Bandidos und Hell's Angels alle Biker-Klubs in den Generalverdacht der kriminellen Vereinigung geraten waren und damit unter Beobachtung durch gleich mehrere Dienste. Dieser Fahndungsdruck war mit einer der Gründe für die Pläne, hier in Südspanien ein Ausweichquartier zu schaffen.

»Gut, Kristof. Ein erster Schritt. Was als Nächstes? Schon jemanden in die Mangel genommen?«

»Nein. Keine Ahnung, wem hier zu trauen ist und wem nicht. Ich taste mich noch vor.«

Schisser war verschwunden. Und ich wollte nicht, dass mir etwas Ähnliches passierte.

»Wie du meinst. Pass auf dich auf.«

Wir hängten ein.

Petroleumfunzeln und -fackeln qualmten vor sich hin, die Bee Gees kehrten zurück nach Massachusetts, Grillen zirpten, Sterne funkelten, Kryszinski tappte durch das Dunkel.

Am Strand hockten die Surfer in kleinen Gruppen um kleine Feuer herum, rauchten Dope, tranken Tee und redeten übers Surfen und nichts anderes.

Schisser liebte das Meer, doch als Nichtsurfer, Nichtsegler und vor allem Nichtschwimmer liebte er es rein platonisch. Mit den Wellenreitern hätte er ungefähr genauso regen Gedankenaustausch abhalten können wie mit einem Fachkongress von Molekularbiologen.

Aus der Gemeinschaftsküche der Gemeinschaft wurde ein dampfender Zuber zum Strand getragen, und obwohl man anbot, mir ein Schüsselchen zu füllen, lehnte ich nach nur einem Blick auf den grauen, bräunlich durchsetzten Reispamp dankend ab.

Ich war ein paarmal mit Schisser im Steakhaus gewesen, und jedes Mal, wenn sie im Fernsehen Raubtiere bei der Nahrungsaufnahme zeigen, muss ich an ihn, seine Essgewohnheiten und kulinarischen Vorlieben denken. Das Zeugs aus dem Zuber hätte man ihm noch nicht mal zum Zuschmieren von Dübellöchern andrehen können.

Zwei holländische Ehepaare, typische Wohnmobilisten, wie sie in ganz Europa den Verkehr zum Erlahmen bringen, hockten in der Bus-Bar, kippten mitgebrachten Genever und lachten und scherzten ungezwungen in ihrer phonetisch so einschmeichelnden Landessprache.

›In den Graben drängen, aus dem Fahrzeug zerren und an Ort und Stelle niederschießen‹ war, was Schisser mehr als nur einmal als den einzig vernünftigen Umgang mit niederländischen Automobiltouristen vorgeschlagen hatte.

Gegen inneren Widerstand kaufte ich eine Flasche vom

Blauroten und dazu eine Flasche Cola und machte, dass ich da rauskam.

Anschließend schlurfte ich noch eine Weile weiter herum, sinnlos, weil, wie mir auffiel, hundlos. Wenn man keinen Hund dabeihat, ist das ganze Zufußgehen im Grunde vollkommen für den Arsch. Und damit wurde mir bewusst, wen ich hier am meisten vermisste. Ich zog das Handy aus der Tasche. Warf einen Blick auf die Akkuanzeige und schaltete es augenblicklich ab.

Mein Genie von einem Freund hatte nämlich das Ladegerät zu Hause vergessen, und hier und jetzt nach einem zu fragen, schien wenig angeraten. ›Zehrend‹, weia.

Also zurück zum Öffentlichen. Ich warf meine letzten paar Münzen ein und wählte eine Nummer aus dem Gedächtnis. Anschließend tutete es runde zwei Minuten in mein Ohr, bis sich meine Mülheimer Wohnungsnachbarin meldete, gefolgt von einem Fragezeichen, als sei sie sich ihres eigenen Namens nicht ganz sicher. Oder als ob sie so halb und halb einen obszönen Anruf erwartete.

»Edna ... Mohr?«

»Frau Mohr«, rief ich, mit der geballten Erfahrung Dutzender ähnlicher Versuche, »Sie müssen Ihr Hörgerät einschalten!«

»Hallo?«

»Oder den Lautstärkeknopf auf Ihrer Tastatur drücken!«

»Hallo? Ich versteh Sie ganz schlecht.«

»Frau Mohr, ich bins! Kristof Kryszinski! Holen Sie mir doch mal meinen Hund ans Rohr!«

Mit Struppi kann man, anders als mit Möhrchen, wie sie auch zärtlich genannt wird, tatsächlich telefonieren.

»Falls Sie wieder wegen Herrn Kryszinski anrufen, da kann ich Ihnen absolut nicht sagen, wo der hin ist. Der ist ja dauernd unterwegs. Und ich muss mich dann wieder um seine Tiere kümmern.«

»Frau Mohr! Es war *Ihre* Idee, den Hund zu Hause zu lassen! Weils ihm ja angeblich zu warm würde in Spanien! Dabei gibts hier mehr Köter als in Herne und Wanne zusammen! Und wer ruft da bei Ihnen an und fragt nach mir?!«

»Am besten warten Sie, bis er wieder zurück ist. Wann, kann ich Ihnen nicht sagen. Ich muss jetzt auflegen. Die Katze möchte ihr Fresschen.«

»Die Katze will *immer* was zu fressen! Wer ruft bei Ihnen an und fragt nach mir? Und ich hab meinen Hund noch nicht gesprochen!«

Klack, tuuut.

»Du gottverdammte, taube Nuss!«

Zwei Radtouristen, behelmt, bebrillt, behandschuht, in identischen Trikots in Schweizer Farben, ihre Drahtesel kaum auszumachen unter Gebirgen von Gepäck, hatten auf der anderen Straßenseite angehalten und betrachteten mich nun, als wären sie nicht unbedingt von meiner Harmlosigkeit überzeugt.

»Man muss nur rufen: ›Wo ist die Katze?‹«, erläuterte ich, »und er bellt dreimal. Zirkusreif.«

Die beiden nickten, und dann fragten sie mich nach dem Weg zu dem Campingplatz, vor dessen Einfahrt sie standen. Mit einer langen, komplizierten, gestenreichen Wegbeschreibung schickte ich sie freundlich weiter, in die Nacht.

Ein Feuer loderte in der Mitte des Strandes, umsprungen von zumeist haarigen Gestalten. Gitarrensaiten wurden gestrichen und Bongofelle geklopft und dazu aufbauende Lieder gesungen über die beiden großen verbleibenden Themen, namentlich die Befreiung der Völker von der Knechtschaft und die Legalisierung des Konsums von THC.

Alma, das Muttertier, performte einen Ausdruckstanz, der den Strand erbeben ließ, und schüttelte dazu das Tamburin, dass man Mitleid mit den Schellen bekam.

Hippies, Surfer, Holländer. Surfer, Holländer, und Hippies. Es war unbegreiflich. Mit all diesen Gestalten hier hätte Schisser, der Biker, der Punk, der Streetfighter, so viel anfangen können wie ... ich, ungefähr.

Doch er war hier gewesen. Und musste, wie jeder, irgendwo pennen, duschen, kacken.

Der Mangel an Bier wäre ihm egal, doch ... Schisser raucht. Gras. Unaufhörlich. Es gibt so gut wie kein Foto von ihm ohne einen seiner geliebten, in gelbes Maispapier gewickelten Sticks. Er hat sich sogar extra eine Cockpitverkleidung an seine *Buell* geschraubt, um auch während der Fahrt rasch mal einen durchziehen zu können.

Einziger wirklicher, erkennbarer Punkt von Interesse für ihn war damit Leroys Headshop.

Zu, der Shop. Sorgfältig abgeschlossen für die Nacht.

Ich ging zurück zum *Hymer,* hockte mich in die offene Türe, knabberte Zwieback mit Scheibletten, nuckelte an meinem mittels Beigabe von Cola entgällten Blauroten und sehnte das Sinken des Vorhanges herbei.

Tag 2

Der ganze Platz lag noch im Dämmer, Scuzzi schnarchte in seiner Koje, nur die Surfer und die Möwen waren schon munter und lärmten auf dem Meer herum, als ich vor den *Hymer* trat, einen Kopfschmerz wie einen Schusskanal zwischen den Ohren.

Ich machte mir eine geistige Notiz, sämtliche Vorräte vom selbst gekelterten Château Migraine aufzukaufen und zu Weihnachten großzügig an alle meine Lieblingsfeinde zu verschenken.

Gelangweilt streunte ich den Strand entlang. Eine Meute gelangweilter Hunde schloss sich mir an und streunte gelangweilt hinter mir her. Magere, räudige, verflohte Gestalten aller Größen und Rassen, die hauptsächlich von Müll zu leben schienen und einem mit einer Mischung aus Dreistigkeit und Scheu begegneten. Unmöglich, sie nicht zu mögen. Ich hätte ihnen was zu Fressen gegeben, hatte aber selbst noch nicht gefrühstückt. Also stromerten wir mit knurrenden Mägen weiter.

Schwarz wie ein Trauerflor stand der Qualm der Müllkippe über den Klippen im Norden.

Die Surfer paddelten hinaus, warteten, warteten, warteten, ritten eine Welle ab, paddelten wieder hinaus und warteten erneut.

Diesen Zeitvertreib umgibt ein Mythos, der sich mir noch nicht bis zum Letzten erschlossen hat.

Ich suchte mir eine Stelle der Bucht, wo die Wahrscheinlichkeit, von einer Surfbrettfinne skalpiert zu werden, gering schien, zog mich aus und spürte mehr als eine feuchte Nase meinen Anus abschnüffeln. Dann rannte ich dem ablaufenden Wasser hinterher und stellte mich der Brandung wie ein Mann. Schon die erste Woge riss mich von den Beinen und schmiss mich Arsch über Kopf zurück an den Strand, zur milden Belustigung der wartenden Hunde.

»Eines Tages«, sagt Schisser oft, »geh ich da mal rein. Dann weiß ich endlich, wie es ist.« Er meint seinen Todestag. Schisser ist felsenfest davon überzeugt, dass ihn das Meer verschlingen wird, sobald er nur einen dicken Zeh hineintaucht. Seine einzige bekannte Phobie. Die einzige Phobie eines Mannes, für den ›Angst‹ ansonsten ein abstrakter Begriff ist.

Ich warf mich noch mal in die Brandung, und sei es nur, um meinen vierbeinigen Beobachtern zu zeigen, dass die Macht der Wogen mich unbeeindruckt ließ.

Sandig, hustend, spuckend, hier und da ein wenig geprellt und da und dort etwas geschürft, aber heiter, wartete ich, bis ich wieder halbwegs bei Atem war, bevor ich noch ein wenig den Strand entlangstrolchte. Stück für Stück zog ich mir unterwegs meine Sachen wieder an, je nach Trocknungsgrad der einzelnen Körperteile in der steten Brise.

Es war fast wie im Urlaub.

Eingeschlossen von Klippen zog sich die Bucht in weitem Bogen um einen flachen, menschenleeren Strand. Im Süden ragte eine Mole ins Meer, an ihrem Fuß ein lange aufgegeben wirkender Leuchtturm, umringt von ein paar Wellblechschuppen. Das und der Campingplatz stellten die ganze Bebauung der Bucht dar. Keine Strandvillen, keine Hotelanlagen, keine Touristen-Hochhäuser, kein Yachthafen, kein Golfplatz weit und breit, noch nicht mal ein Ansatz von Bautätigkeit, so wie an praktisch jedem anderen Kilometer spanischer Küste.

Die Hunde folgten mir nur bis zu einem bestimmten Punkt, dann blieben sie zurück. Hatte wahrscheinlich territoriale Gründe. Ich wollte mich verabschieden, dem einen oder anderen den Kopf tätscheln, doch sie erwiesen sich als handscheu. Na, ein paar Tage mit Kristof, und sie würden schon Zutrauen fassen, da war ich mir sicher.

Ich passierte die Reste des nächtlichen Lagerfeuers. Der Sand an der Stelle, wo Alma herumgesprungen war, fühlte sich fest an wie Beton. Das war mal eine Frau, der man nicht unter die Füße geraten wollte.

Ein Stück Eisenbahngleis führte die halbe Mole entlang, vermutlich eine ehemalige Kranbahn. Daneben ragte ein Wasserturm auf, ebenfalls ehemalig, der Boden des Behälters großflächig durchgerostet. Die vorherrschende Farbe der kompletten Anlage, einschließlich des Leuchtturms, war grau. So langsam addierte sich eins zum andern, angefangen vom Wachhäuschen der Rezeption über den das gesamte Gelände einfassenden Zaun bis hin zu dem verlassenen Dorf an der Zufahrtstraße. Dies war mal Militärgelände gewesen, ein aus welchen Gründen auch immer aufgegebener Marinehafen. Die Wohnbaracken und die meisten Lagergebäude hatte man nach Abzug der Soldaten einfach abgerissen. Anschließend war die umgebende Infrastruktur aus Zulieferern und Handwerkern, Kneipen und Tankstellen zusammengebrochen, die Leute waren weggezogen, der Arbeit hinterher, und dann waren die Langhaarigen hier einmarschiert. Die Frage blieb: wieso die Hippies, wieso nicht die Makler, die Planer, die Entwickler, die Bau- und Tourismusindustrie? Rätselhaft.

Ich rappelte ein bisschen an Toren und Türen, doch alles war sorgfältig – erstaunlich sorgfältig – verschlossen.

Unter der alten Eiche hatte sich mittlerweile die Gemeinschaft zum Frühstück eingefunden. Die zum Ausufern neigenden Haartrachten wurden von Schals, Stirnbändern, Kopftüchern und grellbunten Wollmützen im Zaum gehalten. Überhaupt schienen sies hier alle gern warm zu haben, unterm Dutt. Ein Großteil der Frauen entsprach dem Muster ›esoterisch wahnhafte Sozialpädagogin mit Helfersyndrom‹, es gab aber auch ein paar bildhübsche Roots-Reggae-Mädels internationaler Herkunft, dazu nordische Touristinnen, von denen sich zottelbärtige Rastafaris mit gnädigem Lächeln bedienen ließen, offensichtlich schon vor dem Frühstück wieder komplett dicht. Latzhosen allenthalben, dazu Walle-Walle-Kleider, Bettelmönchskutten, arabische Pluderhosen, Sarongs und natürlich der eine oder andere Kaftan. Ein, zwei, drei schweigsame, dunkle Typen vertraten den afrikanischen Kontinent, noch schläfrig vom Trommeln und von den nächtlichen Ansprüchen der Sozialpädagoginnen. Und mittendrin Pierfrancesco Scuzzi, mit Stirnband und Paillettenweste und der zufriedenen Miene des Suchenden, erdgebunden, der gefunden hat.

»Setz dich doch zu uns.«

Zu *uns*. Fein.

Die Atmosphäre war übernächtigt, verkatert, im Chillout-Modus. Sie wurde noch etwas chilliger, als ich mir tatsächlich einen Platz suchte.

Ein Stuhl war noch frei, am Kopfende, doch gerade der war, wie Alma sich beeilte klarzustellen, reserviert. Für ›abwesende Freunde‹, wie es hieß. Symbolisch, wie es hieß.

Scuzzi rutschte auf seiner Bank zur Seite, machte Platz für mich, also hockte ich mich neben ihn.

Kein Brot, keine Eier. Dafür eine Menge Früchte. Dazu gabs Tee, aller Erfahrung nach vollkommen ungeeignet, mir den Puls oder die Lider zu heben. Und Müsli. Schüsselweise Müsli.

Das Wort allein schon. Assoziiert sich für mich in einem Rutsch mit Ostermärschen, Waldorfschulen und der Musik von Herbert Grönemeyer. *Müsli.* Weckt in mir den spontanen Wunsch, meine Zähne in den nächsten Whopper zu schlagen.

Angeödet sah ich auf und musste feststellen, dass ich ausgerechnet Leroy direkt gegenübersaß, einem Müsli-Mann durch und durch. Und einem orgiastischen Esser obendrein. Mit wachsendem Überdruss durfte ich miterleben, wie er schnaufte, schwitzte, schmatzte und jedem Löffelvoll eine abstrus lange Verweildauer in seiner Mundhöhle gönnte.

Wenn Leroy sprach, für gewöhnlich mit vollem Mund und unter viel schleimiger Fadenbildung zwischen seinen fetten Lippen, verstummte jedes andere Gespräch am Tisch. Vor allem die Frauen schenkten ihm viel affektierte Aufmerksamkeit.

Die Vermutung lag nahe, dass er so was wie das lokale Drogenmonopol innehatte und das wiederum geschickt als Machtinstrument gebrauchte. Papa verteilt die Leckerchen mit dem gönnerhaften Gehabe des orientalischen Patriarchen.

Ich konnte mir nicht helfen, aber irgendwie wurde ich nicht recht warm mit dem feisten Widerling und seiner Entourage.

Am besten gefielen mir noch die Kids, die sich nicht viel sagen ließen und das Gros der Erwachsenen als einen Haufen Lahmärsche zu betrachten schienen. Sie schlangen ihr Frühstück runter und waren unterwegs, bloß weg, bis zur nächsten Mahlzeit.

Leroy begann sich eine weitere Schale Müsli vollzuschaufeln, und ich erinnerte mich dringender Erledigungen.

Der Pegel der allgemeinen Unterhaltung stieg hörbar, kaum dass ich mich ein paar Schritte entfernt hatte.

Es würde dauern, bis Leroy seinen Hintern hochbekam und den Headshop aufschloss, also stromerte ich herum, sah mich um, passierte das Wohnmobil, aus dem ich gestern die Schreie gehört hatte. Ein ziemlich neues Modell. Heidelberger Kennzeichen. Die Scheiben waren zugestaubt, die Reifen ein wenig drucklos, doch davon abgesehen, wirkte es absolut funktionstüchtig. Die Tür stand offen. Ich blickte hinein. Oder besser, ich blickte, nur mäßig interessiert, gegen den Fliegenvorhang und wollte schon weiter, als jemand die bunten Perlenschnüre beiseite wischte.

»Hallo, du«, sagte eine kratzige, weibliche Stimme. Ich trat näher, starrte, bis sich meine Augen an das schwache Licht im Inneren des Wagens gewöhnt hatten.

Sie lächelte ein halb verzücktes, halb entrücktes Lächeln, umgeben von Piercings durch Lippen, Nasenflügel, Brauen, Ohren. Darüber türmte sich ein hennarotes Knäuel von Dreadlocks, gezwängt in einen blauen Wollstrumpf, der ihr Haupt um einen satten halben Meter überragte und damit unweigerlich Marge-Simpson-Assoziationen hervorrief. Ihre Haut war kalkbleich und semitransparent, wo sie nicht von Tattoos bedeckt wurde oder einem Badeanzug in Kindergröße, der an ihr hing wie ein Sack.

»Da bist du ja«, nuschelte sie geheimnisvoll. Sie war unübersehbar, unignorierbar gestört. Und ich meine nicht nur ihre Essgewohnheiten. »Endlich.«

»Ja, nun«, sagte ich. »Ich hab mich beeilt, aber es geht einfach nicht voran, mit all den Holländern auf den Straßen.«

»Ich wusste, du wirst kommen«, sagte sie und trat einen Schritt näher. Ihr Blick flackerte wie die letzte Kerzenflamme auf dem Geburtstagskuchen eines Tubaspielers. »Ich habe es die ganze Zeit gefühlt.«

Eine Party-Pillen-Psychotikerin, wenn mir je eine begegnet ist.

»Denn wir teilen dasselbe Karma.«

Mit 'nem Extra-Schlag Esoterik. Als ob das nötig gewesen wäre.

»Ich erkenne dich«, behauptete sie.

»Bestimmt aus dem Fernsehen«, vermutete ich. »Aus meiner Sendung ›Lachen mit Kristof‹.«

Keine Reaktion. Keine sichtbare. Starres, schmallippiges, grundloses Lächeln, ein Blick, der nicht wusste, wohin mit sich.

»Man nennt mich auch den ›Achim Mentzel des Westens‹.«

Nichts. Frustrierend, leben wir Showtypen doch alle nur für den Applaus.

»Aber du kennst mich nicht.«

»Nun«, erklärte ich, »das hängt damit zusammen, dass man zwar in den Fernseher hineinblicken kann, aber nicht aus dem Kasten heraus. Glaubt einem nur keiner.«

Immer noch keine Regung. Meine Worte, sie verhallten ungehört. Es war ein bisschen, fiel mir auf, wie mit Edna Mohr zu telefonieren.

Sie kam noch etwas näher. Beäugte mich wie ein Vogel. Mal mit dem linken Auge, mal mit dem rechten.

»Du bist es«, stellte sie nach eingehender Inspektion fest.

Ja, nun. Dazu wusste ich jetzt nichts zu sagen. Es war unbestreitbar. Ich bin ich. Immer schon gewesen.

»Du bist mein Orpheus«, sagte sie, doch sie nuschelte dermaßen, dass ich zuerst ›Morpheus‹ verstand.

»Na komm«, protestierte ich. »So langweilig ist die Sendung nun auch wieder nicht.«

»Du wirst mich aus der Unterwelt führen.«

Ah, Orpheus. Ich begriff. Nur dass sie das dann zu meiner Eurydike machte, meiner, wenn mir meine Kenntnisse der griechischen Mythologie nicht komplett unterm Gesäß wegbrachen, unsterblichen Liebe.

»Äh, und du bist ...?«, fragte ich deshalb vorsichtig nach, entschlossen, weiterführenden Hoffnungen eine, wenn nötig, deutliche Absage zu erteilen.

»Ich bin Alice«, antwortete sie. »Ich folge dem weißen Kaninchen.«

»Und ich bin Kristof«, stellte ich mich erleichtert vor. »Ich folge meinen niederen Instinkten.«

»Komm doch rein«, meinte sie. Doch so niedrig waren sie nun auch wieder nicht angesiedelt, meine Instinkte.

Ich vertröstete sie auf später und trollte mich.

»Komm am Abend«, raunte sie mir noch hinterher. »Doch sag den anderen nichts davon. Ich habe Antworten auf alle deine Fragen.«

Aber sicher doch.

Leroy hatte es endlich geschafft, seinen Laden aufzuschließen und es sich gerade in seinem Sessel gemütlich gemacht, als wütende Stimmen von der Rezeption her den allgemeinen Frieden aufstörten. Alma rief energisch seinen Namen, also blieb ihm nicht viel übrig, als den Arsch wieder aus dem Fauteuil zu stemmen und sich, wenn auch mürrisch, der Sache anzunehmen.

Die Tür des Shops war somit momentan unbewacht. Ich

zog sie auf, trat ein. Fand mich allein. Ging hinter die Verkaufstheke. Eine der vielen Schubladen trug das Schildchen ›Papers‹. Ich zog sie raus. Sie war unterteilt wie ein Setzkasten, die Fächer ordentlich beschriftet wie alles hier.

Extra dünn, koloriert, papierfrei, Ökopapier, *Rizla, Gizeh, Zig Zag,* XL, XXL, XXXL, Mais.

Das mit ›Mais‹ markierte Fach war leer. Ausverkauft.

Herzklopfen.

Da das Gezeter vorn am Eingang immer noch nicht abebben wollte, ging ich mal nachsehen. Vor dem Tor standen die beiden Schweizer Radler und beklagten sich bei Alma und Leroy über irgendetwas in gestenreichem Lamento. Es hatte ganz den Anschein, als ob sie unliebsame Bekanntschaft mit den Zigeunern der Umgebung gemacht hätten. Als Resultat waren sie um einen Gutteil ihres Gepäcks ärmer, dafür aber, wie mir beim Näherkommen auffiel, um einiges reicher an Beulen und blauen Flecken. Und an Lebenserfahrung: Frage niemals jemanden nach dem Weg, der gerade noch versucht hat, mit seinem Hund zu telefonieren.

Sie erblickten mich, und ich durfte zwei neue, herzzerreißend gute Freunde mein Eigen nennen.

Scherz.

Sie erblickten mich, zeigten mit dem Finger auf mich und bezichtigten mich dann in anklagendem Tonfall und höchster Lautstärke der indirekten Verantwortung für ihren derangierten Zustand.

»Stimmt das?«, wollte Leroy von mir wissen.

»Nun …« Ich nahm ihn beiseite. »Die beiden schienen mir nicht recht zur Spiritualität des Ortes zu passen. Darum hab ich sie weitergeschickt.«

Leroy musterte mich scharf. Auch Alma trat heran, die Augen schmal.

»Ich kann mir nicht helfen, Kristof«, knurrte Leroy, »aber für mich bist *du* derjenige, der hier nicht herpasst.«

»Und zwar ganz und gar nicht«, fügte Alma hinzu, eine von Gottes natürlichen Nachtreterinnen.

»Ihr täuscht euch«, versicherte ich milde. »Ich brauche nur immer ein, zwei Tage, um mich richtig einzuschwingen.«

Leroy sah zu Alma, die wie auf ein Kommando in ihre Latzhosentasche griff und mir dann etwas in die Hand drückte.

»Was ist das für ein Stein, Kristof?«

Ich wusste augenblicklich, worauf das hinauslief. Oder hinauslaufen sollte. Fast hätte ich gelacht, doch dann riss ich mich zusammen. Setzte eine fachmännische Miene auf, kniff ein Auge zu, musterte den Stein, hob ihn hoch ins Licht und musterte ihn noch mal.

»Das ist Feldspat«, riet ich ins Blaue. Es ging um das, was ich bei der Anmeldung in die Zeile ›Beruf‹ eingetragen hatte. »Wenn auch eine seltene Variante. Ein sogenannter ›Mondstein‹. Angeblich mit magischen Kräften ausgestattet, die aber allesamt einer wissenschaftlichen Überprüfung nicht standhalten.«

»Blödsinn!«, spie mich Alma an. »Das ist ein Achat und damit geschliffener *Quarz,* Herr *Geologe!*« Das wars, was ich als Beruf angegeben hatte, warum auch immer. »Und Mondsteine *haben* magische Kräfte!«

Die Schweizer begannen, sich sichtlich übergangen zu fühlen, kriegten aber den Fuß nicht in die Tür, wie man so sagt.

»Du lügst, Kristof«, sagte Leroy und ließ genug Betroffenheit mitschwingen, mir Schuldgefühle von Mühlsteinformat um den Hals zu hängen. »Ich würde gerne wissen, wieso.«

»Nun ja«, druckste ich herum. »Schwere Kindheit, weißt du, dann irgendwie auf die schiefe Bahn geraten. Erst seit ich hier bin, bei euch, bei Alma und dir, beginne ich, mein Fehlverhalten zu erkennen und ...«

»Du nimmst uns nicht ernst«, unterbrach mich Alma. »Und wir vertrauen dir nicht, Kristof. Du passt nicht zu uns. Du wirst dich niemals einfügen in die Gemeinschaft. Deshalb ...«, sie nahm das Kinn hoch, machte den Mund spitz, »... lehnen wir dich ab.«

Nur die bloße Macht der Ablehnung zu besitzen erfüllte sie mit einem sichtlichen Wonneschauer, mit etwas, das nahe an Triumph grenzte. Irgendwie ärmlich, aber gleichzeitig abstoßend genug, nicht an mein Mitleid zu rühren. Wenn ich mal ehrlich war, stellten die beiden für mich nicht viel mehr dar als ein schlecht frisiertes und ungelenk kostümiertes Spießerpärchen mit Blockwartmentalität.

»Mann, Mann, Mann«, gab ich mich trotzdem reuig, »was kann ich nur tun, um euch vom Gegenteil zu überzeugen?«

»Versuchs mal mit der Wahrheit. Was bist du wirklich von Beruf?«

»Ach, wenn das so einfach wäre. Aber, wisst ihr, kaum hat man sich als Sexualwissenschaftler geoutet, werden einem dauernd von allen Seiten Arbeitsproben aufgedrängt.«

»Du willst Wissenschaftler sein?«

»Was heißt ›will‹? Ich bin –«

»Dann nenn uns doch mal eine deiner Veröffentlichungen.« Alma kam sich unglaublich smart vor.

»Dazu ist es ein bisschen zu früh«, gestand ich. »Ich arbeite noch an meiner Dissertation zum Thema ›Rassenübergreifendes Paarungsverhalten des Homo sapiens‹. Und die *Paradise Lodge* bietet ideale Bedingungen für ...« Ein schokobraunes, etwa sechzehnjähriges Roots-Girl kreuzte den Platz, und mein Blick folgte ihr unter träge hängenden Lidern, »... Feldstudien aller Art.«

»Du glaubst wirklich, du kannst uns verarschen, was?«

»Was heißt ›glaubst‹? Ich –«

»Keine dreißig Kilometer weiter im Süden liegt Puerto Real«, sagte Leroy. »Da gibt es einen schönen, ordentlichen Campingplatz für Normalos wie dich.«

Normalos wie ich. Mann, das tat weh.

»Warum ziehst du nicht dahin um? Soviel ich weiß, haben sie da auch eine Strandbar.«

In sieben langen Sätzen war ich beim *Hymer,* riss den Startknopf raus, prügelte den Gang rein und beschleunigte unter Indianergeheul die Straße hoch, wild entschlossen, niemals zurückzukommen ...

Blödsinn, natürlich.

Stattdessen sah ich von ihm zu ihr und wieder zurück und sagte: »Vergesst es.«

Dann drängelten sich die Schweizer dazwischen, und ich ging und folgte meinen Instinkten.

Zu sagen, mir gefiels hier nicht, wurde der Sache nicht gerecht. Mir war zumute wie jemandem, der sich aufgrund einer missverstandenen Einladung auf eine große Feier einer ihm völlig fremden Familie verirrt hat, wo er den Anlass nicht kennt und auch keine Ahnung davon hat, was zwischen den einzelnen Gästen und Fraktionen so abgeht, dafür aber unangenehm auffällt, weil er den Dresscode nicht eingehalten hat.

Das Beste in solchen Fällen ist immer noch, sich an die Bowle zu halten.

Scuzzi hockte am Tresen, rührte in einem Tee herum und grinste dazu, als wäre dies das Spaßigste, das Aberwitzigste, das man überhaupt tun könnte. Noch keine zwei am Mittag, und er war schon wieder breit wie ein Uhu.

Ich setzte mich neben ihn, winkte Rolf heran und bestellte mit der versöhnlichen Selbstverständlichkeit eines Menschen, der bereit ist, über vergangene Verfehlungen hinwegzusehen und einem Neuanfang eine Chance zu geben.

Doch: Immer noch kein Bier. Dammich. Puerto Real begann nach mir zu rufen, wie es eine brünftige Gwen Stefani nicht verführerischer vermocht hätte.

»Kommste mit auf 'ne Spritztour?«, fragte ich Scuzzi, was den sichtlich von seinem Tee aufschreckte.

»Wohin denn?«, fragte er mit dem Argwohn eines Kindes, das man vom Fernseher wegzulocken versucht.

»Einfach in eine der Millionen und Abermillionen von Bars, wo man in der Lage ist, einem Gast ein gelbes Getränk mit weißem Schaum obendrauf zu servieren«, antwortete ich einen Tick lauter, als es nötig gewesen wäre.

»Du, das ist keine gute Zeit, jetzt«, mischte sich Rolf ein, mit einem Blick hoch zur Wanduhr. »Wir raten den Leuten eigentlich immer, nur morgens ganz früh auf die Straße zu gehen. Wenn die … du weißt schon, alle noch pennen.«

»Die Zigeuner«, sprach ich es aus.

Die Tür flog auf und Leroy kam, Bauch voran, hereingeschwebt wie ein Zeppelin in seinen Hangar, rote Äuglein voller Fressgier. »Du, Rolf, haben wir noch was von dem Tofusalat? Dann mach mir doch mal ein Schüsselchen. Und tu was von dem guten Honig dran.«

Leroy besaß eine fatale Vorliebe dafür, möglichst weißliche Lebensmittel in seinem Mund zu zermanschen. Wäre ich gezwungen, alle meine Mahlzeiten mit ihm zusammen einzunehmen, ich sähe bald aus wie Alice.

»Ja, die Zigeuner ...«, griff er das Thema auf, mit vollem Mund, »die werden so langsam zu einem echten Problem. Ich weiß von vielen Leute, die einzig und allein wegen denen nicht wieder herkommen.«

»Was macht die eigentlich so feindselig?«

Leroy zuckte die Achseln und reichte Rolf seine Schüssel zum Nachfüllen.

»Neid?«, mutmaßte er. »Neid darauf, wie wir leben und uns daran freuen und sie nicht?«

»Was ich nicht kapiere«, begann Scuzzi und hielt dann einen Moment lang stumme Zwiesprache mit seinem Tee, »... ist, wie man hier ...«, Geste, vage allumfassend, »... wie man hier überhaupt schlecht draufkommen kann.«

Ich fragte mich, ob er das ernst meinte.

»Das ist auch nicht zu begreifen!« Leroy ereilte ein regelrechter Temperamentsausbruch. Er schäumte geradezu. Vor allem in den Mundwinkeln. »Die Regierung schenkt ihnen Grundstücke und schiebt ihnen die Sozialleistungen vorne und hinten rein, und trotzdem sind diese Leute permanent unzufrieden, aggressiv und kriminell. Dabei haben sie hier alles.« Er begann aufzuzählen: »Traumhafte Gegend ...«

Wenn er von dem Hinterland sprach, durch das ich bei der Anreise gekommen war, dann hatten wir beide erheblich abweichende Vorstellungen von dem Begriff ›traumhaft‹, vor allem in Verbindung mit ›Gegend‹.

»... praktisch das ganze Jahr lang fantastisches Wetter ...«

Solange man bereit war, eine eintönig brennende Sonne und ewig brütende Hitze als solches zu empfinden.

»... dazu das Meer ...«

Immer vorausgesetzt, man hatte Zugang. Mir persönlich war diesseits des Zauns noch kein einziger Zigeuner begegnet. Aber dann blieb denen natürlich immer noch die Option, sich fröhlich von einer der Klippen zu stürzen.

»... und nicht zu vergessen, die völlig problemlose Versorgung mit dem besten und billigsten Dope in ganz Europa.«

Leroy, Rolf und Scuzzi nickten gewichtig.

»Also«, resümierte ich mit einem, na, leicht galligen Unterton, »über dreihundert Sonnentage im Jahr und immer ordentlich was zu kiffen, und die Welt ist rund und alles einfach wundervoll.« Die schiere, ununterbietbare Schlichtheit dieser Lebensauffassung dellte mir regelrecht das Hirn ein.

»Stimmt«, fand Scuzzi.

Ich schenkte ihm einen meiner liebevoll besorgten Seitenblicke. Einen von denen, die implizieren, dass wir bald mal das Thema seiner Heimunterbringung anschneiden müssen.

Dann glitt ich vom Hocker, ging zur Tür, hielt sie demonstrativ auf.

»Also?«

Scuzzi schüttelte lustlos den Kopf, Rolf verständnislos, Leroy missbilligend.

»Dann fahr ich eben allein.«

»Du bist gewarnt«, sagte Leroy.

»Ja, ja«, sagte ich und knallte die Tür.

Bande von Titten.

Wütend querte ich den Platz, stieg in den *Hymer* und schwang mich in den Fahrersitz. Solange mir die kleinen Drecksäcke nicht gerade einen Felsbrocken durch die Frontscheibe wuchteten, konnten sie von mir aus Steine auf dieses Vehikel hier schmeißen, bis ihnen die Arme lahm wurden. Ich zog den Starterknopf auf seine archaische Vorglühposition, wartete, bis der Spiraldraht in seinem Gitterfenster endlich aufglomm, und zählte bis drei.

Bier, dachte ich, zog den Knauf, und der Anlasser warf die Kurbelwelle einmal herum und dann das Handtuch.

»Spring an, oder ich fackel dich ab!«, brüllte ich und zerrte und zerrte an dem Knauf herum, doch alles Zerren und Drohen fruchtete nicht das Geringste.

Hilflos vor Rage sprang ich ins Freie und trat der verdammten Scheißkarre ein paarmal in die Flanke.

Viel hätte nicht gefehlt, und ich hätte die dreißig Kilometer zu Fuß in Angriff genommen.

Da kam ein Blaulicht die Straße herunter und stoppte vor der Rezeption. Die Bullen. Guardia Civil. Wie interessant.

Zwei sonnenbebrillte Uniformierte kraxelten gemächlich aus ihrem grün-weißen Seat, der eine ein bisschen älter und gesetzter, der andere ums gleiche Maß jünger und kerzengerader. Sie hatten ihre albernen Käppis noch nicht aufgesetzt, da kamen die Schweizer Radler schon aus ihrem Kuppelzelt und fielen mit Wortschwällen über sie her.

Die Gardisten bremsten sie mit Gesten und suchten den Schatten der Busbar auf. Ich hinterher. Sie fragten nach Bier und dann nach Kaffee und bestellten schließlich Tee.

Schon redeten die Schweizer wieder auf sie ein. In einem Spanisch, wie selbst ich es nicht holperiger hinbekommen hätte, unterstützt vom Sprachprogramm auf ihrem Handydisplay.

›Raubüberfall‹ lautete die Anzeige, wie Scuzzi mir zuraunte. Einer der beiden hatte schon eine *komplette* Liste aller entwendeten Gegenstände gemacht *und* übersetzt und begann, sie herunterzubeten, bis ihm auffiel, dass keiner der beiden Gardisten Bereitschaft zeigte, mitzuschreiben. Stattdessen hörten sie sich alles ernst und mehr oder weniger geduldig an, versprachen baldige Aufklärung des Falles und verzogen sich, nach einem letzten Blick auf ihren Tee, zielstrebig in Leroys Headshop.

Pragmatiker. Anders als ich.

Bier, dachte ich. Eine Stiege, ein Fass, ein Hektoliter, ganz gleich, Hauptsache: viel. So viel, dass ich hier noch eine Weile ausharren kann, ohne die Nerven zu verlieren.

Ich brauchte geschlagene zwanzig Minuten, bis ich hinter einer clever versteckten Seitenklappe im *Hymer* das Abschleppseil und das noch originalverpackte Kabel mit den Krokodilklemmen entdeckte. Selbstredend war kein Rankommen an die Batterie, ohne den halben Wagen zu zerlegen, doch mit ein bisschen Gewalt bekam ich alles auseinandergerupft und die Klemmen an die Pole gedockt.

Ein paar Surfer rückten ihren Bully neben den *Hymer*, um mir Starthilfe zu geben.

Bier, dachte ich und zog den Knopf, und nichts geschah.

»Wahrscheinlich der Anlasser«, meinte der eine Wellenreiter und entkoppelte seine Batterie wieder von meiner.

»Oder der Magnetschalter«, mutmaßte der andere. »Manchmal helfen ein paar Hammerschläge.«

Mit einem Ruck hatte ich die Abdeckung vom Motor gerissen, mir ein Reifeneisen gegriffen und hieb auf Anlasser und Magnetschalter ein, dass man die Schläge über den ganzen Platz hören konnte.

Dann zerrte ich den Startknopf. Nichts.

»Ja, Scheiße!«

Blieb das Abschleppseil.

»Was ist, Jungs, könntet ihr mich nicht anschleppen?«

Die Blicke der beiden wanderten von der schwachbrüstigen Gestalt ihres VW-Busses zur opulenten Gewichtigkeit des *Hymers* und von da zur stetig ansteigenden Straße, hoch in die Klippen.

»Das packt unsere Kupplung nicht.« Kopfschütteln.

Außer mir vor Frust verpasste ich der Karre noch ein paar mit dem Reifeneisen und auch noch ein gutes Dutzend Tritte in die Flanken, bevor mir ein Gedanke kam.

»Hey, könntet ihr mir nicht euren Bus leihen? Nur für kurz? Nur zum Bierholen?«

Die beiden Surfer sahen mich an, und für einen Moment sah ich mich mit ihren Augen: tropfender Schweiß, fliehender Atem, eisernes Schlagwerkzeug immer noch in vor Rage leicht zittriger Hand, Zurechnungsfähigkeit zumindest zweifelhaft. Keiner von beiden sagte ein Wort. Jeder schien darauf zu warten, dass der andere den Mut aufbrachte, mir mit ›Nein‹ zu antworten.

Ach, fickt euch, dachte ich. Fickt euch doch alle.

Dreißig Kilometer. Zu Fuß gerade mal fünf bis sechs Stunden. Kleinigkeit. Ich warf das Reifeneisen in den *Hymer*, knallte die Tür zu und machte mich grimmig entschlossen auf den Weg.

Wollte man die *Paradise Lodge* verlassen – über Land, heißt das –, musste man den Haupteingang passieren, komplett mit Wachhäuschen.

›Kryszinski verlässt das Gelände. Allein und zu Fuß.‹

Man braucht kein Paranoiker zu sein, um sich auf einem Campingplatz beobachtet vorzukommen.

›Kryszinski kehrt zurück, sichtlich angetrunken, mit einer Schubkarre, hochgetürmt voll Dosenbier und Eiswürfeln.‹

Und es zu hassen.

Puerto Real lag im Süden, doch die Schotterstraße in dieser Richtung zerfranste schon nach kürzester Zeit in ein Gewirr von Ziegenpfaden, an deren Ende einem Horden krimineller Zigeuner erst das Fell mit Steinwürfen ausklopften und dann über die Ohren zogen.

Zumindest, wenn man den Schilderungen meiner beiden Schweizer Freunde glauben durfte.

Widersinnig, wie es war, kraxelte ich also erst mal die nach Norden führende Straße hügelan, den Weg zurück, den wir hergekommen waren. Null Verkehr. Ein paar Eidechsen huschten vor meinen Füßen davon, ein Geier oder was auch immer kreiste hoch oben. Davon abgesehen, war ich allein.

Schisser hatte kurz vor seinem Verschwinden hier irgendwo ein Anwesen ausgemacht, das er für geeignet hielt, zur *Stormfuckers Ranch* umgestaltet zu werden.

Ich zog Scuzzis Handy aus der Tasche und scrollte durch die eingegangenen SMS.

›Alte Pferderanch, Meerblick, ideal, nur Frage der Rechte noch offen, und Probleme mit Wasser. Zweites Objekt: Ganze Bucht.‹

Eine ganze Bucht für schlappe hundertachtzigtausend. Spinner.

Keuchend und schwindelig vor Licht und Hitze, passierte ich die schwelende Müllkippe, erreichte eine halbe Stunde später das verlassene Dorf und hockte mich in den erstbesten Schatten.

Pferderanch, dachte ich. Meerblick. Also westlich von hier, wenn.

Es wäre unter Umständen nicht dumm gewesen, etwas zu Trinken mitgenommen gehabt zu haben auf eine Exkursion wie diese, musste ich mir eingestehen, die Zunge wie ein Stück Bims im Maul.

Ich trat durch die nächste Türöffnung ins erste nicht verrammelte Haus, suchte und fand die Küche, drehte den Wasserhahn auf. Nichts. Noch nicht mal ein Röcheln.

Eine Quelle, ein Bach, ein Brunnen, eine Zisterne – irgendeine Form von Wasser musste es hier geben, irgendwo.

Wunschdenken.

Sand wehte durch die Gassen, bildete kleinere und größere Dünen im Windschatten der rissigen Gemäuer. Kein Baum, kein Strauch hatte den Auszug der Bewohner überlebt, nur die blatt- und borkelosen Gerippe standen noch herum. Fleischige, nicht über Kniehöhe hinauswachsende, stachelbewehrte Pflanzen bildeten das einzige Grün inmitten einer Landschaft aus Sepiatönen.

Mitten auf dem zentralen Platz fand ich den ehemaligen Dorfbrunnen, verschlossen von einer massiven Betonplatte.

Und das wars. Näher sollte ich hier nicht an Wasser herankommen.

Eine Brise weckte die kleine Glocke in ihrem Türmchen neben der halb verfallenen Kapelle. Mit dem trägen, unregelmäßigen, an Totenglocken erinnernden Bimmeln im Ohr gab ich mir noch eine Stunde und lenkte meine Schritte Richtung Westen.

Es war tatsächlich eine Ranch, mit Meerblick, mit Wohnhaus, Stallungen, Koppeln. Mit Tränken, einem Wasserturm, sogar mit so etwas wie einem langen, schmalen Pool, für die Pferde, anzunehmenderweise. Trocken, alles trocken. Es wurde Zeit, umzukehren, doch je länger ich mich umsah, umso unumstößlicher wurde meine Gewissheit, das von Schisser beschriebene Anwesen gefunden zu haben, und das ließ mich den Durst verdrängen.

Mit klopfendem Puls umrundete ich das zentral gelegene Wohnhaus, erwartete so halb und halb die *Buell* zu finden, mit ihren im Rahmen versteckten hundertachtzigtausend Öcken, und dann Schisser, mit Bombenlaune und irgendeiner blödsinnigen Erklärung dafür, warum er sich seit nun fast vierzehn Tagen nicht mehr gemeldet hatte. Und dann …

Ich sah mich nach Spuren um, doch der Wind verwehte in diesem trockenen Staub alles in kürzester Zeit. Selbst meinen eigenen Fußabdrücken konnte ich buchstäblich beim Verschwinden zusehen. Hier draußen war für mich nichts zu Entdecken.

Am nördlichen Ende des Hauses hatte man einen Schuppen angebaut, eine Garage mit doppelflügeligem Tor. Es war unverschlossen, klemmte jedoch. Stück für Stück zerrte ich einen der Flügel auf, bis ich hindurchpasste. Keine *Buell*. Nur ein antiquiert wirkendes *Pegaso*-Mofa lehnte über einem schwarzen Ölfleck an der Wand. Der übliche zurückgelassene Krempel, ein Durcheinander aus Kanistern und Kartons und dem unvermeidlichen alten Staubsauger, lag und stand herum, doch davon abgesehen, war der Schuppen leer, verlassen wie alles hier. Und staubig. Und im Staub, direkt vor meinen Füßen, die relativ frisch wirkenden Abdrücke sparsam profilierter Semi-Slick-Motorradreifen. So wie Schisser sie fährt. Dutzende von Spuren, rein und raus, rein und raus. Wem immer das entsprechende Motorrad gehörte, er war längere Zeit hier gewesen. Und hatte es für nötig befunden, seine Maschine unterzustellen. Außer Sicht.

Ich bückte mich, pickte etwas auf, und mein Puls machte

einen Hopser. Wer immer sein Motorrad hier geparkt hatte, er rauchte Gras in Maispapier.

Draußen fanden sich weitere Spuren. Hinter einer niedrigen Mauer entdeckte ich die Stelle, an der Schisser übernachtet, ein Lagerfeuer unterhalten und die Umgebung mit jeder Menge Maispapierkippen überzogen hatte. Was ich nicht fand, war der Mann selbst oder irgendeine Form von Hinweis, wo er von hier aus hin war und ob er zurückzukommen gedachte.

Vorausgesetzt, er hatte das Gelände überhaupt verlassen.

Aufgegebene, weitläufige, einsame Behausungen haben immer etwas, tja, Unheimliches an sich. Hinter jeder Ecke, jeder Tür kann einen der Schrecken anspringen, der Ekel oder der Tod, und sei es in Gestalt eines durchgeknallten Einsiedlers mit Jagdflinte.

Leise, vorsichtig bewegte ich mich weiter. Hinterm Haus, in einer Mulde zwischen zwei toten Bäumen, lag ein mit Steinen beschwertes Wellblech auf dem Boden. Die Frage, was es wohl verbarg, verursachte mir ein kurzes, außerordentlich trockenes Schlucken. Mit angehaltenem Atem bückte ich mich, hob eine Ecke an und atmete erleichtert aus, als das nicht den befürchteten Schwarm fetter, blau glänzender Fliegen aufstörte, und auch keinen Schwall kotzreflexauslösenden Gestanks. Einigermaßen beruhigt riskierte ich einen Blick unter das Blech, und so etwas wie Kellerluft schlug mir entgegen. Ein Brunnen. Ha!

Ich räumte die Steine, kippte das Wellblech zur Seite und blickte hinunter in ein grob in den Fels getriebenes Loch von schwer zu schätzender Tiefe. Also griff ich mir einen Stein und warf ihn hinein, wie man das so macht. Bis es genug andere Idioten nachgemacht haben, und es vor lauter Steinen keine Tiefe mehr gibt.

Ich lauschte, wartete auf ein sattes, kühles, feuchtes *Pluntsch,* doch ein scharfes, trockenes *Klacklack* war alles, was schließlich zu mir hochdrang.

»Gottverdammte, elende, blöde Scheiße!«

»Wasser«, sagte eine Stimme hinter mir, und ich fuhr herum, »Wasser gibt es hier schon lange nicht mehr.«

Er war ungefähr in meinem Alter und das, was ich allmählich als so was wie die Ureinwohner dieser Gegend zu betrachten begann, die örtlichen Indianer, sozusagen, schwarzhaarig, sonnengegerbt, abgerissen. Ungefähr so groß wie ich, nur schmaler und hagerer. Er trug alte, ausgeleierte Turnschuhe, alte, zerfranste Jeans, ein altes, fleckiges T-Shirt, Arbeitshandschuhe und ein meterlanges, massives, viel benutztes Brecheisen quer über der Schulter.

Es gibt Momente, da wird es einem deutlicher als sonst bewusst, mit einem Fremden allein zu sein. Allein auf weiter Flur, wie man so sagt. Ich richtete mich auf. Ein Stück weit hinter dem Kerl parkte ein rostiger Peugeot 504 Pickup, den ich nicht hatte kommen hören.

»Ich hab Sie gar nicht kommen hören«, stellte ich denn auch erst mal fest.

»Roman«, sagte der Typ, nahm das Brecheisen runter, zupfte sich den Handschuh von der Rechten und hielt sie mir hin.

»Kristof.« Wir schüttelten Hände, hielten kurzen Augenkontakt. Seine waren braun, dunkler als meine, und ihr Ausdruck war zurückhaltend, fern jeder Provokation. Vorsichtige Augen, schwer zu durchschauen.

»Bergab fahre ich immer ohne Motor«, erklärte er dann. »Spart Diesel.« Damit bückte er sich, nahm das Wellblech hoch und begann, es wie selbstverständlich zu seinem Auto zu zerren.

Ich räusperte mich. Er drehte sich um, und sein Blick folgte meinem, hinab in den Brunnenschacht. Eine Weile lang standen wir beide da und stellten uns einen arglosen Fußgänger vor, einen unaufmerksamen Schritt, einen erschreckten Ausruf, gefolgt von einem entsetzten Aufschrei, beendet von einem knirschende Aufprall.

»Hm«, machte er, ließ das Blech sinken, griff zum Brecheisen, sah sich kurz um und fing dann an, einen der hölzernen Fensterläden von der Wohnhausfassade zu hebeln.

»Ey, Moment mal«, unterbrach ich ihn. Er stoppte und lächelte. Geduldig, nachsichtig.

»Gut möglich, dass ein Freund von mir dieses Anwesen hier kaufen will«, erläuterte ich. Roman lachte kurz auf und machte weiter, mit seiner Arbeit.

Das ärgerte mich und deshalb sah ich mich nun meinerseits nach einer Argumentationshilfe um. Hinten aus dem Bett des Pick-ups ragte einiges an Rohren, ein Wirrwarr aus Kupfer, Blei, Stahl.

»Ja, hübsches Grundstück«, stellte Roman ächzend fest.

»Komisch, dass nirgendwo ein Maklerschild steht, oder?«

Da war was Wahres dran. Nachdenklich legte ich das Stahlrohr zurück zu den anderen.

»Trotzdem gibt es immer wieder Leute, die es gerne kaufen möchten. Und weil das so ist, gibt es andere, die es zum Kauf anbieten. Ich habe sogar von welchen gehört, die Anzahlungen darauf annehmen. Und immer von Ausländern, von Touristen. Ich anstelle deines Freundes wäre da vorsichtig, mit meinem Geld.«

Der Blendladen brach aus der Wand, krachte zu Boden, und ich half mit, ihn quer über den Schacht zu legen.

›Meerblick, ideal, nur Frage der Rechte noch offen.‹ Hm. Und ich hatte Charly von Anfang an gefragt: Wieso gerade Schisser? Seit wann versteht Schisser etwas von Immobilien und ihrem Erwerb?

Schisser, ausgerechnet Papierkram-Rebell Schisser, der in seinem Leben noch keinen Vertrag unterschrieben hat. Bei ihm läuft alles per Handschlag. Wenns gut geht, gehts gut, wenns schiefgeht, gibt es, tja, noch ein paar Handschläge mehr.

Ich fragte mich ernsthaft, mit wem er hier wohl verhandelt hatte. Und was dann passiert war.

»Komm mal mit.« Roman winkte, und ich folgte ihm die hundert Meter bis an den Rand der Steilküste. Unten erstreckte sich eine einsame Bucht mit einem Strand so weiß und schmal wie ein Fingernagel. Idyllisch, dachte man sich den Rauchschleier über der Kluft ganz in der Nähe einmal weg.

›Zweites Objekt: Ganze Bucht.‹, dachte ich. Mit eigener Müllverbrennung, haha.

»Hübsch, nicht? Nur schade, dass niemand hineindarf, oder?« Roman verwies auf eine Kette von in greller Leuchtfarbe lackierten Bojen, die das komplette Halbrund vom offenen Meer abtrennte.

»Militärisches Sperrgebiet. So wie, streng genommen, die ganze Gegend.«

»Die ganze Gegend? Wieso das?«

»Das da unten ist ein Pulverfass.«

Ich blickte hinab aufs unschuldig wirkende Blau und machte: »Hm.«

»Seit dem Zweiten Weltkrieg hat man hier überschüssige Munition ins Meer gekippt. Bergeweise. Wahllos. Bomben, Granaten, Minen, chemische und biologische Kampfstoffe, was weiß ich. Die Wahrheit ist, keiner weiß es. Irgendwann, als die Bucht längst voll war, haben die Umweltschützer mal

Krach geschlagen, und die Regierung hat ein Gutachten erstellen lassen, ob man den ganzen Mist nicht wieder hochholen könnte. Das Ergebnis war niederschmetternd. Technisch undurchführbar, hieß es. Einziges Resultat der ganzen Aktion war somit die Zwangsevakuierung des Dorfes und seiner Umgebung. Denn wenn nur eine Bombe, eine Granate da unten zündet, fliegt hier alles in die Luft.«

Schisser konnte unmöglich so blöd gewesen sein, die Bojenkette da unten zu übersehen. Und nach ihrer Bedeutung zu fragen. Das machte seine Anmerkung vom zweiten Objekt umso rätselhafter.

»Gibts hier sonst noch Buchten?«

»Oben in Portugal jede Menge. Hier, auf spanischer Seite, eigentlich nur diese beiden. Schon Richtung Puerto Real wird die Küste immer gerader und flacher und zieht sich dann so bis runter nach Tarifa.«

Portugal? Von Portugal hatte Schisser nie etwas erwähnt. Es war immer nur von Spanien die Rede gewesen.

Wir machten kehrt, nahmen unterwegs das Wellblech mit zum Peugeot und warfen es hinten auf den anderen Schrott. Die vordere Hälfte der Ladefläche war hochgetürmt mit Reusen, Angeln, Rollen von Netzen. Das Auto eines Mannes mit gleich mehreren Okkupationen.

Roman öffnete eine schauerlich quietschende Beifahrertür, griff ins Wageninnere und holte eine Zweiliter-Plastikflasche Wasser heraus, die er mir in die Hand drückte.

Knck, und ich hatte sie am Hals. Wasser. Kaum hat man es lange genug entbehrt, wird es ja schon so was von köstlich.

»Für jeden Tropfen Wasser in dieser Gegend muss man zahlen, und zwar an dieselben Leute, die es einem abgraben. ›Wasserrechte‹ heißt das Zauberwort. ›Derechos de agua‹.

Die kann man kaufen, diese *derechos*. Wenn man Geld hat. Und, wie sagt man so schön?, Beziehungen. Ja, mit Beziehungen kann man fast alles beziehen, hier.«

»Du bist Deutscher?«, fragte ich.

Roman schnalzte ungeduldig mit der Zunge über so eine dämliche Frage.

»Ich meine nur, weil du so gut ...«

»Ich bin *Zigeuner*«, knurrte er mich an. »Staatenlos.«

»Und woher sprichst du ...?«

»In Deutschland aufgewachsen«, antwortete er, eine Spur freundlicher. »Wundervolles Land. Stütze ohne Ende.« Er lächelte verträumt. »Roman Richter, Roman Schneider, Roman Krüger, Roman Meier, Müller, Schmitz, Roman Was-nicht-noch. Hanau, Würzburg, Bochum, Cuxhaven und, natürlich, Köln.« Er grinste ein Grinsen, in dem Gold, Zahn und Lücke einander munter durch das Halbrund jagten.

»Und wieso bist du dann da weg?«

»Zu viel Schiggu-Schiggu«, meinte er seufzend. »Vor allem in Hanau ...«, er lüftete sein T-Shirt und deutete auf eine lange Narbe knapp unterhalb des linken Rippenbogens, »und, natürlich, in Köln.« Er verwies auf den fransig zerfetzten Krater einer außerordentlich schlecht verheilten Schusswunde.

»Was soll das heißen, ›Schiggu-Schiggu‹?«

»Ein Schweizer Ausdruck«, antwortete er ausweichend und öffnete die Fahrertür. Völlig geräuschlos, diese Tür. Gründlich gefettet und passgenau gehalten. Die Wagentür eines Mannes mit gleich mehreren Okkupationen, nicht alle notwendigerweise legitim.

Ich wollte ihm den Rest des Wassers zurückgeben, doch er winkte großzügig ab.

»Kannst du mich mit einem dieser Leute zusammenbringen, die Anzahlungen auf Grundstücke annehmen?«, fragte ich. »Ich würde mich gerne mal mit einem unterhalten.«

»Die sind scheu. Die muss man anfüttern. Doch eins kann ich dir beziehungsweise deinem Freund gleich sagen: Niemand hat jemals sein Geld wiedergesehen. Das verdunstet augenblicklich.« Er stieg ein und startete den Motor. »Du weißt nicht viel über diese Gegend. Genauso wenig wie dein Freund. Fliegt wieder nach Hause, ist mein Rat. Wenn nicht, solltet ihr vorsichtig sein. Sehr, sehr vorsichtig.« Damit ließ er die Kupplung kommen und fuhr davon. Mitten im Gespräch, wenn man so will.

Ich sah ihm noch einen Moment hinterher, bevor mir schlagartig aufging, dass ich damit gerade eine mögliche Mitfahrgelegenheit zum Bierholen hatte sausen lassen. Fast genauso schlagartig erinnerte ich mich an das Mofa im Schuppen.

Hinterrad, Pedale, Motor, nichts ließ sich drehen. Vermutlich ein Kolbenfresser, doch ist das bei einem Einzylinder-Zweitakter meist nicht ganz so dramatisch, wie es sich anhört. Schon gar nicht, wenn es für einen gewissen Kristof Kryszinski die einzig verbliebene Alternative zum Tippeln darstellt. Man ist doch immer wieder erstaunt, wie viel sich noch retten lässt, wenn man nur mit der nötigen Motivation an die Aufgabe herangeht.

Ich kramte durch den Schuppen und klaubte alles an Werkzeug zusammen, was sich noch finden ließ. Wie oft bei aufgegebenen Gehöften, war eine Menge an Krempel zurückgelassen worden. Ich fand Zehner-, Zwölfer-, Dreizehner-Schlüssel, ein paar Blatt Schmirgel in verschiedenen Körnungen, eine mit fettigem Staub bedeckte Dose Öl unbekannter Viskosität, einen rostigen Behälter mit Bremsflüssigkeit, einen Fünfliterkanister, halb voll mit Sprit, einen Hammer, einen Schraubendreher, eine gebrauchte, aber noch funktionstüchtig wirkende Zündkerze.

Fehlte eigentlich nur noch ein Radio. Und 'n Kasten Bier. Aber das wissen wir ja.

Ein Besen fand sich auch, also fegte ich zwei Quadratmeter Fußboden sauber, was für gewöhnlich das Wiederfinden heruntergefallener Schräubchen, Federn und Splinte enorm erleichtert, rangierte das Mofa in die Mitte, bockte es auf und machte mich an die Operation am offenen Herzen.

Vergaser ab, Auspuffkrümmer ab, Kopf runter. Der Kolben saß am Tiefpunkt fest, die Zylinderlaufbuchse war rostrot von Jahren der Untätigkeit im Meeresklima. Ich träufelte etwas Bremsflüssigkeit in den Zylinder. Während sie ihre ätzende Wirkung tat, löste ich mit viel Gefühl die Stehbolzen. Dann trat ich in die Pedale, bis der Kolben den Zylinder aus seiner Passung gedrückt hatte, und begann ihn mit vorsichtigen Drehbewegungen abzuziehen.

Bier, dachte ich und griff zum feinsten habhaften Schmirgel.

Anderthalb Stunden später hatte ich alles wieder zusammen, die optisch bessere der beiden Kerzen montiert, die Reifen aufgepumpt, das Zündschloss geknackt, und trat erwartungsvoll die Pedale. Und dann noch ein bisschen. Und noch ein bisschen. Das Hemd klebte mir am Leib und die Zunge hing mir armlang aus dem Hals, bis das *Pegaso* ein Einsehen hatte und endlich ansprang. Plärrend, qualmend, rappelnd, aber es lief.

An der Spitze einer blaugrauen Wolke beschleunigte ich aus dem Schuppen und hinein in einen Rausch der Freiheit.

Vorgewarnt, nicht zuletzt durch eine Beule an der Stirn, hatte ich es eilig, durch die Ansammlung von Hütten zu kommen und bemerkte das ziemlich genau auf Kehlkopfhöhe quer über die Straße gespannte Seil im buchstäblich letzten Moment. Bevor es mir die Runkel vom Rumpf getrennt hätte. Oder es zumindest versucht. Ich griff in die Bremsen, die Räder blockierten, das Mofa klatschte auf die Seite, ich rutschte in voller Fahrt unter dem Seil durch und war noch nicht vollständig zum Stehen beziehungsweise Liegen gekommen, da wurde ich schon von einer wahren Horde abgerissener Halbwüchsiger umringt.

Komplett eingestaubt, Knie, Ellenbogen und die linke Handfläche blutig geschürft und in keiner üblen Stimmung, jemanden umzubringen, sprang ich auf die Füße.

»Seid ihr bescheuert?«, brüllte ich und versuchte, die nächstbesten Köpfe an den Haaren zu krallen und zusammenzuschnalzen, als mir ein überraschend rothaariger Typ ein Messer unter die Nase hielt und jemand hinter mir »Monnie« forderte. Es sind schon bessere Männer als ich von einer Überzahl Heranwachsender fertiggemacht worden, doch meine Wut schwemmte alle angeborene Vorsicht davon. Blitzartig schlug ich dem Rothaarigen das Messer aus der Hand und hatte ihn im nächsten Moment bei der Gurgel, da pfiff von irgendwoher ein Stein heran und prallte mit solch einem Drall von meinem Hinterkopf ab, dass ich meinte, ein Querschlägerheulen zu hören. Obwohl mir ein Knie einzuknicken drohte, tat ich mannhaft so, als hätte ich nichts gespürt. Oder als ob mir so was tagtäglich passierte.

»Monnie«, wiederholte die Stimme, und grinsende Mienen umtanzten mich, grinsende Mienen gespannter Erwartung.

Ich ließ den Karottenkopf los und beruhigte mich zwangsweise.

»Holt mir Roman her«, forderte ich unvermittelt. Es war Zeit für eine Klärung der Verhältnisse. Roman schien mir genau der richtige Typ, diese Bande hier zurückzupfeifen. Falls er das wollte, doch darauf ließ ichs ankommen. »Holt Roman! Verstanden?«

Blendende Idee, offenbar, denn alles schrie wild durcheinander »Roman, Roman, Roman!«, und verschiedene Türen an verschiedenen Hütten wurden aufgerissen und verschiedene Romans kamen heraus, einer unrasierter und hackfressiger als der nächste, nicht alle wirklich nüchtern und nicht wenige mit Schlag-, Stich- oder Schusswaffen in Händen.

Den Weg nach vorn versperrte die tanzende Horde, die jetzt im Chor »Monnie, Monnie, Monnie!« forderte, also blieb nur der Rückzug, und zwar hoppla.

Ein Hagel von Steinen begleitete mich und mein fliegendes Pferd noch ein Stück des Weges, dann war ich wieder allein, gedanklich intensiv mit der Problematik beschäftigt, aus einem alten Staubsauger, einer alten Zündkerze und einem alten Spritkanister einen funktionstüchtigen Flammenwerfer zu konstruieren.

Zurück auf der Ranch, parkte ich das Mofa wieder an der Stelle, an der ich es gefunden hatte. Schisser war – wie nicht anders erwartet – nicht zurückgekehrt, und es ließen sich keinerlei Spuren irgendeines anderen Besuches während meiner Abwesenheit finden. Nur die verwehten Reste von meinen und Romans.

Es dämmerte, als ich wieder durchs Tor trat, begrüßt von Brian Adams und seinen warmen Gefühlen für den Sommer '69. Vishna war im Wachhäuschen demonstrativ mit irgendetwas beschäftigt, das sie daran hinderte, mich willkommen zu heißen.

›Kryszinski ist zurück, zu Fuß, ohne Schubkarre, ohne Bier, dafür reichlich zerkratzt und besorgniserregend nüchtern.‹

O Mann, ja. Und auf eine geradezu fanatische Art entschlossen, mein Vorhaben hier so schnell wie nur eben möglich zu Ende zu bringen, und wenn es den Einsatz der Folter nötig machen sollte.

Es wurde Zeit, höchste Zeit für mich, jemanden aus der verfluchten Bande von Hippies ins Vertrauen zu ziehen. Nur – wen?

»Ich bin der Kleine Rauch. Ich habe keinen Schatten.«

»O doch, Mädchen, den hast du. Und was für einen. Glaubs mir einfach.«

Das Innere ihres Wohnmobils hatte sich bisher halbwegs erfolgreich gegen die Umwandlung in einen indogermanischen Hippie-Kitsch-Basar zur Wehr gesetzt, von den unvermeidlichen Darstellungen vielarmiger buddhistischer Gottheiten und einigem anderem, grellbuntem Firlefanz mal abgesehen. Die ganze Einrichtung wirkte modern und, tja, gediegen. Dieses Vehikel hatte vor gar nicht langer Zeit mal eine hübsche Stange Geld gekostet. Während Alice mir einen Platz auf einem Häkelkissen anwies, ertappte ich mich bei Spekulationen über Motorisierung und Reisegeschwindigkeit.

»Magst du Musik?«

»Nein.«

Natürlich mag ich Musik. Doch was sie da völlig ungeachtet meiner Antwort aufdrehte, war nichts als ein durchlaufendes, repetitives Basswummern, mechanisch wie der

Takt eines Schiffsdiesels, umwabert mit ad infinitum wiederholten elektronischen Klangfetzen und immer mal wieder durchsetzt von bedeutungsschwanger vorgetragenen Sätzen ohne Zusammenhang, Sinn oder Verstand.

›Asi-Mucke‹ nennen wir das, da, wo ich herkomme. Keine zwei Minuten davon, und ich fühlte meine Zähne knirschen und meine Fingernägel in meine Handballen eindringen.

Alice schob mir einen Untersetzer voll bunter Pillen rüber, wie man es anderswo mit Erdnüssen und ähnlichen Knabbereien tut.

Ich winkte höflich ab.

Wenn man mengenweise psychotrope Drogen einpfeifen muss, nur um die selbst ausgesuchte Musik ertragen zu können, dann ist da irgendwas schwer verquer mit der Kausalitätskette. Ich meine, ich lege mir ja auch nicht erst die Birne mit für Schlachtvieh bestimmte Tranquilizer still und dann Shania Twain auf.

Alice hockte sich mir gegenüber hin und blickte mich abwartend an. Ich streckte den Arm zur Anlage und drehte die Lautstärke runter auf Null.

»Pass auf«, sagte ich dann. »Ich hab da eine Frage an dich, die muss unter uns ...«

»Wir könnten Sex haben«, unterbrach sie mich unvermittelt, ließ einen Träger ihres Badeanzuges von ihrer knochigen Schulter gleiten und versuchte, ihrem starren, permanenten Lächeln eine verführerische Note zu geben.

Weia. Sex mit einem sprechenden Anschauungsobjekt für das Gefüge des menschlichen Knochenbaus. Ich meine, selbst Nekrophile haben es ganz gern, wenn ihr Beischlafpartner noch ein bisschen Fleisch auf den Rippen hat.

»Schon mal tantrischen Sex gehabt?«

»Dauernd«, behauptete ich. »Aber mein Chiropraktiker hat mir von weiteren Übungen abgeraten.«

»Zeig mir deine Hand«, forderte sie abrupt. Na, das wurd aber auch langsam Zeit. Weder mein Sternzeichen noch meine Lebenslinie hatte bisher irgendjemanden hier interessiert. Fast schon beleidigend. »Ich will nur sichergehen.«

Bereitwillig zeigte ich ihr meine Linke. Zu zerkratzt. Die Rechte.

»Dir stehen große Aufgaben bevor«, las sie aus den Falten meiner Pfote, »enorme Strapazen und Gefahren.«

In völliger Finsternis zu Fuß über den halsbrecherischen Klippenpfad nach Puerto Real, dachte ich.

»Doch du wirst siegen.«

Und Bier gurgeln, bis sie mich an den Beinen aus der Bar schleifen müssen.

»Mit meiner Hilfe.«

Mit wessen Hilfe auch immer.

Mehr schien nicht drinzustehen, also ließ sie meine Hand wieder los.

»Mit deiner Hilfe«, bestätigte ich. »Mit deiner Hilfe, Alice, versuche ich einen Freund von mir zu finden. Doch, wie schon gesagt, muss das erst mal unter uns bleiben.«

Sie sah mich an, lächelnd wie immer, und ließ es vollkommen offen, ob sie auch nur einen Furz von dem, was ich redete, wahrgenommen hatte.

»Er heißt Schisser. Mittelgroß, drahtig, Motorradfahrer. War kürzlich noch hier. Hast du ihn getroffen? Kennst du ihn?«

»Wie war der Name?« Aha, dingdong, also kam doch ein bisschen was an in dem rundgeformten Chemielabor da unter der Turmfrisur. Trotzdem, so kompliziert, um ein

Nachfragen zu rechtfertigen, war der Name nun wirklich nicht.

»Schisser«, wiederholte ich mit der bemühten Geduld des Hingehaltenen. »Mit richtigem Namen Heribert Böckelmann.«

Es ist im Nachhinein nicht mehr zu klären, wie Mutter Böckelmann auf die Idee verfallen konnte, ihren Sohn ausgerechnet ›Heribert‹ zu nennen. Jedenfalls blieb sie zeit ihres Lebens die Einzige, die ihn so nannte. Oder nennen durfte. Große Jungs haben es versucht, Jungs in Gruppen haben es versucht, ausgewachsene Männer haben es versucht, einzeln und zu mehreren. Doch keiner, ich schwöre, keiner zweimal.

»Du möchtest bestimmt, dass ich mit deinem Freund Kontakt aufnehme. Du weißt, ich bin ein Medium.«

Mit Schisser durch ein *Medium* Kontakt aufnehmen? Was sollte das heißen, was sollte das bedeuten? Mir fiel dazu nur ein Wort ein: Jenseits.

»Willst du damit sagen, dass er *tot* ist?«

»Aber nein. Das habe ich nicht gemeint.«

»Dann soll das bedeuten, du kannst auch Lebende kontaktieren?«

»Sicher. Was meinst du, wie du zu mir gefunden hast?«

Michelin Autoatlas. Manchmal glaube ich, ich bin nicht geschaffen für den Gedankenaustausch mit Esoterikern. Da habe ich mit meinen Haustieren schon sinnvollere Gespräche geführt. Andererseits bestand die Möglichkeit, dass Alice etwas wusste und es mir nur verrätselt und verklausuliert zukommen lassen wollte. Solange du das eine wie das andere nicht ausschließen kannst, hilft nur mitspielen.

»Okay«, seufzte ich. »Mal angenommen, du nimmst

tatsächlich Kontakt zu ihm auf, kannst du ihn dann auch lokalisieren? Feststellen, wo er ist? Und ich meine nicht, in welcher Welt oder Sphäre, sondern physisch, koordinatengestützt, hier auf Mutter Erde?«

»Ob das geht, hängt auch von ihm ab. Das weiß ich erst, wenn ich ihn erreicht habe. Bring mir etwas von deinem Freund. Etwas aus seinem Besitz. Das wird helfen, bei der Kontaktaufnahme.«

Zack, knallte ich einen Rest Maisblattstick vor sie hin. Immer bereit für eine spiritistische Sitzung, ich.

Sie nicht so. Sie wirkte ein bisschen überrumpelt.

»Dies ... dies ist kein guter Ort. Hier sind zu viele Stimmen.«

»Okay, dann raus mit uns an die Luft.«

»Nein, nein. Ich meine hier ... in der Bucht.«

»Okay.« Ich stand auf, ging nach vorn und schwang mich hinters Lenkrad. »Fährt das Ding hier?«

»Und wie. Es schwebt geradezu. Dies ist mein Magic Carpet. Auf ihm fliege ich immer über die Gärten des –«

»Ja, ja. Schon gut. Wo ist der Zündschlüssel?«

»Den hat Leroy.«

Leroy, Leroy, Leroy. Es gab einfach kein Vorbei an diesem Penner. Und nicht nur das, ging mir mit einer Mischung aus Staunen und Empörung auf, es gab auch kein Entkommen von ihm und seinem kleinen, stacheldrahtbewehrten Imperium. In was für eine gottverdammte Farce war ich hier geraten?

Ich ließ Alice zurück, brabbelnd über ihrer Kristallkugel. Vertane Zeit, aber das weiß man immer erst hinterher.

Simon und Garfunkel fühlten sich groovy. Ich nicht so. Nicht wirklich.

Leroy und Scuzzi hockten am Tresen, Scuzzi mit der Miene eines Schlafwandlers, der drauf und dran ist, sich warm das Bein hinunterzupinkeln. Neben ihm mampfte Leroy sich mit Käsekuchen in einen Zustand nahe der Ekstase. Keeper Rolf justierte derweil selbstvergessen an der Anlage herum, die die Busbar und das ganze Gelände mit Musik berieselte, drehte an Knöpfen, schob an Reglern, betrachtete Displays, lauschte. Und nahm sich dann wieder die Knöpfe vor. Einzige andere Anwesende waren zwei zottelbärtige und -mähnige Rastafaris, die an einem der Tische Schach spielten. In Zeitlupe. Der eine der beiden hob ein Pferd an und hielt es, hielt es, hielt es, während der andere sich durch seinen Bart strich und strich und dazu nickte, nickte und nickte.

Die gesamte Szenerie erinnerte stark an den Aufenthaltsraum in einem Pflegeheim für Demenzkranke.

Irgendwas daran schubste mich über die Kante.

»Bier!«, brüllte ich Rolf an, dass der einen Satz in die Höhe machte.

»Du, äh«, fing er sich mühsam, schabte ein bisschen an seiner Kopfhaut herum, »vielleicht nächste Woche wieder.«

Ich gönnte ihm einen Blick, mit dem man einen Sandsack an die Wand nageln könnte.

»Was ... ist denn mit deinem Knie passiert?«, fragte Scuzzi, den ich gleich mitgeweckt hatte. »Und ... mit deinem Ellenbogen?«

»Ich bin in eine Scheiß-Straßenblockade geraten. Sagt mal«, wandte ich mich an Leroy, »lasst ihr Scheiß-Hippies euch von diesen Scheiß-Zigeunern eigentlich alles gefallen?«

»Na, na, na«, meinte er beschwichtigend und würgte einen Bissen runter. »Jetzt sag nicht, du hast auch noch mit denen Krach angefangen, Kristof.«

»Was heißt hier, auch noch mit denen?«

»Na, muss ich die beiden Schweizer erwähnen oder die Art, wie du Alma und mich dauernd vor den Kopf stößt?«

»Und du glaubst, das wäre schon Krach anfangen? Hast du eine Ahnung, wie das aussieht, wenn ich richtig loslege?«

In mir gärte es. Ich hätte mir den dicken Phlegmatiker gleich bei der ersten Begegnung schnappen, ihn nach Schisser fragen und notfalls die Antworten aus ihm herausprügeln sollen.

»So«, spie ich in die Runde. »Ich will, dass wir jetzt alle Mann da hochstürmen und dem verfluchten Gesocks mal richtig die Fresse polieren.«

»*Wir*, Kristof?«, fragte Alma pointiert. Sie kam in die Bar gesegelt wie eine Soapdarstellerin zum Casting für die Rolle der Queen Victoria. In ihrem Schlepptau hatte sie die drei Trommler vom Dunklen Kontinent.

»Ja, *wir*«, blaffte ich sie an. »Ich und jeder andere hier mit einem Rest von Mumm in den Knochen.«

Leroy, Rolf und Scuzzi blickten ausgesprochen entmummt.

»Was ist mit euch, Jungs?«, fragte ich die Schach spielenden Rastamänner.

»O Mann«, kam es zögerlich. »Relax, Mann. Relax.« Und mehr kam nicht. Kiffen, poppen, relaxen. Für irgendwas anderes waren sie nicht zu begeistern.

»Und ihr?«

Die drei Trommler blickten mich ausdruckslos an, mit den geduldig mahlenden Kiefern von Wiederkäuern auf der Weide. Sie waren höchst unterschiedlich, was Größe, Statur, Hautfarbe anging. Doch in puncto Ausdruckslosigkeit hätten sie Drillinge sein können. Wahrscheinlich halb weggetreten von Kath oder Betelnuss oder was immer das war, auf dem sie da herumlutschten.

»Das Problem ist, *wir* halten hier nichts von Gewalt, Kristof«, belehrte mich Alma. »*Wir* werden also nirgendwo hinstürmen und niemandem die Fresse polieren. Das Verhältnis zu den ... zu unseren Nachbarn ist gespannt genug, auch ohne dass du losziehst und einen Krieg vom Zaun brichst.«

»Gewalt erzeugt immer Gegengewalt«, murmelte Leroy, und ich hätte ihn für diese beschissene Plattitüde am liebsten mit dem Gesicht in seinen Käsekuchen gedrückt. Wenn noch welcher übrig gewesen wäre.

»Also«, grollte ich, »falls das wahr ist, wo bleibt sie dann? Lasst sie uns augenblicklich starten, die Gegengewalt!«

Doch der Funke sprang nicht recht über, und weia, was kotzte mich das an. Meine ganze Wut verpuffte, fiel in sich zusammen angesichts der hier versammelten Schlaffheit.

»Übrigens, Vishna hat deinen Namen gegoogelt, Kristof«, brach Alma das Schweigen mit aufgesetzter Beiläufigkeit.

»Ach«, murrte ich mit einem, wie ich hoffte, deutlich spürbaren Mangel an Interesse.

»Wie ich vorher schon wusste, bist du kein Geologe. Und schon gar kein Sexualwissenschaftler. Du bist ...« Sie flocht eine Pause ein, für Effekt, und ich wusste mit plötzlicher Sicherheit, dass sie es früher mal als Schauspielerin versucht hatte, so wie, auch das völlig unzweifelhaft, Leroy es als Lehrer, »... *Detektiv.*«

Stille, und alles starrte mich an. Die drei Negertrommler sowieso, die ganze Zeit schon.

»Ach, ja?«, fragte ich und ließ sublim mitschwingen, dass sie damit zumindest mir nichts wirklich Neues erzählte.

»Privatdetektiv. Und was man über dich auch findet im

Netz, es ist immer gespickt mit Adjektiven wie ›fadenscheinig‹, ›halbseiden‹, ›dubios‹.«

Ja, ich hab eine schlechte Presse. Weiß gar nicht, warum.

»Und was sagt uns das?«, schaltete ich auf nackten Sarkasmus um.

»Du bist also ein bezahlter Schnüffler. Die Frage ist: Wer bezahlt dich? Und was sollst du über uns herausfinden?«

Da. Dramatische Anklage. Ein Schnüffler, ein Verräter mitten unter uns.

Ich hätte erwartet, dass Leroy nun von seinem Hocker glitt, Rolf einen Baseballschläger unterm Tresen hervorzauberte, die beiden Rastamänner langsam und lauernd aufstanden, das trommelnde Trio die Ärmel aufkrempelte, alle nur auf Almas Kommando wartend, mich zu packen und die Straße hoch bis in die nächste Provinz zu kicken. Nichts geschah. Na, fast nichts.

»Wer hat dich hierher zu uns geschickt, Kristof? Wie lautet dein Auftrag?«

»Sags ihnen«, meinte Scuzzi, gerade als ich so richtig schön ausfallend werden wollte. »Sags ihnen einfach.«

Und ich dachte: Warum eigentlich nicht? Was soll schon passieren?

Als wir noch Teenager waren, hat Schisser mich mal mit zu einem Konzert geschleift, ich meine, in die Grugahalle, wenn ich auch vergessen habe, zu welcher Band. Auf alle Fälle war der Abend ein Reinfall, die Band lustlos, das Bier warm, das Ganze eine Zumutung. In einer Mischung aus Wut und Enttäuschung verfielen wir auf die Idee – okay, wir waren drauf, wenn ich mich auch nicht mehr recht entsinnen kann, wovon genau –, uns die Abendkasse unter den Nagel zu reißen. Das ging schief, und obwohl wir es schafften, uns bis hinter die Bühne zu flüchten, wurden wir da von zwei Saalordnern gestellt, der eine davon ein Riese mit einer Kirmesboxer-Nase, bewaffnet mit einem Totschläger. Sie versperrten uns den Weg zum Notausgang. Und die Bullen waren alarmiert.

Ich sagte: »Ihr habt uns nicht gesehen, und niemandem passiert was.«

Der eine Ordner machte tatsächlich einen Schritt zur Seite, doch der Kirmesboxer nicht. Extra nicht, er war so ein Typ.

»Geh aus dem Weg«, knurrte Schisser, »oder ...«

»Oder was?«, unterbrach ihn der Riese.

»Oder ich verwandle dich in einen Klumpen rohes, blutendes Fleisch.«

Der Kerl blickte runter auf Schissers handtuchschmale eins achtundsechzig und grinste. »Das möchte ich sehen«, sagte er.

Selbst Jahrzehnte später erscheinen mir diese sechs Silben immer noch als das so ziemlich Dämlichste, das ich jemals jemanden habe äußern hören.

Also. Nüchtern betrachtet, fand sich unter diesen ganzen Schlaffis hier niemand, der es auch nur ansatzweise hätte mit Schisser aufnehmen können. Noch nicht mal die drei Wiederkäuer.

Ich gab mir einen Ruck.

»Ich suche einen Biker namens Schisser. Im Auftrag seines Klubs, der Stormfuckers. Er ist hier gewesen und seit ungefähr zwei Wochen verschwunden.«

Ich sah von einem zum anderen, mit Ausnahme der drei Neger, deren unablässiges Stieren allmählich nervte.

»Nein«, sagte Alma und schüttelte ihre Haarpracht. »So jemand ist nicht hier gewesen.« Als Lügnerin war sie ungefähr so überzeugend, wie sie es in der Rolle der Queen

Victoria gewesen wäre. Sie log. Sie log offensichtlich, begriff ich. Was ich nicht begriff, war, warum. Interessant.

»Ich weiß, dass er hier war«, beharrte ich und konzentrierte mich auf Leroy.

Skeptisch vorgeschobene, fette Unterlippe, mildes Kopfschütteln. Nachdenkliches Seufzen, Kopfschütteln. Miene entspannt, Augen nicht wirklich.

»Mittelgroßer Typ, Körper dünn und hart wie Holz, raucht einen Stick nach dem andern? In Maispapier-Blättchen?«

Ich hatte mir die Blättchen für den Schluss aufgehoben, und da war sie, diese winzige Verengung in Leroys Pupillen, bevor er wegsah.

»So jemand war nicht hier«, log auch er. »Falls es ihn überhaupt gibt«, fügte er geschmeidig hinzu.

Hocker unterm Arsch wegkicken war, was mir dazu einfiel. Nur sein Gewicht hinderte mich an einem Versuch.

»Was soll das heißen?«, fuhr ich ihn an.

»Du hast uns von Anfang an belogen, Kristof«, sagte Alma, Arme vor der Brust verschränkt. »Warum sollen wir dir jetzt glauben? Wenn es diesen Schisser gibt, wenn er vermisst wird und angeblich hier war, warum kommst du nach ihm suchen? Warum nicht die Polizei?«

Weil sich die Polizei wesentlich mehr für die Herkunft von einhundertachtzigtausend Euro Schwarzgeld interessiert als den Verbleib eines vermissten Erwachsenen. Darum. Doch das behielt ich für mich.

»Ich bin überzeugt, dass dich eine Behörde bezahlt, um uns auszuspionieren. Doch das wird dir nicht gelingen.«

Es erstaunt mich immer wieder, wie saudumm sich manche Leute anstellen. Es gab hier also tatsächlich etwas auszuspionieren? Danke für den Tipp, Alma.

»Du kannst deinen Auftraggebern mitteilen, dass wir dich enttarnt haben. Und du wirst abreisen. Und zwar sofort!«

Ich lachte. Immer noch machte keiner Anstalten, nach mir zu greifen, obwohl ich es mir in dem Augenblick geradezu gewünscht hätte. Keiner rührte sich, aber, schwer zu beschreiben, die Trommler fühlten sich plötzlich *näher* an. Physischer.

Das und diese ungebrochene Aufmerksamkeit kam nicht von ihrer Droge, was immer das sein mochte. Das war antrainiert, ich spürte es. Professionell antrainiert.

»Lasst mich etwas klarstellen.« Ich drehte mich von Alma zu Leroy und wieder zurück. »Ich habe für eine Woche bezahlt. Und so lange werde ich bleiben. Ist das klar? Und sollte ich hier nachts im Dunkeln gegen einen dicken Ast laufen oder sonst was, reicht ein Anruf von mir, und die Stormfuckers fliegen ein, in Mannschaftsstärke, und anschließend werden wir eure Bucht renaturieren, dass niemand später glauben mag, hier habe sich jemals ein Campingplatz befunden.«

Alma räusperte sich, und es mochte Einbildung sein, aber die drei Trommler schienen zumindest mental einen Schritt zurückzuweichen.

»Mit Gewaltandrohungen kommst du hier nicht weiter«, ließ sie mich wissen.

»Dann schenke ich mir am besten die Drohungen und rufe sofort an.«

»Kristof, wir sind einfach nicht bereit, mit einem möglichen Informanten wie dir zu leben. Wir fordern dich ultimativ zum Gehen auf.«

»Ihr könnt mich mal.«

»Zwing uns nicht, Maßnahmen zu ergreifen!«

»Kreuzweise.«

»Nun gut, Kristof. Du hast es so gewollt.« Alma machte kehrt, rauschte davon, und ihr schwarzes Trio löste sich mühsam von meinem Anblick und trottete hinter ihr her.

Ohne meine Drohung mit den Stormfuckers hätten sie mich gepackt und … *Tja.* Jetzt überlegten sie sich etwas anderes. Meine Zeit hier lief ab, so oder so.

»Kommt, Kinder. Die Party wartet. Und du und ich«, wandte Leroy sich abschließend an mich, »wir sprechen uns noch.«

Damit wollte er sich verziehen, doch ich stoppte ihn.

»Ich brauche die Schlüssel«, sagte ich. »Zum Wohnmobil von Alice.«

Er blickte finster auf meine Hand, die seinen Kaftan festhielt.

»Ich halte die Schlüssel als Pfand für ihre Schulden zurück«, knurrte er.

»Wie viel schuldet sie dir denn?«

»Eine Menge. Und ich will, dass du deine Besuche bei Alice einstellst. Sie ist krank. Und braucht viel Ruhe.«

»Ach was, sie braucht nur eine Luftveränderung. Und wie viel genau schuldet sie dir?«

»Wie viel genau geht dich nichts an.«

»Ich zahle für sie. Gib mir die Autoschlüssel, und ich fahr nach Sevilla und hole das Geld.«

Blödsinn, natürlich, und ich denke mal, er ahnte es, denn er schüttelte nur den Kopf und riss sich los.

Ich folgte ihm aus der Tür, Scuzzi ebenfalls. Eigentlich war ich mit Leroy noch nicht fertig, doch er entfernte sich eilig und ich war nicht in der Stimmung, ihm hinterherzuhecheln.

»Also«, sagte Scuzzi resigniert, abschließend. »Schisser war nicht hier. Was machen wir nun?«

Ich fuhr zu ihm herum, starrte ihn an. »Und was ist mit dem Telefon, am Wendekreis? Schon vergessen?«

»Ja, er hat wohl mal von da telefoniert. Aber hier in der *Paradise Lodge* war er nie, du hast es gerade selbst gehört.«

»Soll das heißen, du vertraust den beiden?«

»Ja, warum denn nicht?«

»Weil sie verdammt noch mal lügen! Und jämmerlich schlecht obendrein.«

»Kristof, die haben hier etwas laufen, in das sie mich noch nicht eingeweiht haben. Aber es ist eine *gute* Sache, verstehst du? Und sie haben begreiflicherweise Angst, dass du, als Detektiv, auf sie angesetzt bist. Daher ihr Argwohn.«

Noch nicht eingeweiht, so, so. Was mich nadelte, was mich wurmte, ohne dass ich das jemals zugegeben hätte, war die Tatsache, dass nur *mir* offenes Misstrauen entgegenschlug, dass nur *ich* permanent zum Abhauen aufgefordert wurde, während ein gewisser Pierfrancesco Scuzzi rückhaltlose Akzeptanz erfuhr. Aber vielleicht nahmen sie ihn mit seinem gottverdammten Stirnband und dieser fürchterlichen Paillettenweste auch schon gar nicht mehr wahr. Er verschmolz einfach in diesem Tiegel. Und anstatt sich das zunutze zu machen und Informationen für uns zu sammeln, schlug er sich auf die Gegenseite.

Es machte mich sprachlos. Na, nahezu. »Schisser *war* hier, ich weiß es, Leroy und Alma wissen es, und ich wette, sie wissen auch, was mit ihm passiert ist. Und das werde ich herauskriegen, und anschließend bleibt hier kein Stein auf dem anderen!«

»Du bist doch nur verbohrt, weil Vishna dir die kalte Schulter zeigt. Und weil du Alma und Leroy nicht leiden kannst. Doch es sind gute Menschen.«

»Und du bist einfach nur begierig darauf, jeden Scheiß

für bare Münze zu nehmen, Hauptsache, du kannst dich zusammen mit deinen neuen Freunden weiterhin in Ruhe zudröhnen.«

»Kristof, was wir hier praktizieren, ist gelebte Liebe.«

Ich rang um Fassung, ehrlich. Gelebte Liebe, mein Huf. Etwas Bitteres, Übersäuertes kroch meine Speiseröhre hoch.

»Darauf muss man sich einlassen, Kristof. Es war mir vom ersten Moment an klar, dass du das nicht kannst. Denn du kannst nicht vertrauen, und darauf basiert Liebe nun mal.«

Liebe, dachte ich. Gelebte Liebe. Einfach nur immer hübsch lächeln und feste dran glauben. Weia.

»Scuzzi, weißt du was? Bis du dich wieder eingekriegt hast von deinem Kreuzzug der gelebten Liebe und wieder willens und bereit bist, einen klaren Gedanken zu fassen, geh mir einfach aus dem Weg!«

»Du kannst die Dinge nicht erzwingen, Kristof.«

»Das höre ich dauernd«, sagte ich und ließ ihn stehen.

Ich wollte schnurstracks zu Alice, und es war mir scheißegal, wie weit sie inzwischen mit ihrer verdammten Kristallkugel gekommen war. Scheiß auf den ganzen Hokuspokus. Ich würde sie von ihren Pillen trennen und dann ganz klassisch verhören, alles aus ihr herausquetschen, was ihr zu Schisser einfiel. Und wenn es noch so krauses Zeugs sein sollte. Sortieren konnte ich es später immer noch.

Doch kaum hatte ich mich ein paar Schritte von der Busbar entfernt, fuhr mir die Guardia Civil fast über die Zehen und bremste hart vor dem Kuppelzelt der Schweizer. Die beiden Gardisten sprangen aus dem Wagen, zerrten einen übel zugerichteten Typen vom Rücksitz und stießen ihn in den Dreck.

Ich lachte auf. Es war der rothaarige Zigeuner, der mit dem Messer.

Die Schweizer waren ein wenig baff. Es wurde ziemlich schnell klar, dass sie nicht nur den Typen noch nie gesehen, sondern, vor allen Dingen, auch nie etwas von einem rothaarigen Täter erwähnt hatten.

Die Bullen zuckten die Achseln, stiegen wieder ein und fuhren davon, ließen den Zigeuner einfach zurück. Was sie anging, waren sie mit ihm fertig.

Aber ich noch nicht. Mag sein, ich bin ein wenig nachtragend, vor allem, wenn jemand versucht hat, mich erst mit einem Drahtseil zu köpfen und dann noch mit dem Messer zu perforieren. Jedenfalls nutzte ich die Gelegenheit, ihn so liegen zu sehen, stellte mich breitbeinig über ihn, deutete auf die Kratzer an meinen Armen und die Beulen auf meiner Runkel und bat Scuzzi, doch bitte ›Gewalt erzeugt Gegengewalt‹ für mich zu übersetzen. Doch Scuzzi schmollte.

Der Rothaarige krabbelte aus der Umklammerung meiner Beine, sprang auf, spie mir einen blutigen Zahn vor die Füße, knurrte ein, zwei kurze Sätze und hinkte davon.

»Er wird an der Straße auf dich warten«, übersetzte Scuzzi jetzt doch, mit einem Unterton stillen Ergötzens. »Er ist überzeugt, dass du ihm die Verhaftung eingebrockt hast. Und die Prügel auch.«

Meine Fähigkeit, selbst in feindseliger Umgebung die Leute für mich zu gewinnen, wird mir noch mal den Rang einer Legende eintragen.

»Sagt mal«, fragte ich die Schweizer, »was bedeutet eigentlich ›Schiggu-Schiggu‹?«

»Nun«, bemühte sich der eine, etwas verblüfft vom plötzlichen Themenwechsel, »Schiggu-Schiggu, das ist, wenn, äh …« Er verstummte.

Sein Kollege sprang ein, holte allerdings aus bis zu den Bienen und den Blumen, bis ich ihn unterbrach, mich bedankte und verabschiedete.

»Kommst du nicht zur Strandparty?«, fragte Scuzzi.

Ich schüttelte den Kopf und behauptete, ich sei zu etwas anderem eingeladen.

»Zu was denn?«

»Zu einer Runde tantrischem Schiggu-Schiggu.«

Ich klopfte an der Tür, sie schwang auf, doch anstatt der dürren Alice schob der fette Leroy seinen Wanst durch den Perlenvorhang. Wortlos kam er die Stufen herunter, schloss die Tür hinter sich, drehte den Schlüssel zweimal herum, zog ihn ab und versteckte ihn irgendwo unter seinem Kaftan.

»Sie schläft«, informierte er mich halblaut. »Und ich hatte dir gesagt, du sollst deine Besuche hier einstellen.«

»Und du, Leroy, willst einfach nicht begreifen, dass du mir überhaupt nichts zu sagen hast.«

»Alice ist sehr schwach, Kristof. Sie ist verwirrt. Wir versuchen alles, sie wieder aufzupäppeln, und wir werden nicht zulassen, dass unsere Bemühungen von dir und deinem impertinenten Herumgeschnüffel zunichte gemacht werden.«

»Nun gut«, sagte ich und trollte mich.

Das war jetzt nicht so schwer zu übersetzen, was Leroy da geäußert hatte. Alice wusste etwas, irgendetwas von Belang, von Interesse, und er und Alma glaubten allen Ernstes, mich von ihr und dieser Information fernhalten zu können. Sollten sie.

Das Feuer loderte, die Trommeln dröhnten, das Muttertier stampfte den Sand und schüttelte sein Tamburin. Rolf entlockte einem langen bemalten Holzrohr Töne, wie die Natur sie eigentlich nicht vorgesehen hat. Scuzzi tanzte dazu einen Regentanz oder so was Ähnliches, vollkommen enthemmt. Furchtbar. Zusammen mit, wie es aussah, Vishna. Was es für mich kein bisschen besser machte.

Ich schlug einen Bogen um die Feiernden und schlenderte die Bucht hinunter auf der Suche nach Zerstreuung und Gesellschaft bei meinen Strandkumpels.

Doch als ich näher kam, waren die ersten schon aufgesprungen und zeigten ihre Zähne, während der ferne Feuerschein in ihren Augen flackerte. Noch ein Schritt weiter, und das ganze Rudel stand, und das gemeinsame Knurren ließ die Nacht erzittern.

»Na, dann fickt euch«, sagte ich und machte vorsichtig kehrt. »Fickt euch doch alle.«

Zurück im *Hymer,* durchwühlte ich sämtliche Schränke nach Essbarem. Zwieback und Scheibletten schienen tatsächlich alles zu sein, was mein Freund Pierfrancesco an Reiseproviant anzuschaffen für nötig befunden hatte.

Und immer noch kein Bier. In einem Zustand momentan überflüssiger und dazu in diesem Umfang völlig unerwünschter geistiger Klarheit warf ich mich auf meine Matratze.

Tag 3

Vielleicht waren das schon die ersten Auswirkungen von Scuzzis Regentanz, aber der Morgen begann trüb, wolkenverhangen, ungewöhnlich windstill. Das Meer büßte seine Schaumkronen ein, die Surfer ihre Brecher. Schon begannen die Ersten, ihren Krempel einzupacken.

Überhaupt schien sich so was wie Aufbruchsstimmung breitzumachen. Alles wegen ein paar Wolken?

Ich klopfte bei Alice an, doch es regte sich nichts in ihrem Mobil. Nicht ihre Zeit, wahrscheinlich.

Über Nacht war ein dicker Ast von der großen Eiche abgebrochen und genau auf die Stelle gekracht, an der Leroy sonst jeden Morgen sein Müsli schlabberte.

Bräsig vom Schlaf stand er da, sah hoch in den Baum, runter auf die Trümmer von Tisch und Stuhl, wieder hoch.

»Eijeijei«, raunte ich. »*Böses* Omen.«

Fand er überhaupt nicht lustig, das.

Andere kamen, um den Schaden zu begutachten, Hand anzulegen, drängten sich, einer wie der andere, an mir vorbei, und ehe ich mich versah, war ich zehn Schritte weit weg vom Geschehen.

Das kaputte Tischelement wurde entfernt, die Lücke durch Verschieben geschlossen, ein neuer Stuhl für Leroy besorgt, und alles ließ sich nieder in freundlich murmelndem, morgendlichem Umgang miteinander.

Niemand hatte auch nur einen Blick für mich übrig.

Kristof, der Unberührbare.

Fickt euch, dachte ich.

Bei Tageslicht waren die Hunde wieder etwas geselliger.

Eigentlich war ich zum Schwimmen gekommen, doch ohne Brandung fehlte das Element der Herausforderung. Also schlenderte ich nur den Strand entlang, und ein paar der verwilderten Bande schlenderten mit. Ich fragte sie nach Schisser, doch so richtig mit der Sprache raus wollten auch sie nicht.

Draußen, am äußersten Ende der Mole, hockte ich mich hin und starrte auf das Meer, das grau aussah heute, flach, langweilig. Zum Kotzen langweilig.

Ein ganzer Haufen Kids kam angetrabt, uneins, ob sie schwimmen gehen sollten oder lieber nicht.

»Letzte Gelegenheit«, sagte einer, und damit war die Entscheidung gefallen. T-Shirts wurden abgestreift, Flip-Flops von den Füßen geschleudert.

»Wieso letzte Gelegenheit?«, fragte ich.

Alle, wirklich alle drehten die Köpfe von mir weg.

Nur eine Kleine mit Sommersprossen und einer Schweinchennase nicht.

»Wir dürfen nicht mit dir reden«, sagte sie.

»Wieso letzte Gelegenheit?«, wiederholte ich und sah ihr direkt in die Nasenlöcher.

»Weil, unser Flieger geht heute Nachmittag?« Provokant angehobene Stimme zum Satzende, angehobene Nase, angehobene Braue. Es gibt Kinder, die betteln geradezu darum, dass man ihnen eine scheuert.

»Ihr fliegt nach Hause? Wieso das denn?«

Sie verdrehte die Augen, nahm die Nase noch ein wenig höher. Irgendjemand sollte ihr davon mal abraten, schoss es mir durch den Kopf.

»Die Sommerferien sind vielleicht zu Ende?«, meinte sie, als ob man einen Schaden haben müsse, das nicht zu wissen.

»Und warum dürft ihr nicht mit mir reden?«

Hat man sie einmal am Quatschen, macht dies das Verbot sozusagen rückwirkend hinfällig. Stimmt mich immer heiter, so was.

»Meine Mutter hat gesagt, du wärst von der DEA«, antwortete ein hübscher Knabe mit ach so blauen Augen, umso auffälliger gemacht von seinem dunklen Teint und dem Mopp krauser Haare, unter denen sie hervorlugten.

DEA, dachte ich, Jessas. Drug Enforcement Agency, die US-Drogenbekämpfungsbehörde. Und ich. »*Kristof Kryszinski, Special Agent DEA. Bleiben Sie stehen, oder ich mache von der Schusswaffe Gebrauch.*« Weia.

»Richte deiner Mutter aus: Sie hat 'nen Furz im Kopp.«

»Mach ich.«

Sie lachten.

»Also, Kids: 'nen Fünfer für jeden, der mir etwas über meinen Freund Schisser erzählen kann.«

Nee, das ging jetzt doch zu weit.

»Kommt, lasst uns reingehen«, meinte der Knabe und meinte das Wasser.

»Also gut: 'nen Zehner.«

»Nee«, zierte sich Sommersprosse. »Alma hat gesagt, du würdest uns Geld bieten. Wir sollen sagen, wir zeigen dich an. Wegen Belästigung.«

»Zwanzig. Mein letztes Wort.«

»Erst mal zeigen«, forderte Blauauge.

Na also, dachte ich und fummelte meine Barschaft aus der Jeanstasche. Entfaltete das Bündel Scheine. Das in meiner Erinnerung um einiges dicker gewesen war. Bunter auch, weniger grau und weniger, tja, einstellig. Hm.

»Also, Kids, um noch mal auf mein *ursprüngliches* Angebot zurückzukommen ...«

»Vergiss es. Wir müssen jetzt eh los. Kommt.«

»Na, dann noch viel Spaß in der Schule«, rief ich ihnen hinterher.

Mehrere kleine, gereckte Mittelfinger antworteten.

»Mach aus«, sagte ich zu Scuzzi, der gerade die Flamme an einen fetten Dreiblatt halten wollte. Er blickte mich muffelig an, gehorchte aber.

»Hab dich schon gesucht«, meinte er, platzierte Joint und Feuerzeug sorgfältig neben sich auf dem Eingangstreppchen des *Hymers*. »Es gibt da ein paar Neuigkeiten.«

»Ah«, sagte ich, lehnte mich gegen die Flanke des Wagens und betrachtete meinen abgeschürften Ellenbogen. Schon zu, die Wunde. Gutes Heilfleisch, wie man bei uns sagt. Immer schon gehabt.

»Ja. Schisser war also tatsächlich nicht hier, aber – lass mich ausreden, hörst du?«

Ich grunzte. »Aber?«

»Aber Rolf hat von der Guardia Civil aufgeschnappt, dass vor zwei Wochen oder so ein Biker aus Deutschland öfter in der Zigeunersiedlung da oben gesehen worden ist.«

»*Rolf*«, sagte ich.

»Ja, Rolf. Du weißt selbst, was Barkeeper so alles mitkriegen.«

»Barkeeper? Hast du Barkeeper gesagt? Der mit dem Buttermilch- und Kräutertee-Ausschank da hinten?«

»Das ändert doch nichts daran, dass er gehört hat, was er gehört hat.«

»Was er *angeblich* gehört hat. Glaubst du diesen Schmu?«

»Ich dachte, ich sags dir. Aber wenn es dich nicht interessiert ...« Scuzzi griff schon wieder nach seiner Tüte.

»Glaubst du es?«

»Tja, Kristof. Es ist die momentan einzige Spur, die wir haben, oder?«

»Die *du* hast. Ich für meinen Teil bin noch lange nicht fertig mit King Leroy und seinem Hofstaat.«

»Kann das sein, dass du dich in etwas verrennst? Dass du gar nichts anderes mehr hören, keine anderen Möglichkeiten zulassen willst, außer deine verbohrten Vorstellungen, einzig und allein auf deinem Misanthropentum begründet?«

»Okay«, entschied ich. »Lass uns los.«

»Was? Wohin?«

»Unserer, wie du selber sagst, einzigen Spur hinterher. Wir fahren raus, zu den Zigeunern. Reden mit ihnen.«

»Wieso ›wir‹?« Bocklos. Bocklos, irgendetwas anderes zu machen, als Dope zu rauchen, rumzuhängen und Dünnschiss zu reden.

»Weil du die Sprache sprichst?« Angehobene Stimme zum Satzende, angehobene Braue. Nur die Nase ließ ich unten. »Weil du ja so viel diplomatischer bist im Umgang mit unseren Mitmenschen? Weil du *endlich* auch mal etwas dazu beitragen willst, Schisser zu finden?«

»Na gut«, maulte er. »Aber womit sollen wir fahren? Ich denke, diese Mühle hier springt nicht an?«

»Lass das mal meine Sorge sein.«

»Was ist, wenn sie uns wieder mit Steinen beschmeißen?«

»Das lass ich *deine* Sorge sein. Ich dachte, du umarmst sie vielleicht mit deinem Überfluss an Liebe.«

»Dein Sarkasmus ist doch nur das Eingeständnis deiner verleugneten Sehnsucht nach Nähe und Vertrauen.«

»Wenn nicht meines heimlichen Verlangens nach Almas wogendem Busen«, sagte ich. »Können wir dann mal los?«

»Hm. Gut. Nur lass uns vorher kurz am Headshop vorbeischauen.«

»Da«, sagte ich. »Rätselhaft.« Scuzzi und ich waren hoch zu der Ranch getippelt, und jetzt zeigte ich ihm auch noch die Bucht. »Sperrgebiet, all das hier.«
»Ja, ich weiß.«
Ich stutzte. »Du weißt das?«
»Ja klar. Leroy hat davon gesprochen. Auch von den Evakuierungen. Schande, eigentlich.«
»Und wieso erzählt man mir so was nicht?«
»Weil du mit keinem redest, außer, um die Leute zu bedrohen und blöde anzumachen?«
»Und wieso erzählst *du* mir so was dann nicht?«
»Weil du nicht fragst? Weil du von morgens bis abends 'ne Fresse ziehst und den dumpfen Brüter gibst?«
Wir machten auf der Stelle kehrt, stapften zurück zur Ranch. Ich kochte.
»Was verheimlichst du mir noch? Hast du irgendetwas über Schisser gehört? Oder verrätst du mir das auch nicht, weil ich dir nicht entrückt genug lächle und keine Bereitschaft zeige, Liebe zu leben?«
»Also, die Gerüchte besagen, dass der erwähnte Biker sich mit einer der Frauen eingelassen hat, deshalb abhauen musste und nun vor der ganzen Sippe auf der Flucht ist.«
»Dann kann es sich nicht um Schisser handeln«, sagte ich.
»Wieso?«
»*Wieso?* Schisser und eine *Zigeunerin?* Sag mal, haben sie dir ins Hirn geschissen?«

Scuzzi schluckte und blickte beleidigt. Doch er widersprach nicht.

›Blonde Milchkuh‹ ist der einzige Typus Frau, auf den Schisser jemals abgefahren ist, und zwar ohne Ausnahme. Ich hätte eher Berichten geglaubt, er wäre homosexuell oder Zeuge Jehovas geworden, als dass er sich in eine Zigeunerin verkuckt haben könnte.

»Doch wir sind ja unterwegs, um das zu klären. Dann lass uns auch.«

»Und womit fahren wir?«

Ich zeigte es ihm.

»Das ist nicht dein Ernst.«

Die Frage blieb, dachte ich und startete strampelnd den Motor, welche andere Bucht Schisser gemeint haben könnte.

Die Steine flogen wie erwartet, doch ich stoppte noch außer Reichweite, und Scuzzi stieg ächzend ab. Rieb sich den schmerzenden Hintern. Hob dann beide Arme auf die beschwichtigende, messianische Art. Hohn schlug ihm entgegen.

»Meine Freunde«, rief er, das bekam sogar ich übersetzt. »Frieden!« Mehr Hohn, mehr Steine. Die Einschläge rückten näher. Die Horde auch. »Sind wir denn nicht alle …?«, rief Scuzzi, verschränkte die Arme vor der Brust, senkte die Hände in die Innentaschen seiner Weste und zog sie wieder hervor, mit Joints zwischen allen Fingern, »… hermanos?«

Die Bande steckte die Köpfe zusammen. ›Wir knöpfen ihnen die Joints ab und dann schmeißen wir die Steine trotzdem‹ war ohne jede Mühe aus ihren grinsenden Mienen zu lesen.

»Doch erst«, rief Scuzzi, und die beiden weißen Kränze

verschwanden wieder in seinen Taschen, »ein paar Fragen. Eine Frage, eine Tüte.«

Er hielt einen Dreiblatt hoch, und die Meute blickte mürrisch.

»Wir suchen einen Freund von uns, namens Schisser.«

Ein etwas perplexes Schweigen folgte, bis jemand »Schisser« wiederholte, gefolgt von: »Eeh.« Der Sprecher blickte zu einem Kollegen mit einem Kopfverband, der zu einem mit dem Arm in der Schlinge, der zu einem mit Gipsfuß und Krücken. Scuzzi warf ihnen den Joint zu und nach einigem Zögern erzählten sie ein bisschen.

Schisser war vor ungefähr drei Wochen das erste Mal hier aufgetaucht. Klar hatten sie ihn mit Steinen beworfen, doch anstatt den Kopf einzuziehen und zu flüchten, hatte Schisser gestoppt und war unterm Hagel der Geschosse auf die Größeren losgegangen, hatte sich einen nach dem anderen gekrallt. Niemand, der sich in der Folgezeit auch nur nach einem Kiesel gebückt hätte, wenn Schisser durch die Siedlung fuhr.

»Dann frag sie auch nach Schissers angeblicher Romanze mit einer ihrer Frauen.«

Scuzzi fragte, warf eine weitere Tüte rüber.

Unsinn. Da waren sich alle einig. Das Einzige, was Schisser interessiert hatte, war die Pferderanch.

»Und?«

Die ersten pafften schon, was die Auskunftsfreude derjenigen, die bis dahin leer ausgegangen waren, sichtlich beflügelte.

»Es scheint tatsächlich jemand versucht zu haben, Schisser die Ranch zu verkaufen«, dolmetschte Scuzzi, schnickte einen Stick in die Menge. »Ein Typ namens Hidalgo.«

»Wo ist Hidalgo jetzt?«

Einer aus der Horde mimte mit zwei Fingern rennende Beine, und die Bande feixte dazu.

»Frag sie, ob sie irgendetwas über eine Bucht wissen, die zu verkaufen ist.«

Hä? Eine Bucht? Nein, nichts.

»Frag sie, warum sie uns und alle anderen Durchfahrenden mit Steinen beschmeißen.«

Darum. Hehehe.

»Frag sie, warum sie den Hund in Flammen gesetzt haben.«

Der Hund war tollwütig.

»Das ist doch noch lange kein Grund ...«

Der Hund hatte zwei kleine Kinder gebissen.

»Das ist doch noch lange kein Grund ...«

Eines der beiden Kinder war inzwischen tot.

»Das ...« Ich biss mir auf die Zunge.

An einer der Hütten ging eine Tür auf, an einer weiteren, an noch einer, und die Frauen von Roman, Roman und Roman kamen heraus. Eine unrasierter und hackfressiger als die nächste, nicht alle unbedingt nüchtern, mit scharfen oder aber stumpfen Gegenständen in Händen, vor allem aber bewaffnet mit Stimmen, die sich einem augenblicklich wie Ätznatron in die Gehörgänge fraßen. Gleichzeitig bückte sich die verdammte Horde schon wieder nach Steinen, und ich trat energisch die Pedale, Scuzzi schob, der Motor plärrte los, Scuzzi sprang auf, und wir waren unterwegs.

Einen halben Kilometer später traf es mich. Ich zog beide Bremsen, wir kamen in einer Staubwolke zum Stehen, und ich schlug mir die Faust vor die Stirn, dass es gongte.

»Was ist?«, wollte Scuzzi wissen, stand auf und rieb sich ächzend den Hintern. Das *Pegaso* hatte keinerlei Federung und bot als Sitz für den Beifahrer nur einen Gepäckträger aus relativ unnachgiebigem Stahlblech.

Wie ein Pferd zurück in seinen Stall war ich instinktiv wieder in die Richtung geflüchtet, aus der wir gekommen waren. Anstatt vorwärts, nach Puerto Real.

»Was willst du denn da?«

»Bier holen.«

»Mit dem Ding? Da bist du ja ewig unterwegs.«

»Du hast nicht noch zufällig ein paar Joints?«, fragte ich, ohne wirkliche Hoffnung.

Scuzzi schüttelte den Kopf. »Und du glaubst doch wohl nicht, dass ich noch einmal mitkomme, da hoch, oder? Weißt du, was diese Megären uns hinterhergeschrien haben?«

Ich schüttelte den Kopf.

»Geht nach Thailand!«

»Was soll das denn heißen?«

»Sie halten uns für schwule Sextouristen.«

Na wundervoll, dachte ich.

»Hey, hola, Pierfrancesco!«

›Pierfrancesco kommt zurück zur Lodge, zu Fuß und – vermutlich – in Begleitung des Unsichtbaren Mannes.‹

Scuzzi bog direkt ab zum Wachhäuschen, schnurrte mit Vishna herum. Wölkchen stiegen über den beiden auf, als sie sich einen Stick teilten.

Der Unsichtbare ging wortlos weiter.

Vor der Tür zu Alices Wohnmobil hockte der dickste der drei Trommler und sah hoch in den Baum, wo seine beiden Kollegen mit Macheten zugange waren. Im ersten Augenblick dachte ich, sie würden abgestorbene Äste herausschlagen, doch dann sah ich das ganze Grün am Boden und mir ging auf, dass sie dabei waren, den kompletten Baum zu zerhacken.

Eh ich mich versah, stand ich unter dem Baum und befahl den beiden, sofort herunterzukommen. Sie ließen ihre Macheten für einen Moment ruhen und sahen zu mir herab.

»On ne prends pas des ordres de toi«, ließ mich der Schmalste und Hellhäutigste der drei wissen.

»We don't take orders from you«, sagte der große, muskulöse Dunkelbraune.

»Du hast uns nichts zu befehlen«, übersetzte der Dickste und Schwärzeste von seinem Platz vor Alices Tür.

Sekunden später ging das Gehacke im Geäst weiter.

Ich stürmte zu Leroys Shop, riss die Tür auf, dass es das Windspiel in alle Richtungen zerbimmelte. Er sah von seiner Tätigkeit – Pillen abzählen – auf. Eine Lesebrille balancierte prekär auf seiner Nasenspitze.

»Du kommst sofort mit und stoppst deine Bimbos«, herrschte ich ihn an.

Er schürzte die Lippen. »Rassistische Bemerkungen werden von uns nicht toleriert, Kristof.«

»Und dem schwarzen Fettsack kannst du sagen, er soll seinen Arsch von Alices Tür wegbewegen.«

»All diese Dinge geschehen aus gutem Grund, Kristof. Wenn es dir bei uns nicht gefällt, bist du frei, zu gehen.«

Ich riss mich so gut es ging zusammen. »Dies ist ein kerngesunder, grüner Baum in einer komplett verdorrten Gegend«, sagte ich langsam. »Nenn mir einen guten Grund, ihn klein zu hacken.«

»Er hat versucht, mich zu verletzen, wenn nicht gar zu töten.« Das war sein Ernst und, oh, oh, oh, so was von ominös gemeint. »Und ehe du fragst: Friedrich sitzt da, wo er sitzt, weil er Alice *beschützen* soll. Sie fürchtet sich vor dir. Und das ist nicht gut, in ihrem schon von Ängsten beherrschten Zustand.«

Schwer zu sagen, was mich mehr aufrieb, die Verlogenheit oder die Scheinheiligkeit seines Getues.

»Ein Zustand, in den du und deine Scheiß-Apotheke sie doch wohl erst gebracht haben, oder? Wofür schuldet sie dir Geld? Doch für Pillen, hab ich recht?«

Er sah mich über den Rand seiner Brille hinweg an. Seine Augen waren rot, wie immer, das schmale Lächeln satt, wie meistens. Es war nur zu deutlich zu spüren, ja geradezu zu riechen, dass er sich auf meine Kosten amüsierte. Ich verlor die Fassung, und er gewann die Oberhand.

Sie verhinderten konsequent jeden Kontakt von mir zu Alice, und auch die ganze Aktion mit dem Baum kam ihnen wie gelegen, mir meine Machtlosigkeit vor Augen zu führen. Sie wollten mich zum Aufgeben zwingen, das war es.

Mühsam kämpfte ich den Impuls nieder, quer über den Schaukasten zu hechten und dem fetten Heuchler die Selbstzufriedenheit ein für alle Mal aus dem Gesicht zu ohrfeigen. Stattdessen machte ich kehrt und trat draußen die heruntergefallenen Bimmeln weiter in die Gegend. Und mir war bewusst, was das für eine hilflose Geste war.

»Leroy will dich sprechen«, sagte ich und deutete über meine Schulter.

»Er weiß, wo er mich finden kann«, meinte Friedrich und spuckte etwas braunen Saft vor sich in den Staub.

List, Überredung, Gewalt sind die drei klassischen Schritte. Mit ›List‹ war ich gerade gescheitert.

»Pass auf«, sagte ich. »Ich *muss* mit Alice sprechen. Und

deine kurzfristige Kooperation wäre mir …« Ich zog meine Barschaft hervor, und ein Trumm von einem Ast krachte direkt neben mir zu Boden.

»Oh là là, attention, là-bas!«

»Mind where you stand!«

»Vielleicht besser, du gehst einfach weiter.«

Damit konnte ich ›Überredung‹ im gleichen Zug abhaken wie ›Gewalt‹.

Ich versuchte noch mal mein Glück bei den Kids, doch sie wichen mir aus, allesamt mit Packen beschäftigt. Vor allem Sommersprosse behandelte mich, als ob ich sie aufgefordert hätte, in meiner Hosentasche nach Bonbons zu suchen.

Dann ging auch noch eine der Mütter hysterisch dazwischen, und das war das.

Kein Windhauch regte sich mehr. Der Ozean begann sich unter dem schwülwarmen Dunst glatt zu ziehen wie ein Ölteppich.

Die Surfer, normalerweise kaum aus ihrem Neopren zu kriegen, wuselten in Shorts und T-Shirts herum, packten ihre Campingstühle, ihre Sonnenschirme, ihre Grills, ihre Ausrüstung zusammen.

»Ihr haut ab?«, fragte ich unsere Nachbarn. »Das ist doch nur ein bisschen Wetter.«

Nein, musste ich mich belehren lassen, dies war der Beginn der alljährlichen Spätsommer-Depression, eines oft mehrwöchigen, ortsfesten Tiefdruckgebiets mit wenig Wind, dafür aber hoher Regenwahrscheinlichkeit. Die Surfer zogen dann um nach Frankreich, wo sich, am Rand desselben Tiefs, gerade jetzt die Wellen besonders hoch türmten.

Meine Fluchtinstinkte meldeten sich in Form eines kleinen Stichs von Neid. Gepaart mit wachsender Unruhe.

Wie ein Vogel im Käfig, wenn die Wildgänse ziehen.

Ziellos stromerte ich herum. Wollte auf den alten Leuchtturm – verschlossen. Besah mir die alten Wellblechschuppen – verschlossen. Entdeckte ein Bootshaus – verschlossen. Surf- und Tauchschule samt Shop – verschlossen.

Und zwar alles ausgesprochen solide. Dicke Überwurfriegel, bündig eingepasste Schlösser, Türrahmen und -zargen aus rund sechs Millimeter starken Flach- und Winkeleisen. Na ja. Ehemalige Militäranlagen, halt. Weiß der Deibel, was die hier damals unter Verschluss gehalten hatten. Bevor sie es in die nächste Bucht kippten.

Vor dem Wachhäuschen am Eingang wartete ein alter Landrover und tropfte Öl in den Sand unter seinem Motorblock.

Er war offen, völlig verstaubt, mit spanischen Kennzeichen, Trittbrettern an den Seiten und einem Anhänger voller Koffer, Schlafsäcke, Rucksäcke, Reisetaschen. Nach und nach kamen die Kids an, zusammen mit den Müttern, kraxelten in den Wagen.

Leroy schloss seinen Laden ab, rief nach Armand, Obutu und Friedrich und schwang sich hinters Lenkrad. Die drei Trommler hievten ein Netz voll handlicher Steine in den Rover und stellten sich dann beidseitig auf die Trittbretter. Zwei VW-Bullis mit Surfern schlossen sich an, und ab ging die Reise. Ich winkte hinterher, und niemand winkte zurück.

Fickt euch, dachte ich.

Alices Behausung stand einsam da und unbewacht, also klopfte ich rasch mal an ihre Tür. Klopfte noch mal. Probierte den Griff, ließ mich ein.

»Alice?«

Doch nein. Keine Alice. Ich sah mich ein bisschen um, aber es fand sich keine Nachricht an mich oder sonst irgendwas, das mich weitergebracht hätte. Noch nicht mal Pillen, die ich hätte einstecken und, Stück für Stück, gegen möglichst präzise Informationen eintauschen können.

Dammich.

Eine kalte Dusche ist eine kalte Dusche und hat es nicht ohne Grund bis in den Rang eines geflügelten Wortes geschafft, doch die *Paradise Lodge* ließ mir keine Wahl. Eine vom Duschkopf baumelnde Kette beschränkte die Einstellungsmöglichkeiten auf entweder ›An‹ oder ›Aus‹.

Ich pellte mir die Plörren vom Leib, hängte sie an einen Haken, trat unter die Brause, biss die Zähne zusammen, zog die Kette und weichte mich schaudernd ein. Als ich wieder losließ, drang ein weibliches Flüstern an mein Ohr.

»Kristof? Lass mich rein, ja?«

Von irgendwo sprang mich die irre Hoffnung an, es könne sich um Vishna handeln. Vishna mit dem Flaum im Nacken, Vishna mit den ranken Armen, Vishna in ihrem Rüschenkleid, gehalten von zwei Schleifen, an denen man nur zupfen musste und …

Doch draußen stand natürlich nur Alice. Augenblicklich schloss ich die Tür wieder und schob den Riegel vor. Dies weniger aus Schamhaftigkeit als vielmehr aus Besorgnis, sie könnte sich zu mir reindrängen. Irgendwie fühlte ich mich nicht recht gewappnet für einen Verführungsversuch durch eine lebende Mumie. Falsches Genre, wahrscheinlich. Gleichzeitig hatte mich der Gedanke an Vishna aber stimuliert – ach was, stimuliert, rattig gemacht. Und das Wetter förderte das noch. Diese momentane Schwüle war wie geschaffen für träge, genussorientierte, sich endlos hinziehende erotische Leibesübungen.

Ich seifte ihn ein, hart wie ein Knüppel unter der Hand. Schielte nach dem Türriegel. Es war eine Weile her, immerhin. Und an dieser trällernden, als Sexsymbol gehandelten Fußballergattin ist, seien wir mal ehrlich, auch nicht viel mehr dran.

»I'm the gipsy, the Acid Queen«, kam es mit kippeliger Stimme von draußen herein, und ich drehte mich um, zog die Kette und hielt ihn unter den kalten Strahl.

»Acid Queen kommt hin«, sagte ich. »Aber die Zigeunerin nimmt dir keiner ab.«

»Spring mit mir durch den Spiegel, Kristof.«

Fast hätte ich ›Spring du vor‹ gesagt, doch dann verschluckte ich es. Nachher nahm sie das wörtlich.

Sorgfältig schäumte ich mich von Kopf bis Fuß ein, in Vorbereitung auf einen letzten Schritt unter das verdammt kalte Wasser.

»So wie Schisser.«

Hä?

»Was ist mit Schisser?«, fragte ich und hechtete unter die Dusche. Riss an der Kette. Und – das Wasser blieb weg.

»Alice, sprich mit mir! Was ist mit Schisser?«

»Wir hatten Kontakt. Schisser ist auch durch den Spiegel gesprungen. Und nie wiedergekommen. Er ist jetzt auf der anderen Seite.«

»Welche andere Seite?« Ich wollte sie packen, schütteln, doch erst mal musste ich den verdammten Schaum loswerden, und ich konnte an der Kette zerren, wie ich wollte, von oben kam kein Tropfen mehr.

»Von was für einer Scheiß-anderen-Seite redest du?«

Keine Antwort. Ich wünschte, ich hätte mich nie an sie gewandt. Es gibt Kulturen, in denen die Verrückten verehrt werden, doch da, wo ich herkomme, stellt man sie mit Diazepam ruhig, bis sie sich wieder eingekriegt haben.

»Wovon redest du, Alice? Erklärs mir.«

Von draußen kam plötzlich mehrstimmiges Gemurmel, dazu schwacher Protest von Alice. »Aber wir wollten doch ... durch den Spiegel springen.« Ihre Stimme entfernte sich.

»Alice!« Viel hätte nicht gefehlt, und ich wäre nackt und schaumtropfend hinter ihr her, da lief das Wasser plötzlich wieder.

Anderthalb Minuten später stand ich, einigermaßen abgespült, einigermaßen abgetrocknet und einigermaßen angezogen, draußen. Allein.

Zwieback? Hmm. Scheibletten? Wundervoll. Cola war auch noch da. Alles, was man braucht, also. Ich setzte mich zu Scuzzi an den Klapptisch des *Hymers* und stärkte mich nach Herzenslust.

»Hidalgo«, meinte Scuzzi und hielt seine Feuerzeugflamme an ein größeres Stück hocharomatischen Haschischs. Bröselte etwas in eine kleine Schale. »Stell dir vor, dieser Hidalgo hätte es tatsächlich geschafft, Schisser um das Geld zu erleichtern.«

Ich schälte noch eine Scheibe Kunstkäse aus ihrer separaten Plastikhülle und freute mich an der schieren Hygiene dieser Darreichungsform.

»Die ganzen hundertachtzigtausend?« Das schien mir doch eher unwahrscheinlich.

»Oder einen Teil davon. Mit einem fingierten Kaufvertrag.« Der Rauch von Scuzzis Dope roch wie eine ferne Erinnerung. An eine Zeit, als Kiffen noch Sinn machte.

Bevor die Holländer den Markt an sich gerissen und mit ihrem Treibhaus-Kraut den Unterschied abgeschafft haben zwischen einem Zug an der Pfeife und einem Hieb über den Schädel. »Und Schisser kann das nicht zugeben und meldet sich deshalb nicht mehr, bis er das Geld von Hidalgo zurückhat.« Scuzzi streute Haschischflöckchen in den Messingkopf seiner Purpfeife und komprimierte sie sachte mit dem Daumen. »Vielleicht sollten wir einfach noch ein paar Tage abwarten. Augen und Ohren offenhalten, doch das muss dich ja nicht daran hindern, nebenbei ein bisschen Spaß zu haben.« Er hielt mir die Pfeife hin, Feuerzeug bereit.

»Okay«, sagte ich. »Guter Vorschlag. Abwarten und Dope rauchen. Doch wer, wenn nicht ich, soll in der Zwischenzeit Leroy und Alma und dieses ganze Pack fertigmachen?«

»Wofür denn, Kristof?« Scuzzi wurde richtiggehend lebendig. Schön. Mal was anderes. »Wofür? Du hast doch überhaupt nichts gegen sie in der Hand.«

»Sie haben etwas mit Schissers Verschwinden zu tun. Ich werde rauskriegen, was, ich werde es beweisen, und ich werde sie dafür fertigmachen. Wenn auch nicht unbedingt in dieser Reihenfolge. Und außerdem«, fügte ich hinzu und stand auf, »habe ich auch noch einen Baum zu rächen.«

»Vergiss den Baum, Kristof. Wir werden dafür drei neue pflanzen.«

»*Wir?*« Ich war schon an der Tür, stoppte noch mal. »Ich an deiner Stelle würde mir gut überlegen, mit wem ich mich hier solidarisiere.« Damit trat ich raus und kickte die Tür ins Schloss.

Ein Lkw parkte am Strand und ein reichlich verbeulter offener Toyota Landcruiser. Beide in grün, beide mit ›Perrera Puerto Real‹ beschriftet, was immer das bedeutete. Der Lkw war hochbeinig, mit Allradantrieb und grobstolliger Bereifung. Vermutlich ein ehemaliges Militärfahrzeug. Eine nach oben offene, hohe Plane umspannte die Ladefläche. Den Landcruiser hatte man mit einem Überrollbügel versehen, gegen den ein paar große Käscher und Holzknüppel lehnten.

Zwei Spanier und ein paar Schwarzafrikaner liefen geschäftig herum, beobachtet von den beiden Uniformierten der Guardia Civil.

Die Arbeitsteilung war klassisch: Die Spanier gaben die Kommandos, und die Neger schufteten. Sie waren dabei, einen Zaun zu ziehen, ein Provisorium, ähnlich dem, mit dem Schäfer ihre Herden sichern, nur höher, und zwar vom Wasser quer über den Strand bis an den Maschendrahtverhau des Campingplatzes. Auffallend war, dass der Zaun damit beide Fahrzeuge von der Straße abschnitt.

Was soll denn der Scheiß?, rätselte ich.

Die Hunde hatten solche Fragen nicht. Sie wussten, was das sollte, und strichen bellend und mit eingezogenen Schwänzen am hintersten Ende des Strandes herum, wo die Klippen einen weiteren Rückzug unmöglich machten.

Die Hunde wussten, was abging. Noch bevor die Spanier die Motoren starteten. Und die Schwarzen die Käscher herausholten, die Schlingen und die Netze.

Die Hunde heulten. Und die Hatz begann.

Ich brüllte irgendetwas, das kein Gehör fand, ich sah mich wild nach Unterstützung um, die ausblieb, ich packte den Zaun, wollte ihn niederreißen, und etwas traf mich an der rechten Schulter und riss jegliches Gefühl aus meinem Arm. Im ersten Augenblick dachte ich, man hätte mich angeschossen. Doch als ich mich umdrehte, wurde mir zusammen mit dem lähmend einsetzenden Schmerz bewusst, dass man mir nur einen Gummiknüppel übergezogen hatte. Ein Gardist, um genau zu sein. Der Jüngere des schon bekannten Duos. Der Ältere wedelte warnend mit dem Finger vor meiner Nase herum und sprach drohend auf mich ein, während sein Kollege abwartend dastand, Knüppel in beidhändigem Griff, wie der Schlagmann beim Baseball.

Alma erschien an seiner Seite und gab sich redlich Mühe, Betroffenheit zu mimen und so zu tun, als wolle sie die Situation entschärfen.

»Kristof, wir haben in dieser Gegend ein Tollwutproblem«, erklärte sie. »Wenn die Behörden nicht konsequent durchgreifen, wird es zur Epidemie.«

»Was passiert mit den Hunden?«, fragte ich heiser. Das verzweifelte Gejaule ging mir an die Nieren.

Alma fragte die Gardisten. Der Ältere antwortete.

»Nun, die Gesunden werden geimpft«, übersetzte sie, »und dann weitervermittelt, meist an Touristen. Die Infizierten müssen leider getötet werden.«

Der Jüngere der beiden sagte etwas zu mir, und Alma nickte. »Es ist besser, du gehst«, sagte sie. »Enrique hat dich gerade offiziell verwarnt. Verzieh dich, oder sie nehmen dich fest.« Beide Gardisten nickten dazu.

Nur weg mit Kristof, da waren sie sich alle drei einig.

»Wie viel zahlt ihr denen, im Monat?«, fragte ich, und der Ausdruck stiller Befriedigung fiel Alma aus dem Gesicht.

»Was soll das denn heißen? Wir kooperieren, das ist alles. Weil wir auf das Wohlwollen der Guardia angewiesen sind.

Und jemand wie du passt da nicht ins Bild. Also geh, und mach uns hier nicht Jahre der gegenseitigen Vertrauensbildung kaputt.«

»Na komm. Mir kannst du es doch sagen. Wie viel?«

Enrique verlor die Geduld, er trat zwischen uns und schob mich mit seinem Knüppel rückwärts, bis ich nachgab und davonhinkte, meinen tauben Arm umschlungen wie ein Neugeborenes.

Motoren dröhnten, Kommandos hallten, Hunde jaulten in nackter Panik.

Und ich konnte nichts dagegen tun.

»Sind Sie das, Herr Hufschmidt?«

»Nein, ich bins, Frau Mohr! Kristof Kryszinski!«

Eigentlich hatte ich meinen Hund sprechen wollen, doch die Erwähnung von Hufschmidts Namen veränderte die Interessenlage auf der Stelle. »Was will Hufschmidt denn von Ihnen?«

»Und Sie brauchen nicht noch mal so rüde zu betonen, dass Herr Kryszinski nicht auf Wangerooge ist. Das weiß ich selbst. Ich soll das immer nur sagen, wenn jemand fragt.«

»Frau Mohr, warum fragt Kommissar Hufschmidt nach mir?«

»Mit allem anderen müssen Sie sich schon an ihn selbst wenden. Ich muss jetzt auflegen, sonst kochen mir die Kartoffeln über.«

»Frau Mohr!«

Tuut.

Ich fluchte, hängte ein, warf die durchgefallenen Münzen wieder in den Schlitz und wählte eine andere Nummer.

»Ja.«

»Kannst du mir sagen, warum Hufschmidt hinter mir her ist?«

»Ja.« Pause.

»Aber du willst nicht drüber reden, richtig?«

»Nicht am Telefon.«

»Okay. Charly, ich möchte, dass du die Jungs in Alarmbereitschaft versetzt.«

»Das sind sie längst. Wenn auch aus ganz anderen Gründen.«

»Kann sein, dass ich euch bald schon brauche.«

»Wir kommen möglicherweise so oder so. Die Bullen drehen hier komplett am Rad, zurzeit.«

Kein Feuer, keine Trommeln, keine Party heute Nacht.

Leroy war vom Flughafen zurück und hatte nach dem Abendmahl Löschpapierschnipsel an seine Getreuen verteilt wie einst Jesus seine Hostien, und jetzt, zwei Stunden später, zeigte sich deren Wirkung. Eifrige Fickgeräusche durchstöhnten die Stille aus allen Richtungen.

Daran hatten offensichtlich auch meine Freunde vom Dunklen Kontinent ihren Anteil, also hinderte mich niemand, mal verstohlen an Alices Tür zu klopfen.

Nichts.

Ich gab alle Verstohlenheit dran, klopfte energisch und, als sich immer noch nichts regte, hämmerte ich auch ein bisschen.

Nichts.

Rein zufällig befand ich mich in Begleitung meines Reifeneisens, und nicht viel mehr als einen entschlossenen Hebelruck später teilte ich den Perlenvorhang.

»Alice?«

Nichts. Nichts und niemand.

Sie hatten sie weggebracht. Weggeschafft. Wohin? Was wusste Alice, dass man einen solchen Aufwand betrieb, sie von mir fernzuhalten?

Der Strand war nur noch eine leere, tote Fläche Sand, zerwühlt von Reifenspuren, fleckig von Kot und Blut.

Ich ging ein Stück, hockte mich hin und stierte raus aufs Meer, so unnatürlich still, so glatt wie ... wie ein ... *Spiegel.*

Mein Nackenhaar stand auf und wollte sich nicht wieder legen.

Tag 4

Noch vor dem Morgengrauen rissen mich Stimmen, Türenschlagen und startende Motoren aus dem Schlaf. Ich setzte mich auf, rubbelte mir den Sand aus dem Haar und von den Armen. Meine Schulter fühlte sich dick an wie ein Fußball, doch das Gefühl kroch zurück in den Arm, die Finger ließen sich schon wieder bewegen.

Wohl aus Sicherheitsgründen hatten die noch verbliebenen Surfer und der Rest der Wohnmobilisten beschlossen, ihre Abreise durch das Feindesland im Konvoi und im Schutz der Dunkelheit in Angriff zu nehmen. Bis sie sich dann endlich auf eine Reihenfolge geeinigt und kollektiv den ersten Gang eingelegt hatten, wurde es längst hell.

Dieselruß hing noch eine Weile in der Luft, während das Motorengebrumm sich allmählich in der Ferne verlor.

Zurück blieb jede Menge Platz. Oder, anders ausgedrückt, eine sichtbare, eine spürbare Leere.

Nach all den künstlich befeuerten Leibesübungen der letzten Nacht gönnte sich die Gemeinschaft ein paar Stunden Schlaf mehr als sonst. Nur meine drei dunklen Freunde waren schon auf den Beinen und munter dabei, der alten Eiche auch den Rest ihrer Äste abzuhacken. Das tschackende Geräusch ihrer Macheten hallte über das ganze Gelände.

Niemand widersprach, als ich mal kurz bei Alice reinschaute. Das konnte nur heißen, dass sie nicht da war, und so war es dann auch.

Auch der *Hymer* war leer, Scuzzi nicht in seinem Bett. Wieder nicht, sollte ich vielleicht sagen. Wahrscheinlich war er endgültig zu der handverlesenen Schar von Elite-Hippies in die ›Vieja Quesería‹ gezogen, die ›Alte Käserei‹, ein ›spiritueller Ort für spirituelle Leute‹, dessen Lage in den Hügeln im Süden vor Normalos wie mir genauso geheim gehalten wurde wie die des Blumen und Rauschmittel liefernden Gartens.

Ich hatte Scuzzi schon zwei- oder dreimal nach dem Weg gefragt und selbst von ihm nur ausweichende Antworten erhalten. Lächerlich.

Ein Ort ist ein Ort und damit auffindbar. Umso leichter, wenn er regelmäßig von einem ölinkontinenten Landrover angesteuert wird. Sollte Scuzzi nicht bald wieder auftauchen, würde ich losziehen und ihn mir greifen.

Doch erst mal hatte ich noch zu grübeln.

Meine Augen wollten zum Wasser, in die Weite schweifen, und meine Füße hatten nichts dagegen.

Wenn ich mich damit abfand, Schisser nicht mehr lebend zu finden, wenn ich einen persönlichen Schlussstrich zog, einen Schnitt machte, musste das Konsequenzen auf mein Vorgehen haben. Anders als die Suche nach einer lebenden Person konnte die Suche nach einem ermordeten Schisser in erster Linie der Problematik folgen, die sich dem oder den Mördern nach der Tat gestellt hatte: Wohin mit der Leiche. Wohin mit dem Motorrad. Wohin mit dem Geld.

Senkrecht und schwarz stand der Rauch über den Klippen im Norden.

Grau wie der Himmel, glatt wie Glas lag das Meer.

Wohin, wohin, wohin.

Durch den Spiegel ist er gegangen, hatte Alice gesagt. Alice aus dem Wunderland, Alice die Acid Queen, Alice der Kleine Rauch, Alice mit dem losen Sparren.

Ich rappelte an der Tür des Surf- und Tauchshops. Eine

Brille, ein Schnorchel, eine Luftmatratze. Eine Woche auf dem Bauch, mit dem Kopf unter Wasser. Theoretisch hatte ich die Zeit. Alle Zeit der Welt. Das Problem bestand für mich allein darin: Hatte ich auch die Nerven?

Erst war es nur ein Mast, lang und schlank und segellos, ein dünner Stängel am fernen, krummen Horizont. Dann wurde allmählich ein Schiff darunter sichtbar. Eine Segelyacht, aufgrund der Flaute vorangetrieben von einem weithin hörbar tuckernden Einzylinder-Diesel. Sie hielt genau auf mich zu, auf die Spitze der Mole, wo ich hockte, stierte, grübelte. Allein, wie Otis. *Gizelle* stand am Bug und eine Frau am Ruder, die mir keinerlei Beachtung schenkte. Sie steuerte lässig durch die Hafeneinfahrt, wendete mit leichter, sicherer Hand und brachte das Boot längsseits zur Kaimauer. Der Motor verstummte und das Schiff glitt geräuschlos an die Mole heran.

Hilfsbereit, wie ich bin, stand ich auf, doch selbst da nahm die Seglerin noch keine Notiz von mir, etwas, an das ich mich in den letzten Tagen eigentlich hätte gewöhnt haben sollen, aber nach wie vor schwer zu akzeptieren fand.

Vor allem von einer Frau. Und dann noch von einer Frau wie ihr.

Sie trug einen verölten Overall und dazu eine Matrosenmütze in einem kecken, ironischen Winkel, auch wenn ihre Züge, zumindest das, was unterhalb ihrer Pilotenbrille davon sichtbar war, eher streng wirkten, fast schon ein wenig harsch. Als ob sie beim Sex gern die Peitsche schwänge, oder Frauen bevorzugte, oder beides.

Mit dem letzten bisschen Fahrt driftete sie an die Mauer, verließ das Steuer, nahm ein Seil auf und warf es mir kommentarlos und zielgenau zu.

Wenn das meine Yacht gewesen wäre, hätte ich jetzt ein scharfes Auge darauf gehabt, was der Fremde mit dem Strick anstellt, doch sie überließ es komplett mir, ihn so fachmännisch ich vermochte um den nächsten Poller zu wickeln, tänzelte schon zum Heck und hob die nächste Seilrolle auf.

Boot vorn und hinten vertäut, nahm sie die Mütze ab und schüttelte einen dichten, rabenschwarz glänzenden, bis fast in die Augen hinabreichenden Pony frei, dessen Länge in völligem Gegensatz zur restlichen, jungenhaft kurz geschorenen Frisur stand. Sie gähnte herzhaft, öffnete eine Kühlbox, entnahm ihr ein Sixpack, rupfte eine Dose frei und ... warf das verbliebene Bündel zu mir hoch.

Bier.

Schlag mich, töte mich, dachte ich. Lass mich dein Sklave sein.

Sie trank wie ein Mann, sie rülpste wie ein Mann, sie zerquetschte die leere Dose wie einer. Und als sie die in die Kaimauer eingelassene Sprossenleiter hochgeklettert kam und sich von mir über die Kante helfen ließ, besaß auch ihr Händedruck etwas durchaus Maskulines.

Lesbierin, dachte ich. So ein Mist aber auch.

Die Beine leicht gespreizt, stand sie kerzengrade, wenn auch, zumindest anfangs, leicht wacklig auf ihren nackten Füßen.

»Nach drei Wochen auf See brauchen meine Haxen immer ein bisschen, um zu begreifen, dass sie nicht alle paar Sekunden nachjustieren müssen«, erklärte sie und lachte.

Herzhafte, erdige Lache und eine wundervolle Stimme, um Baustahl damit zu entrosten. Braune Haut, glatt und schimmernd wie die einer Schlange.

Um nicht rumzustehen und zu gaffen wie ein Blödmann,

hockte ich mich wieder hin, ließ die Beine baumeln, riss mir noch eine Büchse auf. Und bot ihr einen Platz neben meinem an. Wo ich schon ihr Bier soff, wollte ich nicht unhöflich wirken, Lesbe oder nicht.

Doch sie zog es vor, ein wenig auf und ab zu laufen und dabei immer wieder mal vorsichtig balancierend stehen zu bleiben, als traue sie der plötzlichen Solidität des Untergrundes noch nicht recht.

»Ich bin Roxanne«, sagte sie, zur Weite der See. Sie sprach den Namen französisch aus, was wesentlich angenehmer für das Ohr ist als die quäkende englische Variante und vor allen Dingen nicht automatisch an die Falsettstimme von Sting erinnert. »Und du bist Kristof«, stellte sie fest und schnappte sich auch noch eine Büchse, knackte sie auf. »Kristof, der obskure Privatdetektiv, der Leroy solche Sorgen macht.« Sie nahm einen Schluck, wischte sich mit einem Ärmel ihres Overalls etwas Schaum von der Nase und sah mit schräg gelegtem Kopf zu mir herüber. »Ist das wahr, dass du in fremden Diensten bei uns herumschnüffelst?«

›Bei uns‹, registrierte ich.

»Unsinn«, entgegnete ich dann. »Da hat jemand was falsch verstanden. Ich bin nicht Privat*detektiv,* sondern *Privatier,* schon lange aus dem Geschäftsleben ausgestiegen. Und mein Interesse gilt einzig und allein den schönen Dingen des Lebens.«

Sie wirkte, als ob es ihr von vornherein mehr um den Unterhaltungswert als den Wahrheitsgehalt meiner Antwort gegangen wäre. Nachdenklich schob sie die Sonnenbrille in die Stirn und schenkte mir einen längeren, prüfenden Blick aus dunkelgrünen Augen, gerahmt von dichten, schwarzen Wimpern.

Dunkelgrün wie Glas, wie Glas in der Seitenansicht. Sie

strahlten etwas ab, doch es war auf die Distanz nicht zu sagen, ob es Hitze oder Kälte war. Man würde nahe heranmüssen, gefährlich nahe, um zu erfahren, ob man sich Brandblasen oder eher Frostbeulen holte. Das Einzige, was sicher schien, war die Aussicht auf, tja, Schwellungen.

»Als da wären?«, riss sie mich aus meinen Mutmaßungen.

»Philatelie, zum Beispiel«, sagte ich das Erste, was mir durch den Kopf schoss, und sie lachte.

»Woher weißt du von mir?«, fragte ich.

»Telefon. Ich melde mich aus allen Häfen, und Leroy hält mich über alles Wichtige hier auf dem Laufenden. Du scheinst ihn wirklich zu beschäftigen. Doch ...« Sie stutzte. »Was machen diese Idioten denn da hinten mit dem Baum?«

»Ein Ast ist abgebrochen und hat Leroys Stuhl kaputt gemacht. Scheint er persönlich zu nehmen, so was.«

Sie fluchte gehaltvoll auf Spanisch. »Jedes Mal, wenn ich von einer Tour zurückkomme, haben sie hier eine andere Scheiße fabriziert.«

Endlich fühlte mal jemand mit mir, und sei es nur, was den Baum anging. Ich nahm einen Schluck und spürte meine Nervenenden ihre Saugrüssel in den Gerstensaft stecken. »Wo kommst du gerade her?«, fragte ich.

Sie riss sich los vom Anblick der verstümmelten Eiche, eine tiefe Falte zwischen ihren Brauen. »Las Palmas. Hin bin ich mit einer Gruppe Segeltouristen, hab von da ein paar Traveller nach Marrakesch übergesetzt und bin leer zurück. Hätte es wegen der verdammten Flaute fast nicht geschafft. Doch die Küstenwache hat mich aufgegabelt und mir Diesel verkauft. Und das Bier hier.« Dankbar für manche Fügungen des Schicksals nahmen wir jeder noch einen Schluck.

»Bier von der Küstenwache?«, wunderte ich mich dann.

»Yep«, sagte sie knapp. »Die kriegen ein monatliches Deputat. Mehr, als sie brauchen.«

»Mann, Mann, Mann. Es gibt schon Traumberufe.«

»Wohl wahr. Bombengehalt, todschicke Uniformen, ein superschnelles Schiff, so viel Bier, wie man nur trinken kann. Und für all das muss man nichts weiter tun, als teilnahms- und tatenlos Bootsflüchtlingen beim Ersaufen zuzusehen.«

»Das ist nicht dein Ernst, oder?«

»Doch, leider.«

Plötzlich kam sie zu mir rüber. Ich verschluckte mich leicht, hustete ein bisschen.

Sie hatte Hüften, unter dem Overall. Und damit setzte sie sich genau die anderthalb Zentimeter näher an mich heran, die bei einer Frau den Unterschied ausmachen zwischen völliger Indifferenz und kaum noch zu bändigendem, libidinösem Verlangen.

Lesbe? Ha!

Blitzartig, sternschnuppenhaft, feuerwerksmäßig ging mir auf, was ich in letzter Zeit am meisten, am sehnlichsten vermisst hatte. Und vergiss ›Bier‹. Es war Nähe, Wärme, Wonne, Lust, es war Intimität, es war, was Johnny Rotten mal so prosaisch als ›anderthalb Minuten feucht schmatzender Geräusche‹ beschrieben hat.

Sie fischte eine verknüllte Packung Camels aus ihrem Overall, bot mir eine an, gab mir Feuer, und wir saßen einen Moment lang, rauchten schweigend.

Ihre Lippen waren wie dafür geschaffen, sich um einen zylindrischen Gegenstand zu schmiegen.

Ich schluckte. Schnickte Asche mit ganz leicht unsteter Hand ins Wasser. Wusste nichts zu sagen. Doch eines wusste ich mit Sicherheit: Was immer mir diese Frau gleich vorschlagen, was immer sie von mir verlangen sollte, ich würde zustimmen.

Ruhig sog sie an ihrer Zigarette.

»Ich hoffe nur«, meinte sie dann, fast beiläufig, »du kannst kochen.«

Stirn auf dem Lenker, Arme eng am Körper, Bauch auf dem Sitz, Beine nach hinten gestreckt in einer aerodynamisch perfekten Symbiose von Mann und Maschine, so stach ich, aus der Sonne kommend, mit absoluter Endgeschwindigkeit durch die um die Mittagszeit verschlafene Siedlung. Kaum jemand schien auf den Beinen, mal abgesehen, heißt das, von dem rothaarigen Rächer, der mir zwei schmerzhafte Treffer beibrachte, dann war ich vorbei.

Etwas bessere Beziehungen meinerseits zur Guardia Civil, und ich hätte sie ihm noch mal auf den Hals gehetzt. So aber würde ich selbst mit ihm fertig werden müssen.

Dammich.

Kartoffeln und Sahne und Muskatnuss, Strauchbohnen und Serrano-Schinken, Olivenöl und Rotwein und Suppengrün, Knoblauch, Salbei, Rosmarin. Und Bier, nicht zu vergessen.

Lammkeule! Verfluchte Scheiße! Sie hatte aus Marokko eine Lammkeule mitgebracht. ›Ich hoffe nur, du kannst kochen.‹ Gottsverdammich. Das mir. Ich bin Fast-Food-Junkie. Ich kann mir kaum selber eine Knifte schmieren, geschweige denn ein Drei-Gänge-Menü auf die Teller zaubern.

»Klar doch«, hatte ich geantwortet. Und musste dann in das Wachhäuschen einsteigen und den Rechner bemühen für ein Rezept.

Doch es gab ein Nebenprodukt dieses Einbruchs, das mich die Fahrt über mehr beschäftigte als die Zutatenliste und die Zweifel an meiner Fähigkeit, sie in ein halbwegs schmackhaftes Gericht umzuwandeln.

Es war die Erkenntnis, dass die angeblich ach so wichtige Datenerfassung der Camper für die angeblich ach so hartnäckige Einwanderungsbehörde erst seit rund vierzehn Tagen vorgenommen wurde. Erst seitdem Schisser verschwunden war, interessierte man sich für Namen, Daten und Berufe von Neuankömmlingen. Als ob man jemanden erwartet hätte. Jemanden wie mich.

Puerto Real erwies sich als winzig. Nicht viel mehr als ein paar Häuser, ein paar Lagerschuppen, eine Tankstelle, ein Hotel und, natürlich, der namensgebende Hafen.

Ich hatte den Motor schon gekillt, noch bevor das Mofa ausgerollt war, war schon abgestiegen, noch bevor es an der nächsten Laterne lehnte, bestellte schon lauthals ein Bier, noch bevor ich die Tür zur Hafenbar ganz aufgedrückt hatte.

Aaah.

Fischer reihten sich den Tresen entlang. Fischer mit ihren gegerbten Gesichtern, faltig wie alte Motorradhandschuhe, Fischer in ihren rauen Pullovern, Fischer mit ihren stinkenden Selbstgedrehten, wie ein Gegengift zu der vielen frischen Luft, die sie ständig atmen müssen, Fischer mit ihren mehr an die Tiden als die Tageszeiten gebundenen Trinkgewohnheiten. Großartige Typen, einer wie der andere. Leider denken sie dasselbe von sich. Nicht ganz leicht, mit ihnen ins Gespräch zu kommen, als Nichtfischer. Ich versuchte es trotzdem, zwischen Bieren, doch sie schoben so lange die Sprachbarriere vor sich her, bis ich zahlte und ging.

Fickt euch, dachte ich.

Der rostige Peugeot 504 Pick-up parkte am Kai oberhalb eines kleinen, weißen, hölzernen Fischerbootes namens *Luna Negra.*

»Hey, Roman«, rief ich ins Boot hinab, »beißen sie?« Und ich lachte. Mag sein, ich hatte leicht einen im Schlappen. Dann erst sah ich genauer hin, und schluckte.

Roman und ein trotz eines Sonnenbrandes reichlich grüngesichtiger Typ waren damit beschäftigt, das Drahtseil eines Kranarms an den Füßen eines triefenden Leichnams zu befestigen.

»O Mann«, sagte ich und trat näher. »Das, äh, hab ich nicht gesehen.«

Romans Helfer hielt das grüne Gesicht gesenkt und stolperte wortlos in die kleine Kajüte.

Die Winde quietschte, und der Leichnam kam kopfunter in die Höhe. Ein Schwarzafrikaner, nur mit T-Shirt und kurzer Hose bekleidet. Er drehte sich am Seil, und ich sah, dass seine Augenhöhlen leer waren und sein Unterkiefer fehlte. Und mit einem Ruck kam mir das Bier wieder hoch und pladderte schäumend ins Hafenbecken. In der Kehle des Toten hatte sich etwas bewegt. Etwas Lebendes.

Als ich mich wieder aufrichtete, stand ein schnieke uniformierter Offizier der Küstenwache neben mir. ›Cap. Rodriguez‹ las ich von der Brusttasche seines scharf gebügelten Kurzärmeligen ab. Einen halben Schritt hinter ihm warteten Gardist Enrique und sein älterer Kollege. Alle drei blickten sehr, sehr kühl durch schwarze Gläser.

»Siempre allí, dónde pasa mucho?«, meinte Enrique an mich gewandt. Ich verstand nicht ganz.

»Immer da, wo was los ist?«, übersetzte Roman und grinste schwach.

Ich fasste mir an die schmerzende Schulter und sagte:

»Dafür hast du bei mir noch einen gut«, zu Enrique, was Roman diskreterweise nicht ins Spanische übertrug, sondern nur mit »Ts, ts, ts« kommentierte.

Enrique kapierte auch so, denn er sah mich starr an und erwiderte: »Cuándo quieras, donde quieras.«

»Wann du willst und wo du willst«, übersetzte Roman und zog sich hoch zu uns auf den Kai.

Die Winde surrte, und der Leichnam kam auf dem Bauch zu liegen. Er war rappeldürr. Sein T-Shirt war hochgerutscht und quer über seine Rückenhaut liefen mehrere Einschnitte, wulstig und verquollen durch die Zeit im Wasser.

Erhebliche Verletzungen, also, doch keiner der Anwesenden teilte mein Interesse, keiner schenkte dem Toten mehr als nur einen flüchtigen Blick.

Ein grauer Transporter setzte zurück und stoppte, ein Typ in einem weißen Overall stieg aus, ein Zinksarg wurde rausgerollt. Niemand schien besonders scharf darauf, den Toten hineinzuheben. Schließlich drückte Roman mir ein Paar robuster Gummihandschuhe in die Hand, und er und ich und der Fahrer des Transporters wuchteten die Leiche in den Behälter.

Der Ältere der beiden Gardisten füllte währenddessen ein Formular aus, das er an den Offizier der Küstenwache aushändigte. Der nahm das Formular, schrieb nun seinerseits etwas in einen Vordruck, signierte, nahm ihn auf und drückte ihn wortlos Roman in die Hand.

Und das wars. Zinksarg zu, rein in den Transporter, und unser Grüppchen löste sich auf. Kein Hahn würde jemals wieder nach dem Toten krähen.

Roman blickte auf das Formular, hoch zur Hafenuhr, rief seinem Helfer in der Bootskajüte etwas zu und setzte sich dann in Bewegung. Ich folgte.

»Was machst du denn hier in Puerto?«, fragte er. »Ich meine, außer Fische füttern?«

Er ging eilig und zielstrebig die Hafenfront entlang.

»Ich such 'nen Supermarkt oder so was. Da ist eine Frau angekommen, in einem Segelboot ...«

»Roxanne«, sagte Roman.

»Ja. Du kennst sie?«

Nicken.

»Näher? Ich meine, gibt es irgendwas, das du mir über sie erzählen ...«

»Mit Frauen«, sagte Roman und bog in eine Seitengasse ab, »muss jeder seine eigenen Erfahrungen machen.«

»Na, wie dem auch sei, auf alle Fälle soll ich für sie kochen. Und dafür muss ich einkaufen.«

Wir betraten eine kleine Postfiliale. Roman reichte an einem vergitterten Schalter den Wisch von der Küstenwache rüber und bekam dafür ein paar Scheine ausgezahlt, deren Empfang er quittierte.

»Kopfgeld«, sagte er und stopfte das Geld achtlos in die Hosentasche. Wir traten wieder raus auf die Straße.

»Kopfgeld? Etwa für den toten Neger?«

Er nickte. »Dahinten die Gasse rechts rein, da ist ein Supermarkt. Oder vielleicht sollte ich sagen *der* Supermarkt. Denn es ist der einzige weit und breit.« Er wollte sich verabschieden, doch ich ließ ihn noch nicht.

»Roman, ich muss mit einem Typen namens Hidalgo sprechen.«

»Hidalgo? Hidalgos gibts eine Menge.«

»Aber nur einen, der mit meinem Freund Schisser, na ja, *Geschäfte* gemacht hat. Du weißt, wovon ich rede.«

»*Sprechen* willst du ihn«, sagte Roman, als ob er das ein bisschen in Zweifel zöge.

»Vielleicht kann er mir sagen, wo mein Freund abgeblieben ist.«

»Du willst mit Hidalgo also über deinen Freund Schisser sprechen«, wiederholte Roman sorgfältig, wie, um mögliche Missverständnisse auszuschließen.

»Ja«, bestätigte ich. »Sprechen. Sonst nichts.«

Er wandte sich zum Gehen. »Ich kann versuchen, das auszurichten«, sagte er.

»Du kennst ihn also?«, rief ich ihm noch hinterher, doch er verschwand ohne ein weiteres Wort um die nächste Ecke.

Selbst auf die Distanz war ihnen die Vorfreude anzumerken. Eifrig wie die Hühner bei der Fütterung pickten sie Steine auf. Und warteten.

Ich stoppte in sicherer Entfernung neben einem Stromkasten. Stieg ab, löste kurz die Spanngurte um meine auf dem Gepäckträger aufgetürmten Einkäufe und hob die oberste von insgesamt drei Stiegen Dosenbier herunter. Stellte sie gut sichtbar auf den Stromkasten, griff mir eine der vierundzwanzig Dosen, riss sie auf, prostete der Horde zu, gönnte mir einen ordentlichen Schluck und saß im Sattel und wrang das Gas, sobald sie zu rennen begannen. Denn klar wollte jeder der Erste sein.

Na, fast jeder.

Mein Freund, der Rote Rächer, durchschaute den Trick, blieb ruhig stehen, wo er war, wog den Stein in seiner Hand, nahm genüsslich Maß. Nur leider einen Augenblick zu lang, denn ich erwischte ihn im Vorbeifahren mit einem von der Brust weggeschleuderten, linkshändigen Unterarmwurf genau an der Stirn, dass ihm das Bier nur so in die Augen schäumte.

Ein paar Steine folgten mir noch, doch ohne rechte Überzeugung, man sah es ihnen einfach an.

Kaum außer Reichweite, stoppte ich schon wieder und gab mir eins mit der Faust vor die Stirn.

Ich hätte mit Hidalgo direkt sprechen können, ganz ohne Romans Vermittlung. Denn es war sein Helfer auf der *Luna Negra* gewesen. Der Grüngesichtige mit dem Sonnenbrand. Neuling im Gewerbe des Fischens unter südlicher Sonne. Und scheu, äußerst scheu, was die Begegnung mit Fremden anging.

Nachdenklich drehte ich mich um und beeilte mich dann sehr, wieder in Fahrt zu kommen.

Was ich unbedingt brauchte, war eine alternative Route nach Puerto Real.

Solange niemand von dem Mofa wusste, konnte es auch keiner heimlich sabotieren, und sei es, um meinen Bewegungsradius einzuschränken. Deshalb versteckte ich das *Pegaso* wieder in seinem Schuppen auf der Ranch, lud die Einkäufe auf eine alte Sackkarre um und schob ab.

Unten am Wendekreis wartete ein Bus. Ein Linienbus, was mich, mit meiner Sackkarre, meinem Mofa und vor allem mit meinen Blessuren ein bisschen wie einen Deppen aussehen ließ.

Dreadlockige Roots-Mädels und verheult aussehende Skandinavierinnen hievten ihr Gepäck ins Kofferabteil, alle in Knechtschaft ihrer Flugtickets und Semesterfahrpläne, während ihre zottelbärtigen Stecher doch sehr gefasst danebenstanden, wohl wissend, dass wahrscheinlich schon der nächste Bus ihnen wieder Frischfleisch auf die Bastmatten spülen würde.

Auch die beiden Schweizer hatten ihr Zelt abgebrochen

und für sich und ihre Drahtesel Busfahrscheine gekauft. Sicher ist sicher.

Es herrschte eine gezwungene, unfreiwillig wirkende Aufbruchstimmung. Fast wie in einem Western, wenn die rechtschaffenen Bürger feige die Stadt verlassen, bevor es zum Showdown kommt zwischen der schurkischen Übermacht und dem einsamen Helden. Aber vielleicht ging auch nur meine Fantasie mit mir durch.

Ich radebrechte ein wenig mit dem Fahrer und erfuhr, dass der Bus nur zweimal die Woche verkehrte und der Fahrer sich sein heiles Fensterglas mit dem regelmäßigen Verteilen von Freifahrtscheinen erkaufte.

Ganze zweimal die Woche nutzte mir und meinen Transportbedürfnissen leider wenig.

Das Wachhäuschen war unbesetzt, niemand da, um mein Kommen zu registrieren. Nur das unermüdliche, deprimierende *Tschack, Tschack, Tschack* der Macheten begrüßte mich.

Friedrich, Obutu und Armand hatten alles an Ästen entfernt und waren nun dabei, in perfekt synchronisierten Hieben den Stamm als solchen zu fällen, was aus der Distanz wirkte, als würden sie einem Riesen die Beine unterm Arsch weghacken.

Macheten. Bewusst oder unbewusst machte ich einen Riesenbogen um die drei.

Die *Gizelle* lag nicht länger am Kai, sondern draußen in der Bucht vor Anker.

Ich konnte starren, wie ich wollte, aber es regte sich kein Leben an Bord.

Das kleine Plastikboot, das auf ihrem Heck geparkt hatte, war nirgends zu sehen.

Hm.

Obwohl Roxanne und ich für den Abend verabredet waren, schien es wenig Sinn zu machen, jetzt zur Yacht hinauszuschwimmen, schon gar nicht mit rund zwanzig Kilo Einkäufen unterm Arm.

Hm.

Ich nahm die Sackkarre auf, ging und verstaute die Vorräte im *Hymer*.

Immer noch kein Scuzzi.

Wir sind Sternenstaub, säuselte es aus den Boxen, wir sind golden. Und wir müssen unseren Weg zurück finden, in den Garten.

Kein Scuzzi. Keine Alice. Und, tja, auch keine Roxanne.

Den Weg finden. Boah, voll die Message, Mann. In den Garten. Oder zur ›Alten Käserei‹.

Es gibt schwierigere Aufgaben, als den Spuren eines öltropfenden Landrovers auf unbefestigten und wenig befahrenen Pfaden zu folgen. Selbst wenn sie teilweise überlagert wurden von den Reifenabdrücken des Hundefänger-Lkws und des begleitenden Landrovers. An einer Weggabelung trennten sich die Spuren dann, und ich brauchte nur noch den schwarzen Tupfen im Staub zu folgen.

Was ich unterschätzt hatte, mal wieder, war die Entfernung.

Und von noch etwas hatte ich mir ein falsches Bild gemacht, wie ich, mit hängender Zunge und knurrendem Magen, tellergroßen nassen Kringeln unter den Achseln und aus meinen Basketballtretern herausqualmenden Socken bei meiner Ankunft feststellen musste, und das war die ›Alte Käserei‹.

Holla. Dies war keinesfalls die erwartete Hinterhof-Bretterbude, in der links der Ziege das Euter geknetet und rechts der stark Riechende in Tücher geschlagen worden war, sondern ein zwar kleines, aber liebevoll gestaltetes, bestimmt hundert Jahre altes Fabrikgebäude. Zurzeit allerdings eine einzige Baustelle, fast komplett eingerüstet und großflächig mit Planen verhangen.

Eine Mischmaschine mahlte eintönig vor sich hin. Ein Typ befüllte sie ungelenk, weil ungeübt, aber durchaus eifrig mit einer Schaufel. Er trug einen ausgeleierten Overall, einen fransigen Sonnenhut, Gummistiefel, Arbeitshandschuhe. Mir blieb die Spucke weg, als ich ihn erkannte. Scuzzi. Pierfrancesco Scuzzi. Ich trat näher heran. Scuzzi fand kaum die Zeit, mir zuzunicken, so sehr beschäftigte ihn seine Aufgabe des Schaufelns und Mitzählens für das richtige Mischungsverhältnis von Kies und Zement.

»Du *arbeitest*«, stellte ich fest, nachdem ich meine Sprache wiedergefunden hatte. Die einzige, auch nur im Entferntesten an Arbeit erinnernde Tätigkeit, die ich ihn in meinem ganzen Leben jemals hatte ausführen sehen, war bis dahin das verkaufsvorbereitende Portionieren und Verpacken von Drogen gewesen.

»Wir machen Beton«, erklärte er mir, worauf ich allein möglicherweise nicht gekommen wäre. »Für Zeltgewichte.« Er wies mit dem Kinn auf eine Reihe wartender Eimer, aus denen kurze, von Latten gehaltene Ketten hingen. »Der Herbst steht vor der Tür. Da wird es hier recht stürmisch«, erklärte er mit der Expertise des Alteingesessenen. »Und die anderen Bauarbeiten ruhen zurzeit. Wegen Schwierigkeiten mit dem Nachschub«, erklärte er bedauernd, als könne er es kaum erwarten, sich in richtig große Aufgaben zu verbeißen.

»Ich wusste gar nicht, dass du überhaupt ein Werkzeug halten, geschweige denn eins bedienen kannst«, sagte ich.

»Du, körperliche Arbeit ist im Grunde genommen *geil*«, erklärte er mir mit der ungesunden Begeisterung des Spätberufenen. »Man bewegt sich an der frischen Luft, man zieht mit anderen an einem Strang, und am Ende des Tages kann man *sehen*, was man geleistet hat.«

»Wild«, fand ich. »Und, kriegst du das auch bezahlt?«

Scuzzi sah milde angepisst drein. »Du kannst aber auch immer nur an Geld denken, Kristof.«

Ja, musste ich zugeben, da war etwas dran. Vor allem permanenter Mangel konzentriert das Denken doch erstaunlich auf dieses Thema.

»Du könntest dich und deine Erfahrungen vom Bau auch mit einbringen, Kristof.«

Für Nüsse malochen, so weit kams noch.

»Stell dir vor: freies Wohnen …«

In einer Hütte ohne Wasser und Strom, wie man sie selbst in Soweto kaum jemandem anzubieten wagen würde.

»Freies Essen …«

Solange man bereit war, von Pamp zu leben und ihn sich auch noch zusammen mit einem wie Leroy reinzuwürgen.

»Freie Liebe.«

Ah, ja. Freie Liebe. Widerspruch in sich, gleichzeitig nicht kaputtzukriegender Mythos. Ich hing einen Augenblick diesem Gedanken nach und sagte dann: »Da ist heute eine Frau angekommen, an Bord eines Segel–«

»Roxanne.«

Wenn sich jetzt herausstellen sollte, dass Scuzzi bei Roxanne ähnlich bevorzugt ankam wie bei Vishna, fand ich mich entschlossen, ihn eigenhändig in seine verdammte Mischmaschine zu stopfen.

»Du hast sie schon getroffen?«, fragte ich mit gefährlicher Freundlichkeit.

»Ja. Sie war kurz hier oben, um Leroy wegen des Baumes und ein paar anderer Sachen zur Sau zu machen. Ein gefährliches Luder, wenn du mich fragst.«

Und Pierfrancesco Scuzzi lebte einen weiteren Tag.

»Was für ›andere Sachen‹?«

»Weiß nicht. Sie sind dann reingegangen.« Er machte eine vage deutende Geste, und ich machte ein paar vage, schlendernde Schritte in die angedeutete Richtung.

Das Mahlen der Mischmaschine wurde leiser.

Unter einem enormen, mit Planen verhangenen Gerüst verbarg sich ein Pool, leer, noch im Begriff der Ausgestaltung. An seinem Grund ein aufwendiges Mosaik, maurisch, wenn mich einer fragte. Sobald das Becken einmal fertig und befüllt war, konnte man hier schwimmenderweise auf die natürliche Weite des Ozeans herabblicken. Sehr hübsch.

Ich drehte mich noch mal zur Käserei. Bei flüchtiger Betrachtung war sie durchaus noch als ehemaliges Wirtschaftsgebäude zu erkennen. Bei näherem Hinsehen, vor allem mit geschultem Auge, entstand hier allerdings eine luxuriöse Villa, selbst wenn sie sich noch so schamhaft hinter Planen und Gerüsten versteckte.

Der hintere Teil des Gebäudes war bereits bewohnt, alles Übrige befand sich noch in den unterschiedlichsten Stadien der Fertigstellung. Wie von Hippies nicht anders zu erwarten, wirkte die Bauleitung etwas konfus, doch die handwerkliche Ausführung von dem, was ich zu Gesicht bekam, war makellos, erstaunlich.

›Und sie renovieren alles selbst‹, hatte Scuzzi behauptet. Lachhaft. Vor meinem geistigen Auge schwang sich Leroy in seinem Kaftan mit affenähnlicher Behändigkeit über die Gerüste und trug kübelweise Putz auf oder mauerte halbrunde Stürze aus Klinker oder setzte die den Originalen nachempfundene Fenster und Türen ein. Allein schon die verwendeten Materialien waren sauteuer, und die Arbeiten, die ich sah, das Werk von Fachleuten.

Nur die Fachleute selbst glänzten durch Abwesenheit.

Dafür gibt es unter normalen Umständen nur einen Grund. Unbezahlte Rechnungen.

Der stille Verdacht beschlich mich, dass die Arbeiten ziemlich flott wieder aufgenommen werden dürften, sobald Kryszinski erst einmal das Feld geräumt hatte, so oder so.

Wohin mit der Leiche, wohin mit dem Motorrad, wohin mit dem Geld. Nun, die letzte Frage könnte beantwortet sein.

Mit der größtmöglichen Selbstverständlichkeit näherte ich mich dem bewohnten Teil. Ich kam nicht weit.

»Was hast du hier zu suchen?«, schnauzte mich Alma von der Seite an und biss sich, als ich mich zu ihr umdrehte, regelrecht sichtbar auf die Zunge. »Ach, du bists«, flötete sie, als ob sie mich erst auf den zweiten Blick erkannt hätte. Zwei der üblicherweise um sie herumscharwenzelnden Späthippietanten stärkten ihr den Rücken. »Kristof, ich möchte, dass du verstehst, dass auch wir wert auf unsere Privatsphäre legen.« Die beiden hennagefärbten Pädagoginnen nickten, vor allem zum ›Wir‹. Wir gehören dazu, hieß das. »Unten, in der Paradise Lodge, versuchen wir natürlich, jeden in die Gemeinschaft zu integrieren, doch hier oben müssen wir einfach auf ein wenig Abstand bestehen. Wenn du also so nett wärst …«

»Ich suche …« Jetzt war es an mir, mir auf die Zunge zu beißen. Ich suchte Roxanne, mit einem geilen Eifer, der an Entzugserscheinungen gemahnte, doch das brauchte ausgerechnet Alma nicht zu wissen. »Ich suche Alice.«

»Sie schläft«, log Alma. »Sie schläft eine Menge zurzeit, und es ist ein *Segen*«, behauptete sie mit einem tiefen Seufzer.

Ich wusste, wenn ich mich an ihnen vorbeidrängte, würden gleich alle drei Frauen an meinen Haaren ziehen und mir in die Ohren kreischen, und da meine Schulter noch nicht wieder so weit war, überzeugende Ohrfeigen austeilen zu können, startete ich noch nicht mal den Versuch.

»Falls sie ausgeruht und einigermaßen stabil ist, bringen wir sie heute Abend mit zur Strandparty. Du kommst doch auch?«

Was war denn mit *ihr* los? Sie versuchte sich sogar an einem Lächeln.

»Nein«, sagte ich, drehte mich um und ging.

Eine grundehrliche gegenseitige Abneigung sollte man nicht von heute auf morgen infrage stellen.

Scuzzi stand, einen angebrannten Pappfilter zwischen den Lippen, nach wie vor an seiner Mischmaschine und sah ihr bei der Arbeit zu, völlig absorbiert von dem Schauspiel der sich drehenden Trommel.

Bauarbeit und Dope, erinnerte ich mich, haben sich noch nie besonders gut vertragen.

»So müsste er genau richtig sein«, meinte er mit einem Nicken in Richtung des graubraun vor sich hin glucksenden Breis, der für mich eine frappante Ähnlichkeit mit dem abendlichen Auswurf der Gemeinschaftsküche aufwies. »Wenn er zu dick ist, lässt er sich nur schlecht in Formen gießen«, erklärte er mir wie einem Dreijährigen die Puddingherstellung.

»Ach«, sagte ich und überließ ihn seinem neuen Hobby.

Ich ging bis zur Weggabelung, doch anstatt von da aus

den Rückweg zur *Paradise Lodge* einzuschlagen, bog ich rechts ab. In südliche Richtung. Es musste einfach noch eine andere Route nach Puerto Real geben, es *musste,* und wenn sie auch nicht mit dem Auto zu befahren war, dann doch eventuell mit einem Mofa.

Schwer zu sagen, was gewesen wäre, wenn der Weg jetzt 25 Kilometer weitergeführt hätte, doch so war es eine Mischung aus Frust und Erleichterung, mit der ich vor einem fest verschlossenen Tor haltmachte, mir die erkleckliche Anzahl von Warn- und Verbotsschildern ansah und auch den dichten, NATO-Draht-bewehrten Zaun links und rechts. Die Straße hinter dem Tor stieg steil an und hielt sorgsam verborgen, was es hier so gründlich einzuzäunen galt. Wenns ein Garten sein sollte, dann locker einer von Plantagen-Ausmaß. Doch, wie gesagt, was immer es sein mochte, blieb meinen Blicken verborgen und damit meinem Wissen entzogen.

Also. Endstation. Resigniert latschte ich zurück zum Campingplatz.

Mit gleichmütiger, keinesfalls suchender Miene betrat ich die Busbar und fragte nach Bier.

»Roxanne sucht nach dir«, sagte Rolf, und ich war aus der Tür, ohne eine Antwort abzuwarten. »Sie ist zum Bootshaus«, schallte mir noch hinterher.

Das große Rolltor zur Bucht stand offen, genauso die kleine Seitentür zum Kai. Ich trat hindurch und ... hoppla.

Roxanne war dabei, ein bestimmt acht Meter langes Schlauchboot zu betanken, ein *Zodiac* mit einem fetten Suzuki-Außenborder. Dabei trug sie nicht mehr als einen glatten, schwarzen Taucheranzug, der sie umschmiegte wie von liebevoller Hand direkt in die nackte Haut gerieben.

Jetzt bin ich eigentlich kein Gummifetischist; ein Statement, das von einem Augenblick auf den anderen offen zur Diskussion stand.

Eine Taucherausrüstung lag noch an Land. Ich bückte mich danach.

Roxanne schraubte den Tankverschluss zu und sah auf, als ich ihr die Pressluftflasche hinunterreichte. Ihre weißen, so wunderbar mit ihrer tief gebräunten Haut kontrastierenden Zähne blitzten.

»Hey«, meinte sie, »hast du Lust, mit mir rauszufahren?«

Während meine Fantasie das Schlauchboot auf einen einsamen Strand bugsierte, daneben eine Kühltasche, dahinter ein riesiges Laken, darauf zwei verschwitzte Körper in selbstvergessener Kopulation, hörte ich mich »Klar doch« antworten.

»Fein«, freute sie sich, schloss einen Spind auf und entnahm ihm eine doppelläufige Schrotflinte.

Mit ruhigem, gleichförmigem Summen schob der Motor das *Zodiac* über die sanfte Dünung. Roxanne hatte mir das Steuer überlassen, sie war mit anderem beschäftigt.

»Du willst bestimmt wissen«, sagte sie und schob routiniert zwei Patronen in die beiden Läufe, »warum Leroy dir gegenüber so misstrauisch ist, oder?«

Ich nickte, sehr konzentriert darauf, das Boot auf Kurs zu halten. Wir wollten zur abgesperrten Bucht im Norden, und jede Bewegung am kleinen Lenkrad ließ die Nase des Bootes entweder auf die Klippen zuhalten oder aber raus aufs offene Meer. Schließlich hörte ich einfach auf, dauernd korrigieren zu wollen, und der Kahn fuhr endlich geradeaus.

»Sag mir, Kristof«, sie ließ die Waffe zuschnacken und verpasste mir die volle Ladung ihres blaugrünen Blicks,

»bist du von irgendjemandem auf Leroy angesetzt worden?«

»Nein.«

»Du weißt, dass er in Deutschland gesucht wird?«

»Nein.« Verhöre mit vorgehaltener Waffe reduzieren meine Auskunftsfreude schon mal bis zur Einsilbigkeit.

»Du bist also tatsächlich nur wegen dieses Schissers hierhergekommen?«

»Was heißt, nur?«, sagte ich.

Sie nickte, sah runter auf die Flinte in ihren Händen, wieder hoch zu mir. Gleichmäßig surrte der Außenborder vor sich hin.

»Kristof, kann ich dir vertrauen?«

»Bis zu einem gewissen Grad, ja.«

»Okay«, sagte sie, als ob meine Antwort eine Entscheidung herbeigeführt hätte. »Bist du mit so was vertraut?« Und sie hielt mir die Schrotflinte hin, Kolben zuerst.

»Nicht besonders«, gestand ich.

Das war auch gar nicht weiter nötig. Roxanne übernahm das Steuer und meine Aufgabe bestand nun darin, platt auf dem Boden sitzend und das Kreuz gegen einen der beiden Gummiwülste gedrückt, die Flinte gut sichtbar in Händen zu halten. Simpel, das. Nur für den Fall, dass ein Schiff auf uns zuhielt, sollte ich erst auf den Mann am Steuer anlegen, wenn der nicht reagierte, einen der beiden Läufe über seinen Kopf hinweg abfeuern und anschließend unmissverständlich auf den Bug seines Schiffes zielen, dicht unterhalb der Wasseroberfläche.

»Kein Fischer riskiert sein Boot«, erklärte sie mir.

Wir erreichten die Absperrkette vor der Bucht und machten gleich an der ersten Boje fest. Roxanne hatte es jetzt eilig, ins Wasser zu kommen, und ich half ihr dabei, die Pressluftflasche umzuschnallen. »Aber falls doch, drück ab.«

Sie wollte Reusen kontrollieren, und zwar unbeeindruckt von der Tatsache, dass die spanischen Fischer sich schon seit geraumer Zeit entschlossen zeigten, alles über den Haufen zu fahren, was sie für illegitime Konkurrenz hielten.

»Nur beim Auftauchen der Küstenwache«, meinte sie, spuckte in ihre Taucherbrille und spülte sie mit Meerwasser aus, »hältst du das Gewehr besser außer Sicht.« Sie setzte die Brille auf, rückte sie zurecht. »Sofern dir dein Leben lieb ist, heißt das.« Damit biss sie auf ihr Mundstück und rollte sich rückwärts über Bord. Etwa eine Minute lang konnte ich das Winken ihrer Flossen verfolgen, danach waren platzende Blasen an der Oberfläche alles, was noch von ihr wahrzunehmen war.

Schrotgewehr in Griffweite, ließ ich die Sicherungsleine aus, die sie an ihrem Gürtel befestigt hatte. Die Reusen befanden sich auf der militärisch abgesperrten Seite der Bojenkette, auf dem schmalen, flachen Rand, der den tiefen, munitionsgefüllten Teil der Bucht umgab. Damit verstieß unser kleiner Ausflug gegen gleich mehrere Gesetze und Verordnungen, ein Umstand, der Roxanne mit gespannter Heiterkeit erfüllte und mich mit einiger Nervosität.

›Deutscher versenkt spanisches Fischerboot‹, erschien in der Schlagzeile hinter meiner Stirn, dicht gefolgt von ›Spanische Fischer üben Lynchjustiz‹. Doch schon mit dem Auftauchen des grünen Rumpfs am Horizont änderte sich das schlagartig zu ›Deutscher Privatdetektiv vor spanischem Militärtribunal‹.

Das Schiff hielt direkt und unmissverständlich auf mich zu, und ich spürte einen aufkommenden Groll über die Verpflichtung, die Vertrauen mit sich bringt. Wie kam diese

Torte dazu? Woher wollte sie wissen, dass ich nicht einfach den Strick über Bord werfen und mich mit Vollgas verpissen würde, sobald die schwer bewaffnete Ordnungsmacht auf der Bildfläche erschien? Fieberhaft wurde mir bewusst, dass ich über die Gesetzmäßigkeit meines Handelns – ja meines Daseins an diesem Ort, von der Frage eines Bootsführerscheins mal ganz abgesehen – nur äußerst dürftig informiert war. Das Mindeste, dessen ich mich hier schuldig machte, war Beihilfe. Hastig setzte ich mich auf die Sicherungsleine und blickte der Küstenwache mit meiner unschuldigsten, meiner hundertmal erprobten Wir-treiben-Hauptkommissar-Menden-zur-Weißglut-Miene entgegen.

Der Kreuzer ging längsseits. An seiner Reling lehnte ein schnieke uniformierter Sonnenbrillenträger. Ein Stück links von ihm stand ein Matrose stramm, den Blick in die Ferne gerichtet, eine Maschinenpistole beidhändig vor der Brust gehalten.

»Siempre allí, dónde pasa mucho?«, meinte der Sonnenbebrillte schwach amüsiert zur Begrüßung, und ich erkannte ihn als Capitan Rodriguez wieder, den Offizier vom Kai in Puerto. Als ich nicht antwortete, schaltete er auf Englisch um. »You're sure you can read?«, fragte er und meinte die mehrsprachig ausgeführten Warn- und Verbotshinweise auf der Boje, an der das Schlauchboot dümpelte.

»Yes«, versicherte ich ernsthaft.

Das führte dann fast zwangsläufig zu der Frage, was ich denn überhaupt hier zu suchen habe, eine Frage, auf die ich Scheiße-schlecht vorbereitet war.

Ich stammelte, improvisierte, erklärte gestenreich – verbrannte Finger und alles –, dass mir der Motor zu heiß geworden wäre und versicherte, nach seinem Abkühlen direkten Kurs zurück nach Hause zu nehmen.

Capitan Rodriguez nickte wie jemand, dem überhitzte, meerwassergekühlte Bootsmotoren neuester Bauart praktisch jeden Tag begegnen, und ließ dabei völlig offen, ob er die Leine, die von der Rolle zu meinen Füßen die Innenseite meines linken Schenkels hoch und unter meinem Arsch hindurch lief, auf Höhe meines Anus wieder das Tageslicht erblickte und sich von da in die kühle Tiefe senkte, bemerkt hatte oder nicht.

»Hasta luego«, sagte er noch, wandte sich ab und das Schiff mit ihm, dann drehten die beiden Diesel hoch, die Schrauben quirlten das Meer zu Schaum und der Kreuzer beschleunigte mit übermotorisierter Arroganz davon.

›Bis bald‹, hatte Rodriguez gesagt.

Aber nicht, wenns nach mir ging.

Das Patrouillenboot war noch nicht ganz hinter der Landzunge verschwunden, als sich aus der anderen Richtung weiterer Besuch ankündigte. Ein Fischerboot. Mit einem genervten Aufstöhnen bückte ich mich nach dem unter die Gummiwulst geklemmten Gewehr, da erkannte ich das Schiff als Romans *Luna Negra* und entspannte mich wieder.

Die *Luna Negra* kam nicht näher, sondern machte ihrerseits an einer Boje fest, am anderen Ende der Bucht. Schiff vertäut, verschwand Roman in der kleinen Kajüte und tauchte vorerst nicht wieder auf.

Ich drückte die Flinte wieder unter die Gummiwulst, und ein Badelatschen flutschte aus der Spalte. Ein Flip-Flop, ganz fransig vor Alter. Fransiger und älter, als ich je einen gesehen hatte. Ich hob ihn auf. Normalerweise reißt nach ein paar Tagen eine der Strippen, und das Paar wandert in die Tonne. Hier hatte jemand die Gummiriemen durch Leder ersetzt und unter der Sohle an drei wie Knöpfe durchbohrten Kronkorken befestigt.

Das hieß, jemand hatte sich tatsächlich die Mühe gemacht, einen Flip-Flop zu *reparieren.* Und ihn dann doch hier an Bord zurückgelassen.

Zwei energische Rucke an der Sicherungsleine rissen mich aus meinen Betrachtungen. Ich legte den Schlappen beiseite und machte mich ans Einholen. Hoch kamen zwei Drahtkäfige, in denen gepanzerte Urzeittiere mit langen Antennen und staksigen Beinen herumkrabbelten.

»Die Küstenwache war hier«, sagte ich zu Roxanne, kaum dass sie den Kopf über Wasser hatte.

Sie spie ihr Mundstück aus. »Das war weder zu überhören noch zu übersehen«, meinte sie und ließ sich von mir an Bord helfen. Schwarz und recht schmiegsam glänzte ihr Taucheranzug. Gummi. Ein, äh, animierendes Material. Soll man gar nicht glauben.

Sie nahm die Brille, die Haube ab und schüttelte ihren Pony frei.

»Was wollten die?«

Ich zuckte die Achseln. »Präsenz zeigen, denke ich mal.«

»Oder einen Blick auf meinen Arsch ergattern.« Sie wand sich aus den Trägern, und ich packte die Pressluftflasche. »Fregattenkapitän Rodriguez ist scharf auf mich«, fügte sie mit katzenhafter Selbstzufriedenheit hinzu.

Ja, Scheiße. Alles, was ich zu meinem Glück brauchte, war ein schick uniformierter Konkurrent in einer Machtposition.

»Sind das Langusten?«, wechselte ich das Thema.

»Sollten eigentlich deutlich mehr sein«, knurrte sie, sah auf und entdeckte die *Luna Negra.*

»Roman.« Sie spuckte ins Wasser. »Ich wusste doch, ich hatte noch ein anderes Boot gehört.«

»Du kennst ihn.« Sie kannte eine Menge Männer, diese

Frau. Das Vertrackte ist, man kann nicht bei jedem fragen: ›Und, pennst du mit ihm?‹

»Und wie ich den kenne. Der wartet nur darauf, dass es dunkel wird, um dann hinter der Absperrung zu fischen. Wahnsinn. Er wird noch die ganze Bucht hochgehen lassen. Und uns alle mit ihm.« Okay. Es klang wenig wahrscheinlich. Dass sie mit ihm schlief, meine ich. »Doch was hast du mit dem zu tun?«

»Ich? Gar nix. Wir laufen uns nur ab und zu über den Weg. Heute Morgen durfte ich ihm helfen, einen Ertrunkenen anzulanden und in einen Zinksarg zu wuchten.«

»Lass mich raten: einen Afrikaner, einen Bootsflüchtling.« Sie zog sich die Schwimmflossen von den Füßen, warf sie zur restlichen Ausrüstung. »Ich möchte wetten, dass Roman ihn erst ein paarmal mit dem Boot überfahren hat, bevor er ihn aus dem Wasser holte.«

Ich dachte an die Schnitte im Rücken des Toten, sagte aber nichts. Manche Sachen will man sich nicht vorstellen und schon gar nicht glauben.

»Hör auf«, sagte ich. »Warum sollte er das tun?«

»Na, um sicherzugehen, dass der arme Teufel tot ist.«

»Was soll das denn für einen Sinn ergeben?«

»Weil es nur für die Anlandung von *Leichen* Geld gibt, Kristof. Hast du das nicht gewusst?«

Hatte ich nicht. Und fand diese Neuigkeit verstörend.

»Bring Flüchtlinge lebend an Land, und du kriegst gar nichts, bestenfalls eine Anklage wegen Schleuserei.«

Roxanne löste das Tau, das uns an die Boje band, schwang sich in den Sitz und startete den Motor.

»Setz dich«, befahl sie.

»Was ist das für eine beschissene Bestimmung?«, rief ich über das Aufheulen des Motors hinweg und versuchte, mir die Konsequenzen für Begegnungen auf hoher See auszumalen.

Ein Boot voll Flüchtlinge – wertlos, nichts als Ärger. Ein Haufen treibender Leichname dagegen ...

»Das ist keine Bestimmung. O nein, Kristof. Wie sähe das denn aus? Es ist nur so, dass das ›Instituto de la investigación de la migración‹ seine Studien bevorzugt an toten Migranten durchführt. Deshalb zahlt es dafür. Lebende Migranten lassen sich, so der Eindruck, nicht vernünftig erforschen.«

»Ja, aber das Resultat ist doch ...«

»Empörend, ja?« Roxannes Augen blitzten. »Soll ich dir was sagen, Kristof? Es interessiert niemanden, entlang dieser Küsten. *Niemanden,* hörst du? Wir sind die Einzigen, die etwas dagegen unternehmen.«

»Und ... was genau?«, fragte ich, doch sie schüttelte nur unwillig den Kopf, schob den Gashebel zurück, und das Schlauchboot glitt längsseits an dem weißen Fischerboot entlang.

»Roman!«, bellte sie, und der Zigeuner kam aus seiner Kajüte und blickte gelassen auf uns herunter.

»Roman, ich hätte nicht übel Lust, dich wegen Wilderei anzuscheißen.«

Roman hielt ein Krabbenbein in der Hand, dessen harte Schale er nun mit den Zähnen knackte.

»Das sagt die Richtige«, entgegnete er und begann, das Krabbenfleisch aus dem Bein herauszuzutzeln.

»Jemand war an meinen Reusen«, sagte sie.

»Bestimmt Roman«, sagte Roman, immer noch gelassen. »Reusen leer, Haken leer, Netze leer, schuld ist immer Roman. Und nicht die Überfischung durch unsere eingeborenen *hombres de honor.* Roman, Roman, Roman. Dieser

Teufel muss überall sein, überall zugleich.« Er warf die leere Hülle über Bord, bückte sich, kam mit der Krabbe wieder hoch, packte ein weiteres Bein, das ... sich ... noch ... bewegte, und rupfte es ab.

»Ich sag nur eins«, rief Roxanne drohend, »lass dich nicht von mir erwischen!«

Roman biss völlig ungerührt auf die Beinschale, bis es knackte.

»Roman lässt sich nicht erwischen«, meinte er und drehte sich gleichgültig um. »Das ist ja das Unangenehme an ihm.« Damit verschwand er wieder in seiner Kajüte und Roxanne riss wütend das Gas auf.

Das Feuer loderte wieder, die Trommler trommelten, Alma schüttelte Haar und Schellenreif, Rolf intonierte ›Die Flatulenz der Wale‹ auf seinem Didgeridoo.

Kryszinski, draußen in der Bucht, in der Kombüse der Yacht, griff zum x-ten Mal zum Rezept, obwohl er es inzwischen eigentlich hätte frei rezitieren können müssen, nervös, angespannt, rattig wie ein Pavian. Roxanne brachte noch die Langusten nach Puerto und hatte mich vorher abgesetzt, um schon mal das Essen vorzubereiten.

Ein Außenborder surrte heran, erstarb, und Sekunden später brachte ein sanftes *Wump* das Schiff ganz leicht zum Schaukeln. Nicht, dass es den Smutje störte. Wir sind da ja ganz andere Sachen gewöhnt.

»Na, wie läufts?« Roxanne kam, einen Karton voll Einkäufe in den Armen, rückwärts durch die Kabinentür. Sie trug eine weiße Bluse mit hohem Kragen, und dazu einen schwarzen Lederrock, der meine neue, gerade erst im Erblühen begriffene Obsession für Gummi im Keim zu ersticken drohte.

»Alles nach Plan«, behauptete ich und konzentrierte mich mühsam wieder darauf, die Lammkeule mit Knoblauch und Salbei zu spicken. »Die Keule kann gleich schon in den Ofen.«

Dann seufzte ich. Wir waren allein, allein in der intimen Enge einer Schiffskajüte, endlich, und doch ...

»Meinst du, wir könnten gleich noch mal für 'ne halbe Stunde oder so an Land gehen? Zu der Strandparty?« Wenn Alice tatsächlich an der Party teilnahm, war das unter Umständen die perfekte Gelegenheit für mich, sie für ein paar Minuten beiseite zu nehmen.

»Wozu das?« Karton immer noch vor der Brust, drehte Roxanne sich um und sah mich fragend an. Ihre Augen leuchteten so grün wie ihr Lippenstift rot.

Vergiss Alice, dachte ich. Scheiß auf alles, dachte ich. Lebe für den Moment, dachte ich. Doch, ajeh.

»Es geht um Schisser. Ich bin mir sicher, Alice weiß, wo er abgeblieben ist.«

Roxanne schnaubte. »Kristof – Alice und *Party?*« Sie beugte sich vor, um den Karton auf den Boden zu setzen, und ich musste erstaunt feststellen, mir gerade den linken Daumenballen mit Knoblauch gespickt zu haben. Offenherzig, ihre Bluse. »Da kannst du genauso gut versuchen, ein Interview mit einem Zombie zu führen. Alles, was sie dir erzählen wird, ist, für wen oder was sie sich gerade hält und was für ein tolles Medium sie ist. Zwecklos, glaub mir. Doch warum fragst du nicht mich? Vielleicht habe ich ja in der Zwischenzeit etwas über deinen Freund in Erfahrung gebracht?«

»Hast du?«

»Ein bisschen. Dieser Schisser war also tatsächlich mal hier, in der *Paradise Lodge*. Vor etwa vierzehn Tagen kam er an, hat Gras und Blättchen gekauft, sein Zelt am Strand aufgeschlagen. Doch er war wohl der unruhige, umtriebige Typus – also ein bisschen wie du.« Sie lächelte bübisch. »Und deshalb konnte er mit der ganzen schlaffen Abhängerei hier wenig anfangen. Gleich am nächsten Morgen ist er weiter. Wohin, darüber gibt es nur Spekulationen.«

Hm. Ich legte die Keule ins heiße Öl und Roxanne reckte sich und öffnete die Dachluke. Unmenschlich, wie schwer es manchmal fällt, seine Hände im Zaum zu halten.

»Doch ich mach dir einen Vorschlag.« Sie ging auf die Knie, kramte in ihrem Karton. »Ich höre mich bei den Leuten hier in der Gegend noch mal genauer nach Schisser um. Bloß ...« Sie kam wieder hoch, eine Flasche in der Hand, »... nicht mehr heute.«

Okay, okay, okay. Also heute nicht mehr. Gut so. Bestens. Doch ... »Wenn das alles war, warum zum Deibel hat mir das keiner erzählt?« Ich drehte die Keule im Fett für gleichmäßige Bräunung. Hitze machte sich breit in der Kajüte.

Roxanne schraubte den Verschluss von der Flasche. »Ja, irgendwas ist saudumm gelaufen. Nachdem Leroy und Alma einmal angefangen hatten, dich zu belügen, kamen sie nicht mehr raus aus der Nummer.«

»Trotzdem ...«

»Leroy ist eben ein bisschen paranoid. Wegen des offenen Haftbefehls gegen ihn. Er hat dich bei deinem Auftauchen schlicht für einen Zivilfahnder gehalten und mehr oder weniger ohne nachzudenken gelogen. Jetzt, wo klar ist, dass die Bullen auch hinter dir her sind, ist das natürlich alles anders.«

Ihre samtig-raue Stimme lullte mich allmählich in Trance, wie die warmen Finger des Schlafs nach einem langen, anstrengenden Tag. Akustisches Morphin, wenn man so will.

»Alles wird jetzt anders«, sagte sie, der Klang ihrer Stimme plötzlich noch mal eine halbe Oktave tiefer. Und samtiger auch.

Der Deckel der Kasserolle vibrierte hörbar, als ich sie in den Ofen schob. Nicht ohne eine gewisse Hast begann ich, Käse über die in Sahne geschichteten Kartoffelscheiben zu reiben.

Brandblasen, dachte ich, als Roxanne ganz nah hinter mich trat und ein Glas an meine Lippen hob.

»Trink das«, raunte sie in mein Ohr und lehnte sich gegen meinen Rücken. Prall, weich, vielversprechend. »Rum aus echtem Zuckerrohr. Das Geheimnis des Feuers der kubanischen Liebhaber.«

»Was weißt du von kubanischen Liebhabern?«, fragte ich, jetzt schon eifersüchtig, das sollte mir was werden mit uns beiden.

»Ich hab so einiges gehört«, log sie charmant. »Meine Mutter ist schließlich Kubanerin. Und jetzt trink.«

Rum. Warm wie ein Kuss, leicht wie ein Hauch, strömte er von der Zunge direkt ins Blut. Brodeln folgte.

Roxanne presste ihre Hände gegen meine Brust und schmiegte ihren Körper in mein Kreuz. Sie roch nach Sex unterm Moskitonetz, umbrüllt von wilden Tieren.

Mein Gürtel ruckte, ein Knopf poppte, ein Reißverschluss zirpte.

»Ich kann nur hoffen, ich bin dir nicht zu direkt. Aber nach drei Wochen auf See ...« Fingerspitzen strichen, suchten, fanden, »... plagt mich ein gewisser Nachholbedarf.«

»Och, das ist schon in Ordnung«, versicherte ich heiser.

Ganz die Seglerin, drehte sie mich zu sich herum, wie man ein Boot mittels Ruderpinne wendet.

Unsere Zungen fanden einander.

Meine Finger knabberten an Knöpfen, meine Linke stahl sich zwischen Tuch und Haut und weckte einen Nippel.

Keuchen fuhr in meinen Gehörgang wie ein Windstoß in die Glut. Flammen züngelten. Knospen sprossen, Triebe schossen, Säfte flossen.

»Wie lange muss die Keule im Ofen bleiben?«

»Im Rezept steht, drei Stunden.«

»Gut«, schnurrte sie.

Irgendwann war der letzte Klaps aufs Fell getan, hatte die letzte Saite ausgeschwungen, das Didgeridoo seinen letzten Wind streichen lassen. Selbst Almas Schellen rasselten nicht mehr. Stille senkte sich über die Bucht, durchwebt mit schwerem Atmen.

»Komm«, bat ich einschmeichelnd, »einmal noch.«

»Santísima. Und ich dachte, *ich* hätte Nachholbedarf gehabt. Wie lange warst *du* denn auf See?«

»Ist wohl nur schon eine Weile her, seit dem letzten Mal.«

»Wie lange? Monate? Jahre?«

»Länger, als ich mich zu erinnern wage.«

Sie wollte aufstehen, doch ich hielt sie.

»Oh, oh, oh. Weißt du, Kristof, hier an der Küste kommen manchmal Migranten an. Halb verhungert, fast verdurstet. Stürzen sich nur so auf alles Ess- und Trinkbare. Aber selbst die sind irgendwann mal satt.«

»Ach komm. Einmal noch.«

»Na gut. Aber beeil dich ein bisschen. Die Keule müsste längst gar sein.«

Ich steuerte einen geradezu klassischen Zickzackkurs, unterbrochen nur von der einen oder anderen Pirouette, mit einer Brust, die in Gesang ausbrechen wollte, und einem Kopf, der das so gerade eben noch unterdrückt bekam.

Rausgeschmissen hatte sie mich, nüchtern betrachtet, doch nüchtern war ich nun wirklich nicht, aber echt nicht, sondern im Gegenteil voll des süßen Rums, und Kinder, mir war nach Singen, doch dann ruderte ich lieber noch ein Stückchen, schließlich gehörte ich ins Bett, aber so was von.

Rausgeschmissen hatte sie mich, um, wie sie sagte, Eifersüchteleien vorzubeugen. Und war ich bereit, war ich galant genug, das ohne Murren hinzunehmen? War ich? Aber so was von.

Also hopp, über die Reling und rein ins Dingi und ab gings, als ob ich mein Leben lang nichts anderes gemacht hätte, als zu rudern, Pirouetten und alles.

Gerade, als es wirklich gut lief, als ich endgültig den *Kniff* raushatte, schlug mir jemand etwas Hartes vor den Hinterkopf, und als ich mich wieder hochgerappelt hatte, musste ich feststellen, dass ich nur rücklings umgefallen war, weil ich das Dingi mit Schmackes gegen die Kaimauer gerudert hatte. Aber so was von.

Ich fand eine Sprossenleiter, befestigte das Boot daran, holte tief Luft, machte mich an den Aufstieg und schrie jodelnd auf, als mich eine nasse, kalte Hand am Knöchel packte.

Alice.

»Ich bin Gollum«, sagte sie. »Ich schwimme im Dunklen.«

»Und ich«, sagte ich, zog mich hoch und hockte mich auf den Kai, »ich fische im Trüben. In einer besseren Welt wären wir beiden ein Traumpaar.«

Alice trat Wasser, ein bleicher, dürrer Schemen im schwarzen Nass. »Du bist in großer Gefahr«, sagte sie feierlich.

»Da wird es das Beste sein, ich vertraue dir den Ring an, was?« Ja, ich kenne meinen Tolkien, aber so was von. »Wo hab ich ihn bloß, gottsverdammich?« Statt des Rings fand ich nur die Flasche, die in meinem Gürtel steckte. Auch gut.

»Mit meiner Hilfe wirst du die Mächte des Bösen besiegen«, prophezeite sie. »Und du wirst mich ans Licht führen.«

»Auf dem Umweg über eine gründliche Entgiftung und längere Therapie, würd ich vorschlagen.«

»Aber du brauchst Verstärkung durch die Gefährten. Lass uns los, wir wollen sie holen.«

»Was? Wen? Gefährten? Meinst du die Hobbits? Die gottverdammten wieseligen kleinen Scheißer können doch immer nur wegrennen. Was wir brauchen – soll ich dir sagen, was wir brauchen?« Ich beugte mich vor, raunte vertraulich. »Was wir brauchen, sind Orks. Verstehst du? *Orks.* Eine ganze Horde davon.«

Sie grinste zu mir hoch, und ich sah zum ersten Mal ihre Zähne. Party-Pillen und Methamphetamin. Das eine greift die Murmel an und das andere die Beißer. Sagen wirs so: Wenn ihr Hirn sich in einem ähnlichen Zustand befand wie ihr Gebiss, würde eine Therapie nicht mehr greifen. Da blieb nur der komplette Austausch.

Darauf trinken wir, dachte ich und nahm einen zur Brust.

»Du bist betrunken«, stellte sie fest.

»Ja, nun«, bestätigte ich, was wirklich nicht zu leugnen war.

Sie langte hoch und drückte mir etwas in die Hand. So halb und halb erwartete ich einen Ring. Und es war ein Ring. Nur nicht *der* Ring. Es war ein Schlüsselring. Mit einem Schlüssel dran. Ein Autoschlüssel.

Tag 5

»Was ich nicht kapiere …« Ich ließ das Satzende in der Luft hängen. Mein eigentliches Ansinnen bestand darin, Scuzzi zu vergraulen, der irgendetwas genommen oder aber unterlassen hatte zu nehmen, das ihn an diesem Morgen in eine hyperaktive Nervensäge zu verwandeln drohte. »… ist, warum ich hier nicht einfach mal ein Stündchen oder zwei in der Sonne sitzen und cool chillen kann.«

»Weil die Sonne nicht scheint, Kristof!«

Ihn nachzuäffen lief schon mal komplett ins Leere, musste ich feststellen. Scuzzi kann ja manchmal dermaßen ironieresistent sein.

»Dann eben relaxen, Mann.« Ich hockte vor dem *Hymer* in der Überzeugung, mich könnte heute nichts, aber auch gar nichts aus der Ruhe bringen. Nur Scuzzi musste ich irgendwie loswerden. Er hörte nicht zu. Tigerte nervös herum.

»Ich weiß auch nicht … Es ist wie verhext: Seit Leroy eingestanden hat, dich falsch eingeschätzt zu haben –«

»Er hat *was?!*«

»Ja, gestern beim Abendessen. Seitdem kommt Stück für Stück ans Licht, dass Schisser doch hier gewesen ist und jeder es gewusst hat. Die scheinen mir bisher alle etwas vorgemacht zu haben.«

Er blickte bekümmert, lief ein wenig auf und ab, und ich sagte: »Ach.«

Neben der angebrochenen Flasche Rum hatte Roxanne mir auch noch eine Faustvoll kubanischer Zigarren zugesteckt, von denen ich nun eine aus ihrer Hülle pellte und unter sachtem Drehen anpaffte. Kristof Kryszinski: Koch, Lover, Bonvivant.

»Ich hab dann mit Rolf darüber gesprochen.«

Rolf, mal wieder. Ich versuchte mich an einem Rauchring. Scheiterte.

»Nach allem, was er gehört hat, ist es diesem Hidalgo tatsächlich gelungen, Schisser eine Anzahlung aus dem Kreuz zu leiern. Hat ihm erzählt, die Zigeuner der Gegend bekämen aufgegebenes oder beschlagnahmtes Land zum Spottpreis. Was ja auch stimmt, im Prinzip. Nur halt nicht im Sperrgebiet.«

Nach allem, was *Rolf* gehört hat, dachte ich. Ajeh.

»Hidalgo hat dann versucht, Schisser hinzuhalten. Das hat nicht funktioniert. Dann ist Hidalgo abgehauen, wollte sich verstecken, bis Schisser aufgibt. Schisser hat daraufhin Hidalgos Hütte niedergebrannt und gedroht, mit den Behausungen von Hidalgos kompletter Verwandtschaft genauso zu verfahren.«

Also hat die Sippe den Spieß umgedreht und Schisser abgekehlt. Einer der Haken an der Geschichte war die Frage, warum Hidalgo sich dann immer noch auf der *Luna Negra* versteckt hielt.

»Was hältst du davon? Sollen wir noch mal hoch in die Siedlung und bei den Kids nachhaken?«

Mit einem Anflug milden Bedauerns, wenn nicht später Reue, erinnerte ich mich der dreiundzwanzig liebevoll von Hand mit puerto-realischem Hafenbrackwasser gefüllten Bierdosen.

»Erst mal vielleicht besser nicht«, meinte ich vorsichtig.

»Aber irgendwas müssen wir doch unternehmen!«

Nachdenken. Mir persönlich war schwer nach Nachdenken zumute.

Ich griff mir den Flip-Flop, den ich aus dem Schlauchboot hatte mitgehen lassen, und drehte ihn hin und her.

Was wäre, dachte ich, wenn dieser Gegenstand der Schlüssel zu dem ganzen Rätsel ist? Die Kronkorken an seiner Unterseite waren glatt, wie poliert ... Als ob sie niemals Asphalt gesehen hätten, sondern immer nur ...

»Sag mal, bist du drauf von irgendwas?«

Ich fuhr hoch. Na, jetzt aber.

»*Drauf? Ich?* Ziemlich steil von einem Typen, der seit unserer Ankunft hier ... ach, sprechen wirs ruhig aus: der seit Jahren, wenn nicht Jahrzehnten, keinen nennenswerten klaren Moment mehr gehabt hat.«

»Aber heute Morgen habe ich einen, und ich kann es sehen, wenn jemand drauf ist und wenn nicht. Und du bist dicht von irgendwas, also erzähl mir keinen Scheiß. Hast du was geraucht?«

»Zigarre, wie du siehst, und gestern Abend hatte ich ein wenig kubanischen Rum. Und das, was der Schweizer Schiggu-Schiggu nennt. Vielleicht solltest du es auch mal wieder damit versuchen, dann wärst du nicht so hibbelig. Und nun schwirr ab.«

»Soll das heißen, du willst den ganzen Tag auf deinem Arsch sitzen bleiben?«

»Solange es mir gefällt. Und wenn du dir zur Abwechslung mal die Hacken ablaufen willst – nur zu.«

Einzig, Scuzzi wollte nicht abschwirren und sich die Hacken ablaufen. Ich versuchte ihn wegzusummen. Da stoppte der Landrover neben uns, mit Leroy am Steuer und einem Anhänger hintendran, und Scuzzis Augen leuchteten auf.

»Ah«, sagte er. »Da sind sie!«

Bevor ich auch nur raten konnte, wovon er sprach, hatte er das erste schon in der Hand, und ich sah zu meinem Verdruss, dass es sich nur um seine verdammten Eimergewichte handelte. Stück für Stück hob er sie ächzend aus dem Hänger und gruppierte sie in ordentlichen Reihen am Strand.

»Abgebunden haben sie schon«, rief er mit dem Stolz einer Mutter angesichts der Fortschritte ihrer Sprösslinge. »Jetzt müssen sie nur noch aushärten.«

Leroy trat auf mich zu, Kaftan bodenlang, Miene ernst, Hände vor dem Bauch aufeinandergelegt, Haltung feierlich.

»Kristof«, sagte er und ließ eine bedeutungsschwangere Pause folgen. »Wir beide hatten keinen guten Start miteinander. Wahrscheinlich sind wir einfach vom Typ her zu verschieden. Ich für meinen Teil bin jedoch bereit, einen zweiten Anlauf zu versuchen.«

Was, mal ganz im Ernst, sollte ich darauf antworten? Nachdenklich sog ich an meiner Zigarre. Das war alles, was ich wollte: rumhocken, paffen, eventuell mal am Rum schnüffeln und mich sammeln. In Ruhe. Doch die Welt schien entschlossen, mir auf den Sack zu gehen. Plötzlich verspürte ich einen Stich von Heimweh. Ich vermisste die Freiheit der willkürlichen Unerreichbarkeit in meiner Eineinhalb-Zimmer-Hucke, den Lärm und den Mief der Ruhr-City, sinnentleerte Monologe mit Hund, Katze, Nachbarin.

Ich sah auf und sagte: »Du hast recht, Leroy. Wir sind zu verschieden.«

Er nahm das hin. »Kann ich dich trotzdem um einen Gefallen bitten?«, fragte er.

Ich blickte skeptisch.

»Unser Wassertank oben auf dem Badehaus ist so gut wie leer. Hättest du Lust, nach Puerto zu fahren und einen Hänger voll Wasser zu holen? Wir haben Behälter dafür, die packen wir drauf, sobald Scuzzi mit dem Ausladen fertig ist. Ich würde zwar selber fahren, aber ich habe noch einen wichtigen Termin mit unserem Architekten.«

Auto, Puerto, Hafenbar, dachte ich. Cool. Und: Hidalgo. Den könnte ich bei der Gelegenheit direkt mal in die Mangel nehmen. Perfekt.

Dann sah ich mich im offenen Landrover sitzen, ungeschützt den Elementen ausgesetzt, angefangen mit einem Hagel von Steinen. Ein Scheißjob, den man mir da anzudrehen versuchte. Ich wollte ablehnen, doch Leroy kam mir zuvor.

»Nimm Armand, Obutu und Friedrich mit. Als Leibwächter, sozusagen.«

Kryszinski und seine persönliche Leibgarde. Ha!

»Na gut«, sagte ich.

Der asthmatische Austin-Motor keuchte vor sich hin, der Hänger mit den leeren Plastiktonnen tanzte im Rückspiegel, ich spielte mit Gaspedal und Lenkrad herum, wie ich es gern tue. Schwatzte mit meinen Mitfahrern, meinen neuen Freunden, jetzt, wo Leroy und Alma ihr Herz für mich entdeckt hatten.

Friedrich war aus Namibia, erfuhr ich, Armand kam von der Elfenbeinküste und Obutu aus Kenia. Friedrich saß neben mir, dickwanstig und zufrieden, während die beiden anderen links und rechts auf den Trittbrettern standen, Körbe voll Kieselsteinen in Reichweite.

»Ils jettent des pierres à nous, nous jettons des pierres à eux«, meinte Armand, als wir uns der Siedlung näherten.

»They throw the stones at us, we throw the stones at them«, übersetzte Obutu.

»Und wir werfen gut«, ergänzte Friedrich.

Es war erstaunlich wenig los, entlang der Piste zwischen den Hütten, kaum jemand auf den Beinen, von vereinzelten Kids und streunenden Hunden einmal abgesehen. Ein paar halbherzige Steine kamen angesegelt, doch unser augenblickliches Echo ließ keinen wirklichen Hagel ausbrechen.

Da hat man schon mal eine Leibgarde, und dann so was. Ich war regelrecht enttäuscht.

Die Wasserzapfsäule stand unten am Hafen, gleich neben der Tankstelle. Ein Stück weiter den Kai hinunter umringte eine Menschenmenge einen Methusalem von einem Autokran, der sehr bedächtig irgendetwas aus dem Wasser hievte.

Neugierig, ließ ich die drei pumpen und ging rüber.

Inmitten der Menschenmenge stand Roman, grau im Gesicht, geradezu fahl. Als sein Blick auf mich fiel, erbleichte er um eine weitere Schattierung, ging fluchend auf mich los, und im nächsten Moment war ein ganzer Mob über mir, Männer wie Frauen, so unrasiert und hackfressig, wie man sie sich nur wünschen kann, die meisten alles andere als nüchtern und zum Fürchten hysterisch.

Hände griffen, packten, zerrten, rissen, Finger gruben sich in mein Fleisch, Fingernägel in meine Haut, zogen Blut.

Durch all den Tumult hindurch bekam ich nur schrittweise mit, dass es die *Luna Negra* war, die der Kran hob, und er hob sie vom Grund des Hafenbeckens. Wasser strömte aus einem kanaldeckelgroßen, splittrigen Loch in ihrem Rumpf, vorne, auf Höhe der Kajüte.

Roman bellte einen Befehl, und die geifernde, übel riechende Horde zerrte mich bis direkt vor das Loch, bis in den Wasserstrahl. Ich begriff nichts, ich protestierte, doch der Mob überschrie mich zigfach, vor allem die Frauen.

Hilfe suchend sah ich mich nach meiner Leibgarde um, sah sie in höchster Konzentration Plastiktonne um Plastiktonne mit Wasser füllen. Und zwar alle, einer wie der andere, mit dem Rücken zum Geschehen.

Ziemlich abrupt lief der Rumpf leer, und man riss mich an den Haaren bis fast hinein in das Loch.

Hidalgo sah mich an. Wenn er es war. Mit dem einen Auge, das ihm verblieben war, in dem halben Kopf voller Holzsplitter, den ihm die Explosion gelassen hatte.

Vermutlich ein Sprengsatz, von außen am Bootsrumpf angebracht.

Und jeder um mich herum schien überzeugt, dass Schisser dahintersteckte. Und dass ich, sein Freund, gekommen war, mich in stiller Zufriedenheit am Erfolg des Anschlags zu ergötzen.

Als ob Schisser Sprengstoff benötigte, um einen Mann umzubringen. Sprengstoff, diese Waffe für Feiglinge.

Ich versuchte zu argumentieren, beteuerte meine Unschuld wie schon lange nicht mehr, in den höchsten Tönen und in sämtlichen mir geläufigen Sprachen, doch ein Mob ist ein Mob, und der Anblick des Toten verwandelte die Hysterie in Raserei. Jeder, jeder Einzelne aus der Menge schien mir persönlich an den Kragen zu wollen, an den Hals. Ich wurde hin- und hergezerrt wie ein Stück Fleisch, um das sich ein Rudel Hyänen balgt. Es war schauderhaft, es war grauenerregend.

»Sag uns, wo Schisser ist!«, schrie mir Roman ins Gesicht, und ich schrie »Sag dus mir!« zurück, schäumend vor Wut, befeuert durch eine Angst, die mich schlottern ließ. »Du weißt doch so gut wie ich, dass er tot ist!« Er blickte verständnislos, dann verschwand sein Gesicht in der wogenden Menge hassverzerrter Visagen.

Jedes Geräusch um mich erstarb, meine Ohren schalteten einfach ab, als ich sah, dass irgendjemand allen Ernstes mit einem Strick hantierte, eine Schlaufe knotete, die man mir um den Hals zu legen versuchte, all meiner Gegenwehr zum Trotz, und alle Geräusche kamen zurück, als der Schuss ertönte, ein wirklich beeindruckender Knall, aus einer Pumpgun, nur knapp über die Köpfe der Anwesenden hinweg abgefeuert. Von Enrique.

Einen Moment lang hielt der gesamte Hafen die Luft an.

Schwamm drüber, dachte ich, über den Schlag auf meine Schulter, dachte ich, tut auch kaum noch weh.

Dann war der Schuss verhallt, der Moment vorbei, der Bann brach, die Menge stürzte sich erneut auf mich, zog mich, Strick jetzt tatsächlich um den Hals, mit sich, auf die nächste Laterne zu, und wieder kam alles abrupt zum Stehen, als neben Enrique ein pechschwarzer Mannschaftsbus anhielt und binnen Sekunden ein Kontingent Bereitschaftspolizei in Kampfanzügen ausspie, Helme auf den Köpfen, extra lange Gummiknüppel in Händen.

Ich saß auf dem Arsch, Arme über dem Kopf, Kopf zwischen den Knien, während der Angriff über mich hinwegbrandete, und ich saß immer noch fast genauso da, als die Truppe zurückgeschlendert kam und unter viel gegenseitigem Schulterklopfen und mannhaften Scherzen begann, mit feuchten Tüchern ihre Knüppel von Blut zu reinigen.

»Siempre allí, dónde pasa mucho«, sagte eine Stimme neben mir, und ich sah auf zu Capitan Rodriguez.

»Das Gleiche könnte ich zu Ihnen sagen«, entgegnete ich. Der Mob war in alle Winde verstreut, nur Roman versuchte, zurück zu seinem Boot zu kommen, scheiterte aber an der Bereitschaftspolizei, bis Capitan Rodriguez ein kurzes Kommando rief und man Roman zu uns durchließ.

Der Capitan sagte etwas über mich hinweg, sprach ins Leere, wenn man so will, im Ausdruck nachdenklich, mit einem Unterton von Drohung.

»Er sagt, er versucht an dieser Küste die Ordnung aufrechtzuerhalten«, übersetzte Roman und half mir, den Strick von meinem Hals und über den Kopf zu ziehen. »Eine Aufgabe, die völlig unnötig erschwert wird durch Typen wie uns.« Mühsam stemmte ich mich hoch und starrte den Zigeuner an, zittrig in einer Mischung aus Wut und noch keineswegs überstandener Panik. Er zuckte entschuldigend die Achseln und blickte einigermaßen reuig drein.

Und damit war der Vorfall für ihn abgetan. Und, mit etwas zeitlicher Verzögerung, auch für mich. Es ist unglaublich, wie so etwas manchmal funktioniert. Gerade noch beinahe gelyncht worden, mein Ende an einem Laternenpfahl vor Augen gehabt, fasste ich wieder Fuß in der Normalität. Auch wenns schwerfiel.

Ein Mittfünfziger in T-Shirt, Weste, Shorts und Sandalen kam angewatschelt, wechselte ein paar Worte mit Rodriguez, setzte dann die Uniformmütze auf, die er bis dahin unterm Arm gehalten hatte, und wandte sich kurz, kühl, sachlich und unmissverständlich an Roman.

Ich blickte fragend.

»Der Hafenmeister sagt, ich habe achtundvierzig Stunden, das Boot vom Kai zu holen. Danach beschlagnahmt es die Küstenwache und lässt es verschrotten.«

Der Hafenmeister ging grußlos, nach einem flüchtigen Blick auf den zur Hälfte weggerissenen Schädel des Toten, und die Guardia Civil nahm uns ins Gebet.

Die Explosion hatte sich morgens gegen 4:30 Uhr ereignet, und selbstverständlich wurden Roman und ich nach unseren Alibis befragt. Roman gab an, bei seiner Frau im Bett gelegen zu haben, und als ich dran war, spürte ich Capitan Rodriguez' bohrenden Blick auf mir und sein intensives Interesse an der Frage, mit wem und in wessen Bett ich die Nacht verbracht hatte. Prächtige Gelegenheit, ihm eins reinzuwürgen, doch die Wahrheit war, dass ich um diese Uhrzeit längst in meiner Koje im *Hymer* gelegen hatte. Nur zur Untermauerung gab ich einen gewissen Pierfrancesco Scuzzi als Zeugen an. Das wurde peinlichst genau notiert, und dann kamen noch ein paar Fragen, die Roman samt und sonders besser beantworten konnte als ich. Fertig mit dem Verhör, ließen die beiden Gardisten noch durchblicken, dass sie weder mir noch dem Zigeuner auch nur ein Wort glaubten, aber das machen sie immer, alle, überall.

Der Kranwagenfahrer packte seine Gurte ein und ließ sich von Roman bezahlen. Der schon bekannte graue Transporter setzte rückwärts heran, Hidalgos Leiche wurde aus dem Boot geborgen, in einen Zinksarg gelegt und weggefahren.

Und das wars.

»Wie«, sagte ich zu Roman, kaum dass uns die Offiziellen verlassen hatten, »das war schon alles?«

Er sah mich an. »Natürlich *nicht*. Es wird eine aufwendige Untersuchung geben. Ich denke mal, die Kriminalisten werden sich darauf einigen, dass das Opfer tot ist. Ursache: Gewalteinwirkung auf den Kopf. Der Täter kam vermutlich aus dem ethnischen Umfeld und wird deshalb wohl wie gewöhnlich niemals ermittelt werden können. Und dann kriegen wir den Toten zurück, minus ein paar wichtige Organe, und können ihn beerdigen. Fertig.«

»Wie, minus ein paar wichtige Organe?«

»Frag nicht. Nur die ›Sin Papeles‹ haben hier noch weniger Rechte als wir Zigeuner.«

»Sin Papeles?«

»Die ›Ohne Papiere‹. Die Schwarzen. Die Boatpeople.«

»Diejenigen, die es lebend an Land schaffen«, sagte ich und dachte an die Schnittwunden im Rücken des toten Negers und daran, was Roxanne dazu gesagt hatte.

»Ja. Die, die vorher der Küstenwache begegnen, haben diese Sorgen nicht mehr.«

Leute sterben auf offener See, umgeben von Wohltätern. Schuld sind immer die anderen. Ich wusste nicht mehr, wem oder was ich hier glauben sollte.

»Kannst du mir jetzt mal verraten, wieso ihr mich gerade beinahe gelyncht hättet?«

Er seufzte. »Du hast Hidalgo hier gesehen, gestern. Und heute ist er tot. Zufall?«

Das fragte ich mich im Stillen auch. Durchforstete mein Gedächtnis und war mir verhältnismäßig sicher, niemandem davon erzählt zu haben. Nein, ich war mir *sicher*. Das Einzige, das ich erwähnt hatte, war Romans Anlandung des toten Flüchtlings gewesen.

»Ich konnte doch bestenfalls mutmaßen, dass es sich um Hidalgo handelt. Wo ist übrigens das Geld geblieben, das er Schisser abgezogen hat?«

»Sag du mir lieber mal, wo Schisser ist. Wie hast du das gemeint, ich müsse doch so gut wie du wissen, dass er tot ist?«

»Dein Kumpel zieht meinen Kumpel ab. Der rächt sich, will sein Geld zurück, droht, und verschwindet dann plötzlich spurlos. Zufall?«

»Ah, verflucht. Wenn ihr Hidalgo nicht umgebracht habt, und wir nicht Schisser, wer war es dann?«

»Wo ist seine Leiche, will ich wissen. Wo sein Motorrad. Wo das Geld.«

»Das Geld, das er Hidalgo gegeben hat, ist weg«, sagte Roman knapp. »Spielschulden.« Damit drehte er sich zu seinem Boot, besah leise fluchend den Schaden, riss hier und da einen Splitter ab, ratlos, resigniert.

»Hast du eine Ahnung, wie viel das war?«

»Zehn.«

Dann mussten also noch Hundertsiebzigtausend irgendwo gebunkert sein.

»Was passiert jetzt mit deinem Schiff?«

»Du hast den Hafenmeister gehört. Ich habe zwei Tage und zwei Nächte Zeit, jemanden zu finden, der es repariert oder es zumindest von hier wegbringt.« Er spuckte ins Wasser. »Nicht zu schaffen. Die Leute hassen uns, hier. Sie hassen einen, wenn man nichts tut, und sie hassen einen, wenn man arbeitet. Würd mich gar nicht wundern, wenn jemand im Auftrag der anderen Fischer die Bombe gelegt hätte. Sie neiden dir jeden Fang. Es ist alles sinnlos, in dieser Gegend.«

»Ich werde herauskriegen, wer hinter diesem Anschlag steckt. Ich werds zumindest versuchen.«

»Wenn dus nicht selber warst.«

»Das vorausgesetzt, natürlich.«

Sie warteten. Und sie waren gründlich vorbereitet. Sie hatten ein Autowrack quer auf die Straße gestellt, um uns zum Bremsen zu zwingen, doch mit dem voll beladenen Hänger hinten und der altersschwachen Austin-Mühle vorn wären wir niemals wieder in Fahrt gekommen, deshalb wich ich aus, so gut es eben ging, und rumpelte mit Vollgas blindlings durch den Straßengraben. Trotzdem wäre es noch unangenehm genug geworden, wenn nicht die meisten ihre Trauer über Hidalgos Tod und ihre Wut über die polizeiliche Knüppelorgie mit Hochprozentigem bekämpft hätten, sodass für mich die eigentliche Schwierigkeit einfach nur darin bestand, durch den Ort zu steuern, ohne eine der torkelnden Gestalten über den Haufen zu fahren. Irgendwie schafften wir es dann ohne Verluste und größere Blessuren auf beiden Seiten.

»Ils sont fou, les gitans.«

»I hate those fucking gipsies.«

»Was wollten sie eigentlich in Puerto von dir?«

»Nichts«, antwortete ich, immer noch reichlich angefressen über die mangelnde Unterstützung meiner angeblichen Leibgarde. Andererseits müsste man als Sin Papeles bescheuert sein, sich unter den Augen der Guardia Civil in gewalttätige Auseinandersetzungen einzumischen. Trotzdem. Ich schmollte, und wir rollten schweigend weiter durch die karge Landschaft, noch bedrückender als sonst unter dem tiefen, trüben Himmel.

Schwarz stand der Rauch über der –

Ein kurzer, heftiger Tritt auf die Bremse und ich riss am Lenkrad.

»Eh, qu'est-ce que tu ...«

»Hey, where're you going?«

»Ey, was soll das?«

Abrupt bog ich von der Straße auf den müllübersäten Schotterplatz ab, drehte nun das Lenkrad weiter und weiter, bis der fast zwei Tonnen schwere Hänger zu driften begann. Dann ging ich sanft vom Gas, und die ganze Fuhre kam in einer Staubwolke zum Stehen. Schwarzer Rauch und grauer Ozean füllten den Rückspiegel. Rückwärtsgang, Gas.

»Eh, eh!«

»Hey, you can't ...«

»Ey, aber ohne mich!«

Armand und Obutu sprangen von den Trittbrettern, Friedrich aus seinem Sitz.

Allein gelassen, sah ich den Hänger rücklings über den Klippenrand verschwinden und trat mit beiden Füßen auf die Bremse. Es folgte ein kurzes Aufwallen erheblicher Zweifel an der Richtigkeit meines Tuns, als das schiere Gewicht der Wasserladung den Rover trotz blockierter Räder weiter Richtung Abgrund zog, dann stieg weißer Dampf in Mengen auf, der Wagen stand, und nachdem ich den Ersten reingeklopft und probeweise die Kupplung hatte kommen lassen, erschien der Hänger ganz brav wieder in Sicht und ließ sich auf die Ebene hochziehen. Selbst die Tonnen waren auf den ersten Blick noch vollzählig.

Meine Leibgarde stand da und kratzte sich die Löckchen.

»Alle Mann an Bord!«, rief ich fröhlich, und die drei stöhnten genervt auf, als ihnen klar wurde, dass es zurück nach Puerto ging, eine neue Ladung holen.

»Was tust du denn da?«

»Wonach sieht es denn aus?«

»Als würdest du das Loch in meinem Schiff noch größer machen.«

Hm. »Muss man«, sagte ich. »Anders kriegt mans nicht geflickt.«

Ein rundes Loch in einem Holzrumpf ist unmöglich zu reparieren. Also muss erst mal alles Ab- und Angebrochene mittig auf dem nächsten Holm abgesägt werden, um Anschluss und Halt zu finden für eine spätere neue Beplankung. Damit war ich gerade beschäftigt. Armand, Obutu und

Friedrich hatte ich zum Wasserholen und dann nach Hause geschickt.

»Du willst mir erzählen, du bist Bootsbauer?«

»Nein. Einschaler.« In dem einen Job darf kein Wasser rein, im andern kein Beton raus. Die Problemstellung ist demnach ähnlich. »Sieh mal zu, dass du die Bretter da vorne vorsichtig gelöst bekommst. Mit ein bisschen Glück kriegen wir sie passend gemacht.« Ich drückte Roman ein Nageleisen in die Hand und deutete auf den Blendladen, den ich unterwegs von der Fassade der Ranch gerupft und aufgeladen hatte, zusammen mit allem an Werkzeug, das ich finden konnte. »Anschließend brauchen wir eine Menge kochendes Wasser. Hast du einen Ofen an Bord? Gut. Dein größter Topf.«

Er machte sich an die Arbeit, stemmte Bretter hoch, zog Nägel, ruhig und geschickt. Ließ mich dabei aber nicht aus den Augen.

»Du bist kein Typ für ein Schuldeingeständnis«, folgerte er schließlich.

»Wie wahr«, sagte ich.

»Also machst du das, weil du etwas von mir willst.«

»Richtig.«

»Und was?«

»Erklär ich dir später.«

Roxanne lief mir freudestrahlend entgegen, in ihrem Schlepptau Leroy, Alma und ein Haufen anderes haariges Getier aus der Gemeinschaft. Alle Welt schien sich einen Knopp an die Backe zu freuen, mich zu sehen. Rolf kam angeschlurft und drückte mir ein Bier in die Hand. Ein *Bier*. Von Rolf. Pisswarm, natürlich, aber immerhin.

Unter normalen Umständen hätte das ganze Getue den

Sarkasten in mir geweckt, doch ich stand noch unter dem Eindruck meiner jüngsten Entdeckung und war mit den Gedanken weit, weit weg.

Ohne rechtes Zutun geriet ich in den Sog dieses Schwarms freundlicher Menschen, der zielstrebig der Busbar zueilte. Kaum drin, wurde die Tür verrammelt, und Scuzzi und ich fanden uns im Zentrum der allgemeinen Beachtung wieder.

»Wo warst du so lange?«, raunte er mir zu.

»Müllkippe.«

»Wieso bist du so dreckig?«

»Müllkippe.«

»Du hättest mal hören sollen, wie sie die Bimbos zur Sau gemacht haben, als die endlich mit dem Wasser gekommen sind.«

»Ja, ja.«

Schisser war tot. Was ich gesehen, was ich entdeckt hatte, erstickte auch den letzten Zweifel, das letzte bisschen noch so absurder Hoffnung. Schisser ließ sich nicht von einem Zigeuner abziehen und drehte dann zwei Wochen lang Däumchen. Doch davon abgesehen, war Schisser unmöglich von seiner *Buell* und dem ihm anvertrauten Geld zu trennen. Nicht lebend. Einen Augenblick lang war mir zum Heulen zumute.

»Hier«, sagte Rolf und stellte eine weitere Dose vor mich hin. »Geht aufs Haus.« Irgendwie hatten sie plötzlich alle ringsum Biere auf der Faust und prosteten mir zu.

Ich wollte meine Ruhe, ich wollte nicht an der Bar sitzen und mir lauwarmes Bier aufzwängen lassen und von Leuten angestrahlt werden, die mich gestern noch wie einen Aussätzigen behandelt hatten. Ich musste raus hier, nachdenken.

»Pierfrancesco, Kristof, es wird Zeit, dass wir euch in bestimmte Dinge einweihen.« Leroy, salbungsvoll wie ein kirchlicher Würdenträger beim vertraulichen Gespräch mit zwei besonders wohlgestalteten Messdienern.

Bleib mir bloß vom Arsch, dachte ich.

Ich hatte es endlich gefunden, das Geld. Schissers Geld, oder besser, das der Stormfuckers. Noch versteckt in dem voluminösen, auch als Öltank gebrauchten Rahmen der *Buell.*

»Pierfrancesco, Kristof, wir wünschen uns eine rasche Entscheidung von euch. Denn wir brauchen eure Hilfe. Wie wir eben erfahren haben, steht noch heute Abend eine Aktion an. Eine, ich sage es gleich, riskante, eine illegale Aktion.«

Aber ohne Kristof, dachte ich und wollte zur Tür.

»Es gibt daran nichts zu verdienen, keinen Gewinn zu machen außer der Erkenntnis, das Richtige getan zu haben.«

Also schon wieder ein Job für Nüsse. Ganz das, was ich brauchte.

Roman hatte mich mit der Seilwinde des Peugeots die immer noch dampfende, stinkende, mehr schlecht als recht gelöschte Kluft hinabgelassen. Unten, ganz unten, praktisch am Strand der verbotenen Bucht fand ich sie dann, die *Buell,* halb begraben von jeder Menge angekokeltem Müll. Ich hakte das Seil am Rahmenheck ein, pfiff ein Signal, und die Winde zog uns hoch. Oben bedankte ich mich bei Roman, wartete, bis er weggefahren war, schraubte den Deckel vom Rahmen und fand zu meiner Verblüffung das Geld. Hundertsiebzigtausend. Zehn Prozent davon standen mir zu. Leider nur war der Rahmen geknackt, das Öl ausgelaufen, das Geld in den Resten seines – Easy Rider ließ grüßen –

Plastikschlauchs bis auf winzige, silbrige Streifen komplett verschmurgelt.

»Um die Aktion nicht zu gefährden, kann und will ich euch jetzt noch nicht mit Details versorgen. Ich weiß, es ist viel verlangt, euch trotzdem um eure Zustimmung zu bitten.«

Mich kannst du lange bitten, dachte ich.

»Bevor ihr eine Entscheidung trefft, möchte ich euch nur versichern, dass wir so etwas nicht das erste Mal erfolgreich durchführen, dass wir eure Hilfe wirklich brauchen und dass eure Teilnahme einen komplett neuen Grad des Vertrauens zwischen uns schaffen wird.«

Das bezweifelte ich.

Wer immer Schisser umgebracht hatte – das war es, was mich schwindelig machte, was mein ganzes Gerüst bisheriger Vermutungen und Verdächtigungen ins Wanken und mich komplett um meine Prämisse brachte –, wer immer Schisser umgebracht hatte, er oder sie waren nicht auf das Geld aus gewesen. Sie hatten davon schlicht und einfach nichts gewusst.

»Es könnte euch – und ich denke, da sind wir uns alle einig – zu vollwertigen Mitgliedern der Gemeinschaft machen.«

Was? Hatte ich richtig gehört? Ich sah mich um, blickte in lauter erwartungsfrohe Mienen. Was war denn aus Kristof, dem niederträchtigen DEA-Agenten geworden? Wenn die Vereinnahmung in diesem Tempo weiterging, würde ich tatsächlich noch hier stranden, mit Scuzzi im *Hymer*, wo ich Touristinnen rammelte, wenn er sie nicht gerade in die höheren Riten des Drogenmissbrauchs einweihte.

»Also, Pierfrancesco, was ist mit dir? Bist du dabei?«

Scuzzi sah mich fragend an, doch ich reagierte nicht.

»Ich mache mit«, sagte Scuzzi, und Vibes der Liebe schwebten durch den Bus, hoben ihn fast von den Füßen.

»Nun, Kristof, nach dem Empfang, den wir dir hier bereitet haben, wage ich es kaum, dich zu fragen.«

Dann lass es einfach, dachte ich und sah aus dem Fenster.

Und wenn die Zigeuner Schisser umgebracht hätten, einfach nur, um Hidalgo zu schützen oder die Anzahlung behalten zu können, dann hätte Hidalgo sich nicht noch zwei Wochen länger verstecken müssen, in der winzigen Kabine auf Romans Boot.

Wo ist dann das Motiv?!, schrie mich mein eigenes Unterbewusstes an, dass mir der Schweiß über die Stirn perlte.

»Ich versuche es trotzdem: Wirst du uns heute Abend bei unserer Aktion unterstützen?«

Aber nie im Leben, dachte ich.

Es blieb dabei: Ich musste Schissers Leiche finden. Sie allein konnte mich zu seinen Mördern führen. Bis dahin musste ich hierbleiben. Und deshalb, allein schon deshalb war es vielleicht gar nicht blöd, mich so lange mit dem Hippie-Gesocks gut zu stellen.

»Aber klar doch«, antwortete ich.

Roxanne strahlte mich an.

Und deshalb auch.

Oben auf dem alten Leuchtturm drehte sich ein schmales, balkenförmiges Radargerät, das mir vorher noch nie aufgefallen war. Vielleicht, weil es sich bisher noch nie bewegt hatte.

Die Tür zum Turm stand offen, auch ein Novum.

»Ihr erwartet also ein Flüchtlingsboot?«, fragte ich und trat ein. Roxanne sah ruckartig von dem Radarschirm auf, ihr Blick reiner, stumpfer Frost. Dann senkte sie einmal die

Lider, hob sie wieder und ihr Blick war warm und schimmernd. Magisch.

»Seit wann weißt du das?«, fragte sie und widmete sich wieder ihrem Bildschirm.

»Wofür braucht ihr so ein großes Schlauchboot, habe ich mich gefragt.«

»Wir veranstalten Whale-Watching-Touren damit.«

Ich legte den aufwendig reparierten Flip-Flop vor sie auf die Ablage.

»Von einem Whale-Watcher?«

Sie lächelte, ohne aufzusehen. »Detektiv Kristof«, seufzte sie, »du verdächtigst uns doch hoffentlich nicht, im Schleuser-Business zu sein, oder?«

»Sondern?«

»Nichts«, sagte sie und meinte den Monitor. »Aber …«, sie sah auf ihre Uhr, »… es ist auch noch früh.«

»Sondern«, nahm sie meine Frage auf und mich voll in den Radarstrahl ihrer dunkelgrünen Augen, »wir retten illegale Immigranten vor der Küstenwache und den verdammten Fischern, deinen Freund Roman ausdrücklich mit eingeschlossen. Wir riskieren unseren Hals und unsere Freiheit, und wir verdienen nicht einen Cent daran. Eine Bande Spinner, das sind wir. Aber dafür hast du uns ja von Anfang an gehalten, oder?«

Es war vielleicht besser, darauf jetzt nicht näher einzugehen.

»So weit hoch im Norden?«, wunderte ich mich stattdessen. »Ich meine, wir sind doch nur einen Steinwurf entfernt von der portugiesischen Grenze.«

»Die Südküste ist mittlerweile eine Festung, Kristof. Oder was meinst du, wohin die Marineeinheit umgezogen ist, die hier stationiert war? Aber bei der derzeitigen Wetterlage kann man auch eine längere Seereise wagen. Wir müssen nur unglaublich aufpassen, dass wir das Boot rechtzeitig abfangen. Denn die Portugiesen versenken *alles.*«

Das war nur schwer zu glauben, doch die Kopfprämie ausschließlich für Leichen war auch so etwas, das mit dem Verstand nicht recht zu fassen war.

Roxanne sprang auf, schloss die Tür mit einem Tritt und schlang ihre Arme um meinen Hals, sah mir direkt in die Augen. »Ich bin so froh, dass du mitmachst«, raunte sie. »Diese verdammten Drogenköpfe sind alle so strubbelig.«

Und wir lachten.

Zögernd brach die Nacht herein. Das Schlauchboot wartete im Bootshaus bei hochgezogenem Tor. Roxanne saß im Turm und beobachtete den Radarschirm. Alle anderen wuselten in nervösem Aktionismus herum.

Leroy war mit dem Landrover unterwegs, einen Lkw besorgen.

Die Rastamänner blieben in der Alten Käserei, um die Baustelle vor diebischen Nachbarn zu schützen.

Vishna hielt in der Rezeption wie auch immer Kontakt zu wem auch immer.

Die Pädagoginnen beschäftigten sich mit der Zusammenstellung von, tja, Carepaketen, schmierten Sandwiches, packten sie zusammen mit Obst und Wasserflaschen in Plastiktüten. Dutzende davon.

Armand und Obutu sollten mit rausfahren, Rolf und Friedrich am Strand bleiben, um das zurückkommende Schlauchboot in Empfang zu nehmen.

Alma mimte die Oberaufsicht, wollte überall sein und war überall im Weg.

Und Scuzzi und ich? Unsere Aufgabe war, das Strandfeuer

in Gang zu bringen und am Brennen zu halten. Bisschen ein Idiotenjob, vor allem nach dem ganzen salbungsvollen Einweihungsritual, doch enorm wichtig, wurde uns eingeschärft. Der Himmel war mondlos und wolkenverhangen, und in der aufziehenden Finsternis würde es ohne Feuer für die Schlauchbootcrew sehr schwierig werden, zurück zur Bucht zu finden. Vor allem in der gebotenen Eile. Denn auch die Küstenwache wusste natürlich um dunkle Nächte bei ruhiger See.

Also latschte ich ohne zu murren die Flutlinie ab und kramte Treibholz zusammen, während Scuzzi schon mal die Äste der gemordeten Eiche aufschichtete.

Es wurde dunkel. Richtig dunkel. Auf dem Gelände sorgten die üblichen Funzeln für Orientierung, doch raus auf See hätte man genauso gut gegen eine schwarz gestrichene Wand blicken können.

Warten setzte ein, die gespannte Sorte.

Alma kam vorbei und schnauzte herum, weil das Feuer nicht richtig brennen wollte, und ich schnauzte zurück, mit frischem Holz ginge es eben nicht besser.

Kurz drauf erschien Friedrich mit einem Spritkanister, was überhaupt nichts nützt – der Sprit fackelt ab, und anschließend kokelt alles wie gehabt vor sich hin –, weshalb ich ihn gleich wieder wegschickte, Öl holen.

Damit ging es dann, halbwegs, wenn auch unter erheblicher Qualmbildung.

Das Feuer an, paffte Scuzzi sich in seinen gewöhnlichen Zustand retardierter Umnachtung. Um irgendwie mit ihm Schritt zu halten, holte ich mir die Rumpulle und die Zigarren aus dem *Hymer*.

Gemeinsam starrten wir in die Flammen und warteten. Rauchten, starrten, warteten.

Lauschten der musikalischen Zwangsbeglückung. Typically Tropical machte sich auf nach Barbados, und zwar mit Coconut Airlines. Mutig, das. Mich würde man nicht mal mit vorgehaltener Waffe an Bord einer Fluglinie kriegen, die sich ausgerechnet nach einer willkürlich vom Himmel fallenden Baumfrucht benannt hat.

Danach kam wieder einmal Scott McKenzies dringende Ermahnung, uns Blumen ins Haar zu stecken, und ich sprang auf und rupfte die Drähte aus der nächsten Box. Schob ein paar Äste ins Feuer. Nahm einen Schluck aus der Pulle. Ich war nervös, und nicht nur wegen der anstehenden Aktion.

»Ich hab die *Buell* gefunden«, sagte ich zu Scuzzi und ließ mich wieder in den Sand fallen. »Und das Geld. Beides vollständig verbrannt.«

»Das ... Geld auch?«

Ich langte rüber, nahm ihm den Joint ab und warf ihn ins Feuer.

»Wo denn?«, fragte Scuzzi nach einem Weilchen.

»Müllkippe, drüben.«

»Aber ... Schisser war nicht dabei, oder?«

»Nein. Nicht, soweit ich feststellen konnte.«

Ich glaubte auch nicht daran, ihn dort zu finden. Ich glaubte, widersinnig, wie es war, an den Humbug mit dem Spiegel.

Das brachte den Gedanken an Alice zurück, deren Autoschlüssel ich bei mir trug und an den ich den ganzen Tag lang noch keinen Gedanken verschwendet hatte. So wenig wie an seine Besitzerin.

Ihr Wohnmobil war leer, genauso leer wie bei meinem letzten Besuch. Oder, nein. Es war leerer. Selbst ihre Klamotten waren aus den Schränken entfernt worden, das Bett abgezogen, Zahnbürste und was-nicht-noch aus der Nasszelle verschwunden. Als ob sie ausgezogen wäre, für länger, für immer.

Wieder draußen, ging ich Alma suchen, was nicht allzu schwer war. Man musste eigentlich nur ihrem Gekeife durch das Dunkel folgen.

»Wer hat die ganzen Drähte aus den Boxen gerissen?«, schnauzte sie einen ratlos dreinblickenden Rolf an. »Wir brauchen hier Normalität, kapiert?«

»Was willst du denn hier?«, wandte sie sich im gleichen Tonfall an mich, das Haar wirr, der Blick leicht manisch. »Wieso bist du nicht auf deinem Platz?«

»Ich suche Alice«, antwortete ich.

»Oh.« Sie schaltete einen Gang runter, trat die Bremse. »Das ist jetzt kein günstiger Augenblick.«

»Wann wäre denn einer?«

»Später. Wir haben sie oben …« Alma zögerte eine Sekunde, während sie ein anderes Wort für ›eingesperrt‹ suchte, »… untergebracht. Weil sie in ihrem Zustand einer Situation wie dieser nicht gewachsen wäre. Kristof«, sie nahm meinen Arm, und ich zog ihn augenblicklich wieder aus ihrem Griff, »wir beide wissen, das Alice eigentlich in eine Anstalt gehört. Nur, da würde sie *zugrunde* gehen. Also tun wir hier für sie, was wir können. Dein Interesse an ihr in allen Ehren, aber, Kristof, es ist nicht gut für sie, kannst du mir das nicht einfach glauben?«

Ich nickte mein vertrauensvollstes Nicken.

»Schön, dass wir das geklärt haben. Und wenn du jetzt zurück an deinen Platz gehen könntest? Pierfrancesco wirkt ein bisschen überfordert, allein.«

Aber klar doch.

Schon im nächsten tiefen Schatten zwischen zwei Funzeln schlug ich einen Haken, Richtung Alter Käserei. Viel ungestörter würde ich Alice so bald nicht mehr zu sprechen kriegen.

Keine zwanzig Schritte, und ein Lkw bog durch das Tor, Leroy am Steuer. Sein Schweinwerferkegel erfasste erst mich und dann Roxanne, die aus dem Leuchtturm gerannt kam und »Es geht los!« schrie, bevor sie zum Bootshaus sprintete.

Nur Sekunden später heulte der Außenborder auf, schoss das Boot in gewagter Schräglage aus dem Tor und hinaus aufs Meer, mit Roxanne am Steuer und Armand und Obutu im Bug.

Leroy wendete den Lkw, setzte ihn zurück bis auf den Strand. Die Rücklichter waren aufgeschraubt, die Birnen entfernt, wie mir auffiel, auf dem Weg zurück zu meinem Posten am Feuer. Niemand sollte vom Meer aus rote Lichter vom Strand wegfahren sehen. Nicht dumm, zeigte aber gleichzeitig auch, wie eng es gleich werden konnte.

Wortlos lehnten Scuzzi und ich Äste gegeneinander, schürten die Flammen für ein möglichst hohes Leuchtfeuer. Jeder Gedanke, jetzt irgendetwas anderes zu tun, war wie weggeblasen.

Es dauerte nicht lang, vielleicht zehn Minuten, und das Motorgeräusch kam zurück, nur diesmal mit einer gepressteren, angestrengteren Note. Die weiße Bugwelle leuchtete auf, das Schlauchboot wurde sichtbar, in voller Fahrt, tief im Wasser und vollgepackt mit kauernden Gestalten. Im letzten Augenblick erst nahm Roxanne das Gas weg und der harte Kunststoffkiel schob sich den Strand hoch. Armand und Obutu sprangen an Land und halfen gemeinsam mit Rolf und Friedrich einem zittrigen, schwankenden Flüchtling nach dem anderen von Bord.

Es waren samt und sonders Schwarzafrikaner, in Panik und ohne Orientierung. Viele wollten sofort in die Nacht entschwinden, blindlings, nur weg vom Meer, nur rein nach Europa.

»Scuzzi! Kristof! Scheucht sie hier herüber!« Leroy wartete am Lkw, den ich, warum auch immer, erst jetzt wiedererkannte. »Macht schon!«

Wir bildeten rasch eine Kette, Scuzzi, Alma und ihre Helferinnen und ich, die Frauen bewaffnet mit den Fresspaketen in weißen Tüten, denen niemand widerstehen konnte. Leroy schrie und winkte pausenlos alles zu sich heran, sodass schließlich die komplette Schar ihren Weg zum Lkw und hinauf auf seine Ladefläche fand.

Es war exakt derselbe Allradlaster, mit dem die Strandhunde abtransportiert worden waren. Und irgendetwas daran – vielleicht nur der Umstand, dass er sich nicht in Bewegung setzte – machte die Flüchtlinge unruhig. Obutu, Armand und Friedrich hatten alle Hände voll zu tun, sie am Abspringen und Davonrennen zu hindern. Das führte dazu, dass Leroy und Alma mit Roxanne rausfahren mussten, um den Rest der Illegalen überzusetzen.

Die zweite Anlandung endete in einem noch größeren Tumult als die erste. Schuld war eine dralle junge Frau in einem langen Wickelrock, die komplett hysterisch wieder und wieder versuchte, sich zurück ins Meer zu stürzen. Schreiend, tobend, völlig durchnässt wurde sie schließlich von ihren eigenen Mitflüchtlingen gepackt und nicht eben sanft auf den Lkw verfrachtet.

Der Motor sprang an, ein Gang knirschte und der Laster rumpelte davon, nahm das Weinen und Kreischen der Frau mit sich.

Scuzzi und ich schoben das Schlauchboot zurück in die

Dünung, Roxanne wendete waghalsig und verschwand mit Vollgas in der Nacht.

Wir Zurückgebliebenen beeilten uns nun, alles an verräterischen Spuren im Sand zu zertrampeln, angefangen mit denen der Lkw-Reifen und des Schlauchbootkiels und endend in einer großen Polonaise, die die vom Wasser wegführenden Fußabdrücke in einen fröhlichen, rings um das Feuer führenden Kreis verwandelte.

Nur Minuten später erschien ein heller Punkt in der Schwärze über der See. Ein Suchscheinwerfer. Er schwenkte hin und her und nahm schließlich entschlossen Kurs auf uns.

Doch da dröhnte bereits die Trommel, umsprang Alma das lodernde Feuer mit rasselndem Tamburin und wehendem Haar. Eine Gitarre schrammelte, und begleitet von rhythmischem Händeklatschen beklagten Sopranstimmen die Asphaltierung des Paradieses und die anderthalb Dollar Eintrittspreis für das Baum-Museum. Nur Rolfs Didgeridoo fehlte in der Kakophonie, da musste jemand in der ganzen Aufregung total versehentlich draufgetreten sein.

Die Fröhlichkeit nahm zwanghaftere Züge an, je näher der Scheinwerfer heranrauschte. Wie zu erwarten gewesen war, saß er vorn auf dem grünweißen Patrouillenboot der Küstenwache.

Mit einem unterdrückt wütend klingenden Aufdrehen der Diesel im Rückwärtsgang, nahm der Schiffsführer Fahrt heraus, bevor er mit präzisem Kalkül den Bug auf den Strand gleiten ließ. Eine Leiter wurde an die Reling gehängt, und Capitan Rodriguez kam, begleitet von zwei mit Gewehren bewaffneten Matrosen, bemerkenswert unaufgeregt an Land. Auf See wird es selten wirklich hektisch, und irgendwie färbt das ab, meine ich manchmal.

Ein gutes Dutzend weiterer, mit halb automatischen Waffen und starken Taschenlampen bewaffneter Matrosen folgte ihnen an Land und begann eine rasche und systematische Durchsuchung des Geländes.

Der Scheinwerfer folgte indes dem Capitan und leuchtete alles aus, was der von Interesse fand. Spuren im Sand, vor allem.

Alma tänzelte spielerisch an Rodriguez heran, um ihn herum, versuchte, ihn mit ihren weiblichen Reizen zu betören, stieß damit auf lebhaftes Desinteresse.

Fertig mit der Inspektion des Strandes, trat Capitan Rodriguez ans Feuer. Friedrich schlug einen Trommelwirbel dazu, was nervöse Heiterkeit auslöste.

Schweigend sah Rodriguez von einem zum andern. Schweigend und suchend. Erfolglos suchend.

»You, again«, sagte er schließlich mit einem spürbaren Mangel an Wiedersehensfreude zu mir.

»Siempre allí, dónde pasa mucho«, entgegnete ich freundlich.

»Y siempre cercano del fuego«, stellte er fest, machte kehrt und entfernte sich grußlos.

Ein cooler Verlierer in der absoluten Gewissheit, das Blatt über kurz oder lang zu seinen Gunsten wenden zu können.

»Und immer nah am Feuer«, übersetzte Scuzzi.

Der Suchtrupp ging wieder an Bord, die Diesel grollten auf, der Bug glitt vom Strand, das Schiff wendete und brummte davon.

Erleichterung machte sich ringsum breit, fast schon Siegestaumel, allerdings ohne mich zu erreichen. Da war mir einiges zu viel an Wissen in den Augen von Rodriguez gewesen. Viel zu viel, um in Partystimmung zu geraten.

Bis sich Vishna neben mich setzte. Neben *mich*. Barfuß,

mit einem Kettchen um die schlanke Fessel, umhüllt von einem Hauch von Kleid und einem Duft, der einem Mann den Verstand mit einem Ruck auf Links ziehen konnte.

»Was ich nicht kapiere«, sagte Scuzzi und blickte ernst in die Flammen, »ist, warum die eine Frau nicht mit den anderen an Land wollte, sondern zurück ins Meer.«

Und noch dazu in einem Wickelrock, dachte ich. Wie will man darin schwimmen?

»Wir haben hier schon die rätselhaftesten Reaktionen gesehen«, sagte Vishna. Zu *mir*. Zu dem Unsichtbaren. Tsä. »Manche vertrauen einfach ihrem Glück nicht, wollen nicht begreifen, dass sie am Ziel ihrer Träume angelangt sind. Es überwältigt sie einfach.«

Na, dachte ich, Vorsicht. Die Frau war keineswegs überwältigt von Glück gewesen, sondern vom nackten Gegenteil. Rätselhaft blieb der Grund. Ich hatte kein Wort ihres Geschreis verstanden.

»Ist denn irgendwas passiert, da draußen auf See?«, fragte ich Alma, die Einzige unter den Anwesenden, die die zweite Tour begleitet hatte. Roxanne war mit dem Boot verschwunden, Leroy mit dem Lkw, Obutu und Armand mit ihm.

»Nein, nichts«, antwortete Alma und schwang schon wieder ihr verdammtes Tamburin. Ich hatte es überall gesucht, vorhin, aber nicht gefunden, sonst wäre da sicherlich auch jemand ganz unglücklich draufgetreten. »Nichts, das mir aufgefallen wäre. Aber du weißt ja, es war dunkel. Und wir hatten es alle eilig. Aus gutem Grund, wie du gerade gesehen hast.«

Und sie sprang umher, wie nur sie es konnte. Wie ein Nilpferd auf der Hüpfburg.

»Und«, fragte Vishna, an mich gewandt, »jetzt, wo du

weißt, was wir machen und warum wir anfangs so misstrauisch zu dir waren, was denkst du nun von uns?«

Wie lange ihr Naivlinge glaubt, Capitan Rodriguez noch verarschen zu können, dachte ich. Sagte aber nur: »Das war ganz schön knapp, gerade.«

»No risk, no fun«, meinte sie leichthin, und ich wand mich, wie immer bei solchen Phrasen. »Wenn wir persönlich etwas riskieren, um diese Menschen zu retten, ist das doch nur ein Beweis dafür, dass gelebte Liebe bei uns kein Schlagwort ist.« Noch ehe ich mich auch über diesen Schwulst winden konnte, strich sie mir mit ihrem nackten Fuß die Wade hoch. Sand rieselte in den ausgeleierten Hals meiner Socke. Nicht, dass es mich störte.

Niemand schenkte uns Beachtung, so sehr vergnügten sich die meisten damit, Alma anzufeuern und im Chor das Zeitalter des Wassermannes zu beschwören.

»Hast du noch etwas von dem Rum?«, fragte sie leise. Und rückte näher an mich heran.

Zack, hatte ich die Flasche in der Hand, *pümm!,* den Korken raus. Vishna nahm den Kopf zurück für einen kleinen, genüsslichen Schluck, keuchte. Sie besaß den anmutigsten Hals, den ich je an einer Frau gesehen hatte. Und das anmutigste Keuchen.

»Roxanne erzählt wilde Dinge über dich«, raunte sie, mit dem denkbar anmutigsten Lächeln.

Aus dem Nichts heraus zerrte meine Prostata mein Zerebrum in einen erbitterten Streit um die Vorherrschaft beim Denken.

Vishna reichte mir die Flasche zurück, und ich gönnte mir ordentlich einen.

»Ist eigentlich noch was von der Lammkeule übrig?«, fragte sie und musste mir ein wenig auf den Rücken klopfen, waren meine Gedanken doch, unter neuer Leitung, in eine ganz ähnliche Richtung gedriftet. »Eigentlich lebe ich ja vegan«, gestand sie, »aber von Zeit zu Zeit packen mich schon so fleischliche Gelüste. Kannst du das verstehen?«

»Was die Frage fleischlicher Gelüste angeht«, antwortete ich mit rauer Stimme, »wirst du schwerlich jemand Verständnisvolleren finden als mich.«

Sie lachte höchst anmutig.

»Wo, ähem, ist eigentlich Roxanne?«, fragte ich, mit einer Beiläufigkeit, so echt wie die Label auf Flohmarktware.

»Ich weiß nicht?«, antwortete Vishna, mit dem allerkleinsten anmutigen Fragezeichen am Satzende. »Sie hat mir nur gesagt, dass sie vor dem Morgen nicht zurück sein wird.«

Gischt flog in weiten Bögen zur Seite, als ich mich in die Riemen des Dingi legte, bis sie ächzten.

Kaum an Bord der Gizelle, stürzte Vishna sich mit wölfischem Appetit auf, tja, jede Form von Abwechslung, die sich ihr bot. Sie schlug ihre Zähne in die Keule, sie kippte den Rum, sie kam ohne Scheu und Umschweife zum Wesentlichen.

Anders als Roxanne, die mich umschlungen hatte wie eine verschwitzte Anakonda, umflatterte mich Vishna eher wie ein rolliger Schmetterling. In kürzester Zeit verdrehte sie mir den Kopf, bis mein Hals einer Spiralfeder glich.

Erstes graues Morgenlicht filterte durch die Bullaugen, als die Kabinentür schlug und eine samtig-raue Frauenstimme »Huhu, ich bin zurück« gurrte.

Ich erstarrte. Mitten in der Bewegung.

»O nein«, flehte Vishna, »hör nicht auf!«

»Na, toll«, fand Roxanne, in ein Badelaken gehüllt, ihr

Pony noch ganz feucht und strähnig. »Euch beide kann man aber wirklich keine Sekunde allein lassen.«

Damit küsste sie mich. Zunge und alles. Dann Vishna. Dito.

Das Laken glitt zu Boden.

Ich griff zum Rum. Aber so was von.

Tag 6

Goa!, dachte ich und hechtete von Bord, kopfüber ins Wasser.

Der Morgen war angebrochen wie der erste Morgen, die Schwarzdrossel hatte gesprochen wie der erste Vogel, und das alles aus dem Mund dieses säuselnden islamistischen Hardliners, der öffentlich das Todesurteil gegen Salman Rushdie verteidigt hat und trotzdem überall als eine Art Friedensengel hofiert wird.

Ich kraulte ans Ufer, sprang auf die Füße, rannte zum *Hymer,* lief von da schnurstracks weiter zur Busbar, stürmte die Treppe hoch, durch die Tür, flankte über die Theke, schob Rolf beiseite und verpasste der Anlage ein paar deftige Hiebe mit dem Reifeneisen.

Aaaah.

»Du ... du bist und bleibst ein destruktives, aggressives Arschloch«, stammelte Rolf. »Alma hatte völlig recht, als sie sagte, du würdest dich niemals einfügen in die Gemeinschaft.«

»Scheiß drauf, was Alma sagt«, blaffte ich und trat hinaus in die paradiesische Stille.

Goa, dachte ich.

»Wir suchen einen Mann«, hatte Roxanne gesagt, während Vishna gerade mal wieder in ihrer federleichten Art auf mir herumtanzte, hatte sich dann aber mit: »Sag, wenn du kommst«, selbst unterbrochen.

»Jetzt! *Jetzt!* Ich ...«

»Hier, snief das!« Sie knickte ein Röhrchen unter meiner Nase, und ich inhalierte tief.

Der einsetzende Orgasmus riss mich mit wie eine Sturmböe eine Schwalbe, wie eine Lawine einen Schneemann, wie ein ICE einen Selbstmörder.

»Noch mal«, keuchte ich, und die Frauen lachten.

»Wir suchen einen Mann, der mit uns nach Goa segelt«, brachte Roxanne ihren Satz zu Ende.

»Noch mal«, forderte ich.

Und wir waren alle drei übereinandergefallen vor Lachen.

Goa, dachte ich, wechselte in trockene Sachen und brachte eine Zigarre in Glut, mit mir im Reinen wie schon ewig nicht mehr. Goa. Das musste Wochen dauern, bis dahin zu segeln. Wochen.

»Ich … kapiere das nicht«, sagte Scuzzi. »Ich meine, … wer geht hin und klaut Betongewichte?« Er stand vor den ordentlichen Reihen seiner handgefertigten Produkte und wirkte untröstlich.

»Du hast sie nachgezählt«, sagte ich, wie man ›Du hast die Hose falsch rum an‹ zu jemandem sagt. Bisschen von oben herab, vielleicht.

»Da gibts doch nicht viel zu zählen«, verteidigte er sich. »Es waren zwanzig, und jetzt sind es nur noch siebzehn. Das sieht man sofort.«

»Die Niedertracht mancher Menschen macht aber auch vor gar nichts halt«, sagte ich, setzte mich in den Sand und sah hinaus zur *Gizelle*. Sah mich am Steuer, während die Frauen schliefen, so wie jetzt. Goa, dachte ich.

Scuzzi drehte sich langsam zu mir, stemmte die Fäuste in die Hüften.

»Du hast schon wieder total drogige Augen«, meinte er, und das – von ihm! – auch noch vorwurfsvoll.

Ich schob es auf Neid oder Eifersucht oder beides zusammen und seufzte ihn einfach nur wohlig an.

»Gib mir mal einen Schluck von dem Rum«, forderte er, und ich reichte ihm die Flasche, die, ganz ohne mein Zutun, zu so was wie meiner ständigen Begleiterin werden wollte.

Scuzzi nahm einen Schluck, ließ ihn sich über die Zunge rollen, schluckte, keuchte. »Hossa«, sagte er und nahm noch einen. Dann noch einen, und dann war die Flasche leer.

Wir saßen eine Weile im Sand und blickten aufs unbewegte Meer.

»Ach sooo«, murmelte er, irgendwann, verstehend. Sah mich unter hängenden Lidern an. »Hast du da noch mehr von?«

Dann, noch ein bisschen später, blickte er langsam an sich hinunter. Pfiff durch die Zähne.

»Ich hoffe, es stört dich nicht«, sagte er und stand vorsichtig auf. »Aber ich glaube, ich muss mir mal eben einen greifen gehen.«

»Oder zwei«, schickte er noch hinterher, schon fast außer Hörweite.

Goa, dachte ich, leichten Fußes unterwegs, trotz des Bündels dreckiger Plörren unter meinem Arm. Meine Reisegarderobe bedurfte dringend der Auffrischung.

Ich fand die Waschmaschine im Frauentrakt. Die Trommel war noch voll, voll dreckiger Wäsche obendrein. Jemand hatte die Maschine gestartet, aber die Tür nicht richtig zugedrückt, wie es aussah. Kurzentschlossen griff ich hinein, packte zu, um Platz für meine Wäsche zu schaffen, und meine Hand kam mit Roxannes Overall wieder heraus. Na gut, dachte ich und wollte ihn wieder hineinschieben. Eine so weite Reise bestreitet man nicht ohne ein gewisses Maß an Miteinander und Füreinander.

Goa, dachte ich und hielt mir den Overall noch mal kurz unter die Nase, schnupperte, in der Hoffnung, einen

Hauch von Roxannes Parfüm zu erhaschen, und bekotzte mich beinahe, übermannt von Ekel.

Diesen dumpfen Geruch gibt es nur einmal. Nur einmal auf der Welt.

GOA!, brüllte jemand im hinteren Teil meines Kopfes und lachte hämisch, mit viel Nachhall für Effekt.

Nüchternheit überkam mich wie sonst nur nach dem Öffnen eines Briefs von der Finanzbehörde.

Jemand schrie. Jemand kreischte. Jemand heulte. Und es war nicht länger der Jemand in meinem Kopf. Es war jemand anders, draußen. Es war Alice. Ich erkannte ihre Stimme.

Sie rannte, sie rannte blindlings, und zwar nicht irgendwo *hin,* sondern vor etwas *weg,* an mir vorbei und Alma und Leroy direkt in die Arme. Sie protestierte, wehrte sich, so gut sie konnte mit ihren wie aus Pfeifenreinigern zusammengedröselten Armen gegen Leroys und Almas erdrückende Fleischigkeit.

»Was hast du mit ihr gemacht?!«, drängte mich Alma in die Defensive, bevor ich auch nur versuchen konnte, einzugreifen, dann packten mich Friedrich und Obutu von hinten und zerrten mich von den dreien weg, hielten mich, bis die beiden Alice in den Landrover verfrachtet hatten und mit ihr davongefahren waren.

»She's very sick, Alice«, meinte Obutu und ließ mich los.

»Ohne Leroy und Alma wäre sie schon tot«, sagte Friedrich und gab mir einen Klaps auf die Schulter. »Versuchs mal so zu sehen.«

Ich nickte. Sie nickten. Zogen ab. Und ich ging nachschauen, was es war, das Alice so aufgebracht hatte, ihre anklagenden Schreie immer noch schrill in meinen Ohren.

»Ihr selektiert«, hatte sie geschrien, wieder und wieder. »Ihr selektiert! Wie an der Rampe von Auschwitz!«

Dabei war sie von der Mole gekommen. Ich lief die ganze Kaimauer entlang und fand nichts Ungewöhnliches. Hatte es sich möglicherweise doch nur um ein Hirngespinst gehandelt, einen weiteren Blitzschlag quer durch den säurehaltigen Glibber im Inneren ihres Kopfes?

Am Ende der Mole machte ich achselzuckend kehrt und ging auf der Leeseite zurück, entlang des eigentlichen, wenn auch ungenutzten Hafenbeckens. Nichts.

Doch.

Ich stand, ruckartig, starrte.

Mittendrin, wohl hereingespült von der Flut, fast ganz unter Wasser, trieb ein Bündel. Ein kleines Bündel. In weiß und rosa. Und es trieb mit dem Gesicht nach unten.

Ich legte sie behutsam auf den Kai, zog mich hoch. Vorsichtig hob ich sie vom Beton, trug sie in meinen Armen zum Strand und legte sie rücklings in den weichen Sand. Schloss ihre Augen. Dachte daran, auch den Mund zuzudrücken, brachte es aber nicht über mich, genauso wenig, wie ihr die nassen Sachen auszuziehen.

Tropfen fielen hörbar auf den kleinen Leichnam, als ich die schlaffen, willenlosen Arme links und rechts an den Körper schmiegte.

»Scuzzi!«, brüllte ich mit einer Stimme, die ich von mir noch nicht kannte.

Er kam angerannt, die Augen weit, so erstaunt wie erschreckt.

»O nein«, sagte er leise.

»Unter der Gasflasche im *Hymer* liegt dein Handy. Hol es her und mach ein Foto.«

Er fragte nicht, sondern rannte.

Mit der Rechten hielt ich das Handy umklammert, mit der Linken, mit Zeigefinger und Daumen, sachte ihre Hand. So klein. So kalt.

Doch nicht halb so kalt wie ich. Ich war schockgefroren, zu einem Block, der nur ganz langsam auftauen durfte, weil die Folgen sonst unabsehbar wären.

Leute erschienen in meinem Blickfeld, sprachen auf mich ein, gaben irgendwann auf und machten Platz für andere.

Leroy, betroffen, aufgelöst wie seine Haartracht, Spuckeblasen in den Mundwinkeln.

Alma, ihr mütterliches Mitgefühl bis ins Mark erschüttert, versuchte sich an Tränen, die ohne Hilfe einer rohen Zwiebel nicht kommen wollten. »Sie muss in der Dunkelheit unbemerkt über Bord gefallen sein«, schluchzte sie, versuchte mich zu berühren, in einer Geste geteilten Schmerzes, geriet dabei an meinen Blick und stolperte rücklings davon.

Gardist Enrique und sein älterer Kollege kamen, nickten ernst und stellten Fragen, die andere für mich beantworteten.

Irgendwann rollte der graue Transporter auf den Sand, sein Fahrer im weißen Overall mittlerweile fast ein alter Bekannter, genauso wie Capitan Rodriguez, den ein Matrose im Schlauchboot an Land setzte.

Rodriguez wechselte eine paar Worte mit den Gardisten, die daraufhin alle Unbeteiligten zurückdrängten.

Er trat zu mir. Machte ein Paar Notizen auf einem Klemmbrett.

»Just the child?«, fragte er.

Ich nickte.

»No other bodies?«

Ich schüttelte den Kopf.

»Unusual«, meinte er, unterschrieb und hielt mir ein

Formular hin. Ich sah vom Formular hoch in seine blanken schwarzen Gläser und hindurch. Kommentarlos riss er das Formular zweimal durch und warf die Fetzen hinter sich. Griff in seine Brusttasche, zog eine Visitenkarte hervor, reichte sie mir.

»In case you have something to tell me.«

Ich nahm sie. Er ging.

Scuzzi musste mir hochhelfen, ich war zu verkrampft, es allein zu schaffen. Gemeinsam hoben wir die kleine Leiche in den hölzernen Kindersarg, schlossen den Deckel, trugen den Sarg zum Auto, schoben ihn hinein, schlossen die Heckklappe.

Anschließend nahm ich meinen Platz wieder ein, mit Blick aufs Wasser, in die Distanz.

Der Transporter verschwand, die Guardia Civil, die Küstenwache.

Nichts, nichts und niemand rührte sich an Bord der *Gizelle*.

Roman strich eine Weile um mich herum. Bückte sich nach einem Formularfetzen, hielt ihn ins Licht, sammelte dann auch die übrigen auf und steckte sie ein.

»Furchtbare Sache«, sagte er schließlich. »Gleichzeitig, auch wenn das jetzt herzlos klingt, brennt mir der Arsch, Kristof. Wenn ich mein Boot nicht heute noch ins Wasser bringe, bin ich es los.«

Ich streckte einen Arm aus, er zog mich hoch, und wir waren unterwegs.

Wir hatten die Bretter gestern noch in kochendes Wasser gestellt, ein paarmal gewendet, anschließend auf zwei Kanthölzer gelegt und in der Mitte beschwert. Sie wiesen nun eine leichte Biegung auf, wenn auch, wie sich herausstellte, nicht genug. Den Rest mussten wohl oder übel die Messingschrauben ziehen, die Roman besorgt hatte. Mit nichts als Muskelkraft und Schraubendreher eine anstrengende, blutblasenfördernde Angelegenheit, aber irgendwie genau das, was ich im Augenblick brauchte. Seite an Seite arbeiteten wir konzentriert vor uns hin. Sägten, schraubten Brett auf Brett, spachtelten Bitumenpaste dazwischen.

»Roman«, fragte ich schließlich, was mir keine Ruhe ließ, »der Tote von vorgestern. War der wirklich schon tot, als du ihn gefunden hast?«

»Was soll das heißen?«, fragte er zurück, der Tonfall deutlich angepisst.

»Du hast ihn nicht erst mit dem Boot überfahren? Um sicherzugehen?«

Näher war ich noch nie daran gekommen, ein Auge einzubüßen. Romans Spachtel zitterte nur Millimeter vor meiner rechten Pupille.

»Ich bin Zigeuner«, zischte er, »somit ein Heuchler, Dieb, Lügner und Betrüger von Geburt an. Und du glaubst also, ich bringe obendrein Leute um, *Unschuldige,* für«, er riss die Formularfetzen aus der Hosentasche und schmiss sie mir vor die Füße, »für lumpige fünfzig Euro?«

»Wieso war er dann so zugerichtet?«

Achselzucken. Der Spachtel widmete sich wieder seiner eigentlichen Aufgabe, wenn auch nach wie vor leicht zitternd.

»Wo hattest du die Leiche her?«

»Kristof, du fährst, wenn, bald zurück nach Hause. Aber wir, wir bleiben hier und müssen irgendwie zurechtkommen. Da will man nicht alles wissen, und das, was man weiß, behält man am besten für sich. Wenn du in dieser

Gegend den Dingen auf den Grund gehst, rührst du einen Bodensatz auf, der dir den Atem nimmt. Nicht selten für immer.«

»Du hast Angst, der Leichenfund ist der wahre Grund für den Anschlag auf dein Boot.«

»Kristof, du bist hier an einem Ort und in einer Zeit gelandet, in der man sehr, sehr gut beraten ist, Angst zu haben.«

Und mehr war nicht aus ihm herauszuholen.

Gegen Nachmittag – Roman war noch dabei, den geflickten Rumpf hastig mit der Rolle zu lackieren – kam der alte Autokran wieder angerumpelt.

Ich sprang an Bord der *Luna Negra*, als sie in ihr Element hinabgelassen wurde, ging nach vorn, in die Kabine, darauf gefasst, jeden Augenblick bis zu den Knöcheln, den Hüften, dem Hals im Wasser zu stehen. Doch die reparierte Stelle hielt dicht. Na, einigermaßen. Hier und da quetschten sich ein paar Tröpfchen durch, die Roman allerdings für vollkommen vernachlässigbar erachtete.

Erleichtert wollte ich rasch wieder an Land.

Pustekuchen.

Roman startete seinen Diesel, und wir stachen unverzüglich in See. Bis zum Kai der *Paradise Lodge* blieb ich wie angewurzelt in der Kabine, konnte meine Augen nicht von der geflickten Stelle lösen. Als Einschaler blickt man auch immer etwas angespannt auf seine Arbeit zurück, sobald der Beton reingepumpt wird, doch dies war kein Vergleich.

»Pass auf dich auf«, sagte Roman noch zu mir, ich schon auf der Sprossenleiter, glücklich an Land, dann drehte er das Ruder herum und tuckerte davon.

›Du fährst, wenn, bald zurück nach Hause‹, hatte er gesagt. *Wenn,* hatte er gesagt.

»Kristof!« Roxanne kam auf mich zugerannt, schlang ihre Arme um mich, drückte mich eng an sich, sprach in die Kuhle meines Halses. »Dieses arme Kind. Die arme Mutter. Warum hast du mich nicht geweckt?« Sie sah mich an, ihr Blick bekümmert. »Du stehst noch unter Schock, was? Ah, Mann, diese verdammte Hektik, gestern. Ich hab am Steuer gesessen, hab die Bordlichter der Küstenwache näher kommen sehen und nur so halb und halb mitgekriegt, dass beim Umsteigen irgendetwas komplett schiefging. Ich dachte an ein Gepäckstück. Wenn ein Mensch über Bord gegangen wäre, das hätten wir doch bemerkt!«

»Wir müssen die Mutter benachrichtigen«, sagte ich.

»Ja.« Sie nickte. »Du hast recht. Ich häng mich ans Telefon. Was machst du inzwischen?«

»Ich gehe jetzt und spreche mit Alice. Unter vier Augen. Und niemand wird mich daran hindern.«

»Oh. Ja, klar. Wenn du meinst. Sie müsste oben sein, in der Käserei.«

»Tja«, sagte Leroy. »Was soll ich sagen? Sie ist uns entwischt.«

Er hatte mir widerstrebend die Tür zu einer kleinen, kahlen Kammer aufgeschlossen, von Grundriss und Möblierung her einer Zelle nicht unähnlich. Das Fenster war unvergittert, man hatte nur den Drehknauf entfernt. Trotzdem stand es nun offen, war Alice verschwunden. »Wir können und wollen sie nicht gefangen halten, Kristof. Wir bemühen uns nur, sie zu stabilisieren, zum Essen zu ermutigen, von Drogen fernzuhalten. Den Erfolg siehst du hier.«

»Von Drogen fernzuhalten«, echote ich. »Wofür genau schuldet sie dir noch mal Geld?«

»*Uns*, Kristof. Sie schuldet *uns* Geld. Sechs Monate Standplatzgebühren, unter anderem. Natürlich habe ich ihr zu Anfang ... Sachen verkauft, auch auf Kredit. Bis der Grad ihrer Abhängigkeit und Verwirrung unübersehbar wurde. Seither sind wir praktisch so was wie ihre Pflegeeltern geworden. Sie hat sonst niemanden.«

Bis auf ihren Morpheus, dachte ich. Ihren Frodo.

Schon auf halbem Weg zurück zur Paradise Lodge, kam mir Alma entgegen und heftete sich dann an meine Hacken. Sie war aufgelöst, in jeder Hinsicht.

»Wieso musstest du sie so bedrängen, Kristof? Warum konntest du ihr keine Ruhe lassen?« Sizilianisches Klageweib, dachte ich und lief schneller, im Versuch, mit meinen Vorahnungen Schritt zu halten und gleichzeitig Alma hinter mir zu lassen, das ist die einzige Rolle, mit der diese Bratze nicht völlig überfordert wäre. »Das ist alles allein deine Schuld!«

Scuzzi stand vor Alices Wohnmobil, bedrückt, ratlos. Ich ging an ihm vorbei, die Stufen hoch.

Sie lag auf ihrer nackten Matratze, eine Injektionsspritze noch in der Armbeuge, blau im Gesicht, die Lippen weiß, die Augen starr, tot.

»Ich war bei Rolf, in der Bar«, sagte Scuzzi. »Alma hat sie gefunden. Da war sie schon ex.«

»Okay«, sagte ich. »Raus hier, alle raus.«

Ich holte den Schlüssel aus meiner Hosentasche, setzte mich in den Fahrersitz, schaltete die Zündung ein, sah die Kontrolllämpchen aufleuchten. Ins Krankenhaus, in die nächste Großstadt, zur nächsten Gerichtsmedizin. Meine Schuld. Das würden wir ja sehen.

Warum hatte Alice nicht ein einziges Mal zu mir gesagt: ›Ich weiß, wer Schisser getötet hat, doch wenn ich es verrate, bringen die mich um.‹ Warum nicht? Aus Furcht, natürlich. Stattdessen hatte sie mich raten lassen. Und ich riet immer noch.

Ich drehte den Schlüssel.

»Sie hat sich eine Seebestattung gewünscht, Kristof.« Roxanne wich nicht von meiner Seite, lief mit mir hin und her. Ich hatte alles an Hauben offen, sämtliche Anschlüsse überprüft, sämtliche Sicherungen, alle Flüssigkeiten, ich hatte die Batterie aus dem *Hymer* ausgebaut und hierhin geschleppt und mit dem Überbrückungskabel an die von Alices Wohnmobil angeschlossen, und noch immer tat sich nichts. »Wir sollten das respektieren.«

Ich hatte auch sämtliche Gaffer weggejagt, angefangen mit Alma. Nur Roxanne und Scuzzi hatten dem irgendwie widerstanden.

Meine Stirn sank auf das Lenkrad. Etwas wie Fieber schüttelte mich durch. Heiße Stirn, klamme Griffel, rasender Puls, generelle Mattigkeit, der Wunsch, entweder in Schlaf zu sinken oder schnellstmöglich das Weite zu suchen oder aber zu töten.

Typische Angstsymptome. Und das Beängstigendste im Moment war die Vorstellung, war das Gefühl, Schritt für Schritt einen Kampf zu verlieren, ohne den Gegner jemals zu fassen oder auch nur zu Gesicht gekriegt zu haben.

»Sie hat immer wieder gesagt, sie wolle durch den Spiegel gehen«, sagte Roxanne. »Sie hat es sich wirklich gewünscht.«

Na dann, was hält uns?, dachte ich. In den großen Teich mit dem Kadaver. Ist doch nur barmherzig. So wie alles, was wir hier tun, barmherzig ist und zum Besten der Menschheit. Nur Kryszinski sieht überall Morde, der arme Verwirrte.

»Du weißt, wie feindselig die Behörden uns und unserer Lebenseinstellung gegenüberstehen. Die Sache mit dem toten Baby hier an unserem Strand ist schlimm genug. Jetzt noch eine Drogentote, und selbst Enrique und Carlos, unsere Freunde von der Guardia Civil, können uns nicht mehr schützen.«

Unsere Freunde Enrique und Carlos, dachte ich und spürte meine Schulter.

»Kristof, wenn die wollen, können sie uns hier festsetzen, die *Gizelle* für unbestimmte Zeit an die Kette legen. Denk an Goa, Kristof. Wir wollen doch eine neue Lodge gründen. Im wirklichen Paradies.«

Sechs Wochen Seereise voll sexueller Wonnen, gefolgt von einem völlig neuen Leben in sachte umnebeltem Müßiggang an tropischen Gestaden. Ich atmete tief durch. Begriff etwas. Goa als Lockmittel. Das, begriff ich, hättest du dir besser verkniffen, Herzchen.

»Hufschmidt, Kripo Mülheim.«

»Pass auf«, flüsterte ich. Keiner hatte mich beim Rausgehen beobachtet, im gesamten Umkreis der einsamen Laterne war niemand zu sehen, aber trotzdem. Man weiß ja nie. »Du musst mir aus eurer Fahndungsliste heraussuchen, was ...«

»Kryszinski, bist du das?«

»Ja, klar. Also, knöpf dir mal die aktuelle Fahndungsli–«

»Wo steckst du, Kryszinski?«

Das Fieber war gewichen, die heiße Stirn, die Mattigkeit. Eine umfassende Abkühlung war dabei, mich zu überkommen, eine einsame, emotionslose Klarheit.

»Wangerooge, das weißt du doch.«

»Wangerooge? Wenn ich etwas mit Sicherheit weiß, dann, dass du da garantiert *nicht* bist! Und die Nummer hier auf meinem Display, die ...«

»Noch nie was von Rufumleitung gehört, Hufschmidt?«

»Rufumleitung? Das ist eine spanische Vorwahl! Du bist in Spanien, und ich werde umgehend die Kollegen ...«

»Spar dir die Mühe. Ich rufe aus einer Zelle neben der Autobahn an. Bis deine spanischen Kollegen hier sind, bin ich schon hundert Kilometer weiter. Doch mein Kleingeld wird knapp. Sag mir, was gegen einen Typen namens Leroy vorliegt, und vielleicht kriegst du im Austausch einen heißen Tipp von mir.«

Hat man einmal durchschaut, wie sehr Hufschmidt sich danach sehnt, Hauptkommissar Menden zu beeindrucken, kann man auf ihm spielen wie auf einem elektrischen Klavier. Walze rein, Knopf gedrückt, und man ist Virtuose.

»Deine heißen Tipps haben sich bisher so gut wie alle als kalter Kaffee erwiesen, Kryszinski.«

»Doch da bleibt immer noch der süße Vogel Hoffnung. L-E-R-O-Y. *Leroy.* Siehst du jetzt nach oder muss ich rumkommen und es selbst erledigen?«

»Vor- oder Nachname?«

»Vor.«

»Und weiter?«

»Keine Ahnung.«

»Wie soll ich da ...«

»Lies mir einfach alle Vergehen aller Gesuchter mit dem Vornamen ›Leroy‹ vor und überlass mir das Sortieren.«

»Staatsangehörigkeit?«

»Vermutlich deutsch.«

»*Vermutlich.* Scheiße ... Leroy ... Leroy ... Leroy. Da ist nichts. Alles, was ich finden kann, ist ein ›Kristof‹. Mit

›K‹. Genau wie in ›Kryszinski‹. Und dank deines hilfreichen Anrufs werde ich das gleich mal an Europol weiterleiten.«

»Mach besser Interpol draus«, riet ich. »Ich bin nämlich dank deines hilfreichen Hinweises auf dem Sprung zum nächsten Flughafen.«

»Kryszinski, du kannst nicht ewig weglaufen.«

»Sag mir mal lieber, wovor überhaupt.«

»Verdacht auf Bandenkriminalität. Geldwäsche, unter anderem. Und willst du wissen, wen wir in dem Zusammenhang noch suchen? Böckelmann, Heribert, und Scuzzi, Pierfrancesco. Sagen dir die Namen etwas?«

»Nö«, sagte ich. »Doch was ist jetzt mit Leroy?«

»Wilms, Leroy. Da ist er. Gesucht im Zusammenhang mit einem fehlgeschlagenen Bombenattentat auf ein Bahngleis im Regierungsbezirk Gorleben. Meinst du den?«

»Möglich«, sagte ich. Bombenanschlag, dachte ich.

»Und, wo finden wir den?«

»Das erzähl ich dir später.« Ich hängte ein.

Bandenkriminalität. So ein Schwachsinn. Alles, was ich jetzt brauchte, war ein Einsatzkommando von Europol und eine stählerne Acht um die Gelenke.

Ich ging ein paar Schritte, bis ich aus dem Lichtschein der Laterne war, und dann noch ein paar, die mich aus dem Wendekreis und auf den Schotterweg nach Süden trugen.

Roxanne hatte es bisher noch nicht geschafft, die Mutter des toten Babys ausfindig zu machen, versuchte es aber weiter, wie sie sagte. Die Flüchtlinge wurden gleich nach ihrer Ankunft an ein Netzwerk übergeben. Illegale humanitäre Hilfe, organisiert von einer Reihe ganz normaler Bürger, die jedoch aus naheliegenden Gründen auf größtmöglicher Geheimhaltung bestanden. Jeder Flüchtling erhielt einen Paten, hatte Roxanne mir erklärt, der die Weiterreise organisierte. Ein bisschen so wie bei den Transporten von aus Perreras geretteten Hunden durch Flugtouristen.

»›Perreras‹?«, hatte ich gefragt. Das hatte auf der Fahrertür des grünen Lkws gestanden. ›Perrera Puerto Real‹.

»Tötungsstationen«, hatte Roxanne geantwortet.

Erst lief ich geduckt, bis mir bewusst wurde, was für ein Unsinn das war. Die Nacht war wie die vorige stockduster, und ob ich den Kopf einzog oder nicht, machte nicht den geringsten Unterschied.

Eine Zeit lang beschäftigte mich das Problem, was tun, was sagen, wenn mir jemand begegnen, wenn mich der Scheinwerferkegel eines Landrovers, eines grünen Lkws erfassen sollte. Streng genommen konnte mir niemand verbieten, mich frei durch die Nacht zu bewegen, doch wenn man im Begriff ist, Grenzen zu überschreiten, plagt sich das Unterbewusste schon vorab mit der Vorstellung, jeder könne einem das ansehen.

Beweg dich, als ob die ganze Gegend dir gehört, riet ich mir.

Und wenn du auf Zigeuner triffst, nimm die Beine in die Hand.

Ich fand die Stelle, an der sich der Pfad gabelte. Rechtsrum gings zur Alten Käserei, links zu dem so sorgfältig eingezäunten Grundstück. Fünf Minuten später sah ich das Tor. Das mit den vielen Warnschildern. Mir war bei meinem ersten Besuch keine Kamera aufgefallen, doch hatte ich auch nicht sonderlich darauf geachtet. Übers Tor wollte ich sowieso nicht, also bog ich vom Pfad ab, kraxelte eine Böschung hoch, schlug einen weiten Bogen und erreichte den Zaun. Er bestand aus Maschendraht von erheblicher Steifigkeit, oben NATO-Draht-gekränzt, unten ins harte, trockene Erdreich eingegraben.

Zwei Längen Aluleiter und ein alter Teppich würden mich oben drüber führen, eine Spitzhacke und Schaufel untendrunter, eine stabile Kneifzange, Blechschere oder ein kleinerer Bolzenschneider mittendurch.

Bar jeden Werkzeugs, blieb mir erst mal nur die empirisch gewonnene Gewissheit, dass es immer, immer, immer einen Weg hinein gibt.

Hunde jaulten in einiger Entfernung. Ob das mit meinem Herumgeschleiche zu tun hatte, war unmöglich zu sagen, brauchte mich auch erst mal nicht zu kümmern. Nicht, solange ich noch draußen war.

Es gibt solche Zäune um Rennstrecken, Freibäder, Festivalgelände. Und es gibt immer Leute, die das provoziert. Die strengen sich dann richtig an, einen Weg hindurch zu finden. Und zwar bevorzugt da, wo es die Gegenseite nicht schon im ersten Ansatz mitkriegt.

Ich entdeckte meine Stelle inmitten eines Dickichts aus krüppeligen, kaum hüfthohen Kiefern. Jemand hatte im Sichtschutz der Zweige den Maschendraht durchtrennt und ein Loch geschaffen, gerade groß genug, um sich durchzuzwängen. Jemand anders hatte das später bemerkt, hatte die Zaunmaschen wieder zusammengeschoben und untereinander mit Bindedraht verzwirbelt. Mit Bindedraht von einer Stärke, wie man ihn auch mit bloßen Fingern wieder aufgedröselt bekommt, vorausgesetzt, man hat für die ersten zwei, drei Umdrehungen einen Autoschlüssel oder Ähnliches parat. Ich griff in meine Hosentasche.

Jetzt lief ich geduckt, ich konnte nicht anders.

Ich war drin, ungebeten, unautorisiert, also schlich ich, intensiv bemüht, jede Begegnung, jede Konfrontation, jede Form von Auseinandersetzung zu vermeiden.

Hundegeheul kam auf und verging wieder. Ich schwitzte. Das Gelände war leicht hügelig, dabei aber kahl bis auf einzelne, kniehohe, äußerst kratzige Büschel von Vegetation. Null Deckung, hieß das. Und nichts, aber auch gar nichts zum Dranhochklettern, sollte jemand auf die Idee kommen, die Hunde auf mich zu hetzen.

Ein blasser Lichtschein krönte einen flachen Hügel. Ich hastete hinauf. Suchte, fand eine flache Vertiefung. Dachte an Skorpione, an Schlangen, rupfte einen dürren Ast ab und fegte ihn halbherzig hin und her, bevor ich mich auf den Bauch warf und Stück für Stück nach vorn robbte. Bis zu einer Kante.

Die Anlage stank zum Himmel. Sie stank nach Tristesse, nach Elend, nach Verwahrlosung und Verwesung. Und hübsch anzuschauen war sie auch nicht gerade. Mit rostigem Wellblech gedeckte Drahtverhaue, dazwischen nackter, von Rinnsalen durchzogener Boden, übersät mit Scheißhaufen und Müll, alles unter spärlicher Neonbeleuchtung, und davon Reihe auf Reihe auf Reihe.

Quer vor die Käfigreihen hatte man eine längliche Baracke aus Beton gesetzt. Ein Stahlrohrkamin ragte aus ihrem Flachdach und entließ eine Qualmwolke in die stehende Luft. Auf dem Vorplatz der Anlage parkte der grüne Lkw.

Ihn hatte ich gesucht.

Jetzt hatte ich ihn gefunden. Leer, natürlich.

Nun brauchte ich mich nur noch runterzuschleichen und irgendwie festzustellen, wohin die Flüchtlinge von hier aus verfrachtet worden waren.

Das war die Idee. Nur die Umsetzung erforderte ein wenig Mut. Und den aufzubringen, ein wenig Zeit. Vielleicht war es klug, erst noch ein wenig zu beobachten.

Nach einer etwas unbestimmten Spanne des Mutaufbringens und klugen Beobachtens flog eine Tür an dem Betonbau auf und ein dicklicher Typ kam heraus, gekleidet wie ein Koch, wenn auch mit Gummischürze. Ein Strick baumelte von seiner Hand. Er watschelte eine Reihe Zwinger ab, und die Hunde tobten darin herum, heulten in den höchsten Tönen. Töne, die sich nonverbal verständlich machten, die Urinstinkte ansprachen, gattungsübergreifend. Töne nackter Angst, Todesangst.

Der Kerl öffnete eine der Türen, ging in einen der Verschläge und kam nach kurzem Getümmel wieder heraus, einen widerstrebenden mittelgroßen Hund an einer Schlinge um den Hals hinter sich herziehend. Aller verzweifelten Bemühungen des Hundes zum Trotz wurde er den Zwischengang hinunter und durch die Tür ins Innere des Betonbaus gezerrt. Die Tür fiel ins Schloss. Und überließ es meiner Fantasie, mir auszumalen, was sich da dahinter wohl gerade abspielte. Na, nicht für lang.

Nur Minuten später erschien der Koch wieder, an der Hand einen Lumpen, blutig von der einen, haarig von der anderen Seite, den er schwungvoll in einen Container mit weit offen stehender Klappe warf. Wolken von Fliegen stiegen auf.

Mir war zum Kotzen.

Wieder heulten die Hunde, nur diesmal tiefer, trauriger, wenn einem nach Deutung war. Andere Stimmen stimmten ein in das Geheul, und eine Gänsehaut überzog mich von Kopf bis Fuß. Andere Stimmen. Non-canine Stimmen. Humane, wenn meine Einbildung nicht mit mir durchging.

Schlagartig flog eine Tür am anderen Ende der Baracke auf und ein hagerer Typ in T-Shirt, Jeans und Cowboystiefeln erschien. Er hielt einen Holzknüppel in der einen und eine Schnapsflasche in der anderen Hand, immer eine liebliche Kombination. Er brüllte etwas, nach links, nach rechts, und schlug zur Untermalung wie ein Berserker auf die Zwingertüren ein.

Ruhe folgte, durchsetzt von unterdrücktem Winseln und Wimmern.

Ich wartete, bis er wieder im Haus verschwunden war, dann richtete ich mich auf. Etwas klebte unter meinem rechten Ellenbogen. Ich knibbelte es ab und hielt einen Pappfilter zwischen den Fingern, Rest eines Sticks. Eines Maisblattsticks.

Ich gab jede Deckung auf. Das einzige in meine Richtung zeigende Fenster der Baracke war hell erleuchtet. Wer immer in dem Raum dahinter saß, konnte unmöglich sehen, was sich draußen in der Dunkelheit abspielte. Und dunkel war es. Viel zu dunkel für eine Kameraüberwachung, außer mit Nachtsichttechnik. Und sollten sie die haben – nur gesetzt den Fall –, war es besser, man entdeckte mich jetzt, solange ich noch ein bisschen Vorsprung hatte. Um mich wohin zu flüchten? Ich schaute mich um. Richtung Süden warf der Lichtschein Puerto Reals einen hellen Flecken unter die Wolkendecke, doch davon und von ein paar einzelnen, weit verstreuten Lichtern abgesehen, stand ich inmitten finsterer Einsamkeit.

Unentschlossen, nachdenklich befingerte ich den Pappfilter in seiner dünnen Hülle von Maispapier.

Was immer ich hier sah, Schisser hatte es vor mir gesehen. Und nicht überlebt.

Das einzig Gescheite wäre jetzt gewesen, die Bullen zu rufen. Doch mit welcher Begründung? Und – wohin? Unmöglich zu erklären. Vor allem ohne einen Brocken Spanisch, mal abgesehen von ›Siempre allí, dónde pasa mucho‹, meinem maßgeschneiderten neuen Motto. Sinnlos.

Abhauen, das sollte ich.

Stattdessen machte ich mich an den Abstieg vom Hügel.

Als Erstes wollte ich mich davon überzeugen, mit wem ich es zu tun hatte – und mit wie vielen davon. Den Koch hatte ich schon gesehen, den Knüppel schwingenden Cowboystiefelträger auch. Weder der eine noch der andere hatte in mir den Wunsch erweckt, ihn näher kennenzulernen.

Kaum im Schatten des Flachbaus, musste ich mich schon hinter einen Stapel Plastikfässer ducken, weil die Tür zur Küche aufging und der Koch herauskam, in Zivilklamotten. Feierabend, wie es schien. Er verschwand um eine Mauer herum, und ich hörte einen Motor anspringen. Einen Roller. Ich linste um die Ecke. Der Koch fuhr bis zu einem Tor, hupte quäkend, und ein vierschrötiger Kerl in Unterhemd und Trainingshose kam aus der Baracke, schloss einen der beiden Torflügel auf und ließ den Koch durch, bevor er sorgfältig wieder abschloss und sich zurück in den Bau verzog.

Ich beobachtete das Rücklicht des Motorrollers, bis es irgendwann von der Nacht verschluckt wurde. Nichts ließ darauf schließen, dass irgendwo in der Nähe eine größere Straße vorbeizog. Diese Scheiß-Anlage befand sich irgendwo im Nirgendwo, und wenn ich hier in Schwierigkeiten geriet, dann ...

Dann war der Arsch ab, wie man so schön sagt.

Wieder betastete ich den Pappfilter. Schissers Vermächtnis. Ich war gewarnt.

Es blieb dabei, sie waren zu zweit – Cowboystiefel und Vierschrot. Füße auf einem wackligen Campingtisch, hingen sie weit zurückgelehnt in Plastikstühlen und verfolgten ein Fußballspiel im Fernsehen. Vierschrot trank Dosenbier, Cowboy nuckelte an einer Flasche mit klarem Fusel. Ein Holzknüppel lag griffbereit oben auf dem Tisch, zwei dösende Schäferhunde darunter.

O Mann. Schäferhunde. Null Rückgrat. Aber jede Menge Zähne.

Auf Zehenspitzen entfernte ich mich von dem Fenster, stoppte dann, machte kehrt und presste meine Nase rasch noch mal gegen die Scheibe.

In der linken oberen Ecke des Fernsehbildschirms tickerte eine Digitalanzeige von 59:28 auf 59:27 auf 59:26. Restspielzeit. Und damit nur noch knappe vierzehn Minuten bis zur Halbzeitpause. Eijeijei.

Wo Licht ist, ist auch ein Schalter. Meine Augen waren mittlerweile gründlich ans Dunkel gewöhnt, die der Wachleute nicht. Manchmal sind es solche Kleinigkeiten, die bei einer Aktion den Unterschied ausmachen zwischen einem guten Ausgang und einem bösen Erwachen in U-Haft oder auf der Intensivstation. Wenn nicht gar am Empfang von Luzifers Hotel und Grillstube.

Lichtquelle – Stromkabel – Schalter. So simpel. Das Kabel verschwand in der Wand des Küchentraktes. Drinnen waren alle Lampen aus, wofür ich von Herzen dankbar war. Ich tastete die Wand ab, fand eine Klappe, und dahinter zwar keine Schalter, aber eine ordentliche Reihe Sicherungen. Bestens. Leg einen Schalter um, und auch dem dämlichsten Wachmann wird bei seinem Anblick klar, dass da jemand seine Hand im Spiel gehabt haben muss. Bei einer Sicherung hingegen ... *Alles* kann eine Sicherung raushauen.

Ich fing mit der ganz links an.

Klack, und schlagartig erstarben nebenan alle Fernsehgeräusche.

Scheiße, Scheiße, Scheiße – klack, wieder hoch den Hebel und dann flach geatmet, bis das Stakkato des Sprechers und das Hintergrund-Gegröle der Stadionbesucher wieder ihre volle Lautstärke erreicht hatten.

Drei Klacks später lagen die Käfigreihen im Dunkeln. Ich ging leise, aber aufrecht zwischen ihnen hindurch. Die Hunde heulten, tobten, doch hatten sie das in den letzten zwanzig Minuten schon rund zehnmal ohne Anlass getan und niemand hatte sich darum geschert.

Hinter der fünften Gittertür zu meiner Linken war es still. Ich trat heran. Im ersten Augenblick schien der Zwinger leer, erst nach längerem, konzentriertem Hinsehen bemerkte ich eine Gestalt, die sich in die hintere, rechte Ecke drückte. Die Gestalt eines Mannes, schwer auszumachen auch aufgrund der dunklen Farbe seiner Haut.

»Sprechen Sie Deutsch?«, fragte ich leise.

Keine Antwort. Na, blieben noch zwei Optionen. Für mich zumindest.

»Parlez-vous français?« Keine Antwort. Schwein gehabt, bei meinen Französischkenntnissen.

»Do you speak English?«

»You«, kam es leise, furchtsam und doch anklagend aus dem Dunkel des Käfigs, »you were with them!«

Hoppla. Keine Ahnung, wie er mich bei den herrschenden Lichtverhältnissen erkannt hatte. Aber vielleicht war ja von da, wo er stand, der Rest der Welt hell wie der lichte Tag.

»I am looking for the woman, who has lost her baby girl«, sagte ich, anstelle irgendwelcher Ausflüchte oder Erklärungen. Es war ja eh nicht zu leugnen, dass Kryszinski munter mitgeholfen hatte, ihn und einen Haufen andere auf den Lkw zu treiben.

»Why?«, wollte er wissen.

»I want to show her a picture of her little girl«, antwortete ich, mit einem Kloß im Hals. »She is dead.«

»Yes«, sagte er und schickte mich weiter die Gasse hinunter. »Ask for Johanna.«

»I'll get help«, versprach ich.

»Sure«, meinte er mit einer Resignation, die bodenlos wirkte.

Sie weinte und sie weinte und sie weinte. Sie weinte, bis der Akku von Scuzzis Handy den Geist aufgab und das Foto verschwand, und dann brach es erst richtig aus ihr heraus. Mehrere Hunde ließen sich anstecken, begannen zu jaulen, und das wiederum ließ Mitgefangene in den umliegenden Käfigen ihrerseits in ersticktes Schluchzen verfallen.

Ungewissheit ist eine ewige Folter. Die hatte ich Johanna ersparen wollen. Dazu war ich hergekommen. Nun hatte sie Gewissheit, und ich saß da, in der Hocke, inmitten all dieses Kummers, und fühlte mich einfach nur beschissen.

Die Kleine hatte Hope geheißen. Hoffnung.

Der Erwähnung des Namens folgte neues Aufschluchzen ringsum, und mir begann so langsam die Zeit knapp zu werden. Halbzeit nahte.

Johanna kam aus dem Kongo. Nachdem Rebellentruppen praktisch ihre ganze Familie abgeschlachtet hatten, wollte sie nur noch fort, hatte sie ihr Haus und alle ihre Habseligkeiten in aller Hast verkauft. Das erlöste Geld brachte sie und ihr Töchterchen gerade mal bis Mauretanien, an einen Strand, an dem schon Hunderte von anderen Flüchtlingen auf ihre Chance warteten.

Alle hatten sie gewarnt, als diese Schleusertruppe auftauchte und Überfahrten auf Kredit anbot. Doch sie und fünfzig andere waren bereit, alles zu glauben, auf alles einzugehen, nur um wegzukommen von dem Wüstenstrand und den ständigen Überfällen der Mauren.

›No babies‹, hatten die Schleuser bestimmt, doch sie hatte die kleine Hope unter ihrem Wickelrock versteckt und war an Bord gelassen worden. Acht Tage waren sie auf See gewesen, acht Tage und Nächte, und vier Männer und zwei Frauen waren unterwegs gestorben, an Seekrankheit und Erschöpfung, und über Bord geworfen worden.

Ich hockte da, hörte zu und fühlte gleichzeitig die Minuten wegtickern.

Acht Tage und acht Nächte lang hatte Johanna es geschafft, in der unmenschlichen Enge an Bord ihre Hope vor dem Bootsführer versteckt zu halten und dann waren sie endlich da gewesen, in Europa. Ein Schlauchboot kam aus der Nacht, um sie alle an Land zu bringen, und jeder wollte der Erste sein, es war chaotisch. Dann fuhr das Schlauchboot davon, mit ihrem Bootsführer, und alle Zurückgebliebenen beteten, draußen, auf dem dunklen Ozean, beteten und beteten, und dann kam das Schlauchboot tatsächlich ein zweites Mal, und sie war so glücklich, alle waren glücklich, alle weinten vor Erleichterung, und dann entdeckte eine der beiden weißen Frauen ihre Hope, riss sie Johanna aus den Armen und warf sie einfach ins dunkle Wasser.

Schluchzen brach aus, ringsum, und ich war wie vor den Kopf geschlagen, fassungslos.

»But why?«, fragte ich, kaum Herr meiner Stimme.

»Because women with babies don't sell!«

Eine Tür schlug, eine raue spanische Männerstimme bellte etwas, und ich wusste, ich war gefickt.

Vorteil: Noch war das Licht aus. Noch könnte ich mich davonstehlen, den Hügel hochrennen und mit ein bisschen Glück den Zaun erreichen – und das Loch zuziehen und sichern, gottsverdammich –, bevor mich die Schäferhunde an den Hacken oder an der Gurgel hatten.

Nachteil: Ich bin Fahrer, kein Läufer. Raucher und Trinker, kein Sportler, beim besten Willen nicht. Trotzdem, der Drang war da und nur schwer zu unterdrücken.

Zweiter Nachteil: Ich hatte noch Fragen. Eine zumindest. Und ich grübelte jetzt schon ein paar Sekunden zu lang.

Die zweite Männerstimme antwortete. Noch war keiner von beiden auf die Idee gekommen, nach dem Sicherungskasten zu schauen. Sie sondierten erst mal das unbeleuchtete Gelände mithilfe ihrer ... Schäferhunde.

Ich sah den einen geduckten Schatten, wusste, auch der andere war von der Leine, hörte die beiden Wachleute ihre Kommandos brüllen, sah Vierschrot jetzt die Küchentüre öffnen und die Innenbeleuchtung einschalten und realisierte, dass mir nur ein einziges Versteck auf dem ganzen verfluchten Gelände blieb.

Mit vier Sätzen war ich beim Container und hineingeflankt.

Fliegen stoben auf, fette, schillernde Fliegen, in dichten Schwärmen, und noch während ich die Klappe zuzog, wrang mir der Gestank den Magen aus und ich spie es von mir wie noch nie zuvor in meinem Leben.

›Frauen mit Babys verkaufen sich nicht‹, hatte Johanna gesagt.

›Ihr selektiert‹, hatte Alice geschrien. ›Ihr selektiert. Wie an der Rampe von Auschwitz.‹

Und ein neuer Schwall brach sich Bahn.

Sollte ich mich jemals auch nur ansatzweise abfällig über Fußball geäußert haben, ich nehme jedes Wort davon mit einem Ausdruck größtmöglichen Bedauerns zurück.

Spiel der Götter, Fußball, für mich.

Und das Beste daran ist die in ihrer Weisheit kaum zu überbietende Entscheidung, die Halbzeitpause auf fünfzehn Minuten zu begrenzen. Nur eine Minute länger, und ich wäre erstickt in diesem Stahlbehälter voll gärender Hundeleichen am Stück und in Einzelteilen.

Die Tür zum Wachraum fiel ins Schloss, und ich stand draußen und trank die Nachtluft in langen Zügen, Kopf dabei weit in den Nacken gelegt, um möglichst wenig von dem an mir haftenden Kadavermief einatmen zu müssen.

Vorteil: An die beiden Schäferhunde brauchte ich keinen Gedanken mehr zu verschwenden. Ich roch wie toter Hund mal hundert.

Nachteil: Na ja. Wie gesagt.

Ich trat an Johannas Zwingertür, und sie schrak merklich zurück. Also nahm ich einen Schritt Abstand.

Welche Frau, fragte ich. Welche Frau hat Hope ins Meer geworfen? Die Dicke, die halb Verrückte, mit dem wilden Haar? Die, die sie Alma nennen?

»No«, antwortete Johanna mit fester Stimme. »It was the other one, the slim one. The pretty one, with the short dark hair.«

Die andere. Die Schlanke. Die Hübsche mit dem kurzen, dunklen Haar. Deutlicher, eindeutiger ging es beim besten Willen nicht. Trotzdem lag mir ›Are you sure?‹ ganz vorne auf der Zunge. Es konnte nicht sein. Wir hatten zusammen gelacht. Unter anderem.

Dieselbe, fuhr Johanna fort, die gestern Nacht auch die ersten drei Männer verkauft hatte.

Zwei Jahre, hatte man ihnen versprochen, müssten sie für die Überfahrt arbeiten, dann würden sie freigelassen und bekämen Papiere, echte Papiere.

Doch Johanna glaubte nicht länger daran.

Denn die Frau, die die drei Männer verkaufte, nahm im Gegenzug drei Männer entgegen.

»Three bodies«, sagte Johanna.

Drei Leichen.

Drei Eimergewichte.

Vom Lkw ins Schlauchboot und raus und versenkt.

Dann den stinkenden Overall in die Waschmaschine gestopft. Und eine gründliche Dusche genommen. Schließlich, in ein Badelaken gewickelt, raus zur *Gizelle*.

Wo Vishna schon seit geraumer Zeit Kristof an seinem Schwanz herumführte wie einen dressierten Pudel an der Leine. Damit Kristof keine weiteren Fragen stellte und, voll des gepantschten Rums und intensiv beschäftigt mit seiner kindisch schlichten Freude am Rammeln, nirgendwo herumlungern und mitbekommen konnte, dass und wie und wo die toten Arbeitssklaven weggeschmissen wurden.

Ein bisschen viele Antworten auf einmal für jemanden, der keine Stunde zuvor noch nicht mal die Fragen dazu gewusst hatte. Ich wandte mich ab, wollte, musste weg hier.

»Can't you let us out? Please?«

»No«, gestand ich. »I can't. I'm sorry.«

Die Türgitter waren massiv, die Schlösser ebenfalls, die Flüchtlinge obendrein angekettet. Selbst mit Werkzeug wäre das eine Arbeit von zwei, drei Stunden geworden. Selbst mit Werkzeug und nach Überwältigung der beiden Wachleute und ihrer Hunde. Überwältigt von einem unbewaffneten Einzelnen, dem das Überraschungsmoment nicht so recht gelingen wollte, weil er zehn Meilen gegen den Wind stank.

»Please help us. I don't want to be sold. One of the men, one of the bodies, his whole back was cut to pieces.«

»I'll get help. I promise«, sagte ich und ging davon, umschwirrt von meinem privaten Schwarm fetter blauschwarzer Fliegen.

Der Rücken des Toten war komplett zerschnitten gewesen. Und das schon, *bevor* man ihn im Meer versenkt hatte. Schiffsschraube? An Land? Kaum. Peitschenhiebe, eher.

Es war nicht zu fassen.

Ich erreichte den Zaun ohne Zwischenfall, schlüpfte hindurch, wollte gerade die Böschung hinabschlittern, zögerte jedoch, weil vom Wendekreis ein größerer Diesel heranbrummte.

Ich stand zu hoch, um von den Scheinwerfern erfasst zu werden, also wartete ich einfach nur ab, besah mir das Fahrzeug. Ein Baustellen-Lkw, voll mit Werkzeug und Maschinen, ein Wohnwagen im Schlepptau. Er nahm den Weg hoch zur Alten Käserei.

Die Auftraggeber waren wieder flüssig. Nur ein paar Menschen verscherbelt und das Bauvorhaben konnte unverzüglich voranschreiten.

Goa, dachte ich. Der Verkauf der luxussanierten Käserei sollte das Geld bringen für den Neuanfang auf dem Indischen Subkontinent.

Ein Feuer loderte, Gitarrengeschrammel und ein fröhlicher Singsang füllten die Luft mit Dissonanzen. Auch eine Art, mit dem Tod einer Mitbewohnerin umzugehen. ›Sie hätte es so gewollt, glaub mir.‹

Die komplette Gemeinschaft schien sich am Strand versammelt zu haben. Gut so. Ich warf mein letztes Kleingeld in den Münzfernsprecher und wählte hastig Charlys Nummer.

Seine Frau ging dran.

»Marion? Hier ist Kristof. Gib mir Charly. Schnell.«

»Das geht nicht, weil …«

»Dann richte ihm aus, er und die Jungs müssen herkommen. Sofort.«

»Das geht auch nicht, Kristof. Die sind alle in U-Haft. Der Anwalt sagt, Hufschmidts Anschuldigungen sind lächerlich, und er hat die Jungs ruckzuck wieder frei, aber jetzt ist natürlich erst mal Wochenende.«

Eine weitere Münze fiel durch, während ich die Nachricht verdaute. Die Stormfuckers würden nicht kommen. Zumindest nicht mehr rechtzeitig.

»Hast du Schisser schon gefunden?«

»Nein. Aber ich weiß inzwischen, dass er und warum er umgebracht wurde.«

»Oh.«

Schweigen. Dann sagte sie: »Kristof? Überlass das der Polizei, hörst du? Mach da bitte keinen Alleingang. Wir wollen dich nicht auch noch verlieren.«

Sie liebt mich, Marion. Immer schon. Das Blöde ist, sie liebt Charly mehr.

»Und Scuzzi natürlich auch nicht. Also, passt auf euch auf.«

»Ja, machen wir«, sagte ich. »Doch sobald ich die Bullen rufe, wandere ich selber in den Kahn. Schickst du mir dann 'nen Anwalt?«

Keine Antwort. Stille. Völlige Stille. Noch achtzig Cent im Speicher. Kein Ton mehr in der Leitung. Gar keiner.

Ich hieb ein paarmal auf die Gabel, doch die Leitung blieb tot.

Plötzlich wurde es mir zu hell, hier unter der Laterne.

Ich musste duschen. Dringend.

›Jetzt, wo klar ist, dass die Bullen auch hinter dir her sind ...‹, hatte Roxanne zu mir gesagt, und es war einfach durchgerauscht, bei mir. Dabei konnte niemand, nicht mal Scuzzi, wissen, dass Hufschmidt einen Haftbefehl für mich ausgestellt hatte. Demnach war es höchst wahrscheinlich, dass alle meine Telefonate belauscht worden waren.

Ich musste duschen. Dringend. Und nachdenken. Rasch.

Die Stormfuckers würden nicht kommen. Und das war nun bekannt.

Goa, dachte ich bitter. Hätte ich mich tatsächlich auf den Segeltörn eingelassen, ich wäre wahrscheinlich schon in der ersten Nacht über Bord gegangen, mit einem Eimergewicht an den Hacken. Denn mein ganzer Schutz – ja, ging mir auf, meine ganze Attraktivität, mein erotischer Magnetismus – beruhte auf meiner Drohung mit dem Einfliegen der Stormfuckers. Das war der Punkt gewesen, der den Stimmungsumschwung mir gegenüber eingeleitet hatte, den plötzlichen Schmusekurs. Alarmiert von Leroy, war Roxanne angesegelt gekommen und hatte sofort damit angefangen, den bösen Kristof handzahm zu machen. Und damit offene Türen eingerannt, bei mir.

Vom Feindbild zum Hausfreund zum Freiwild. Alles im Zeitraum eines Fingerschnippens. Aah, Detektiv zu sein.

Es wurde höchste Zeit, mich vom Acker zu machen.

Doch da waren immer noch Johanna und ihre Mitflüchtlinge. Und Scuzzi konnte ich auch nicht einfach hierlassen. Marion hatte recht. Ich brauchte Unterstützung. Wie von allein fand Capitan Rodriguez' Visitenkarte ihren Weg aus der Tiefe meiner Hosentasche in die feuchte Fläche meiner Hand.

Fehlte nur noch ein Telefon. Scuzzis totes Nokia hatte ich Johanna überlassen. Doch was war eigentlich mit den ganzen anderen Handys, die man an der Rezeption einkassiert hatte? Wegen ihres zehrenden Effekts auf die unvergleichliche Spiritualität dieses Ortes?

Ich musste duschen, was niemand wusste. Und ich musste telefonieren. Das war bekannt. Wenn ich also noch eine winzige Chance haben wollte, dann jetzt sofort.

Zurück zur Rezeption waren es nur ein paar Schritte.

So halb und halb erwartete ich, dass man mir schon auflauerte, doch das Wachhäuschen war unbesetzt. Und unverschlossen. Und – leer geräumt.

Mir fiel die Kinnlade runter vor Enttäuschung. Keine Handys, kein Rechner mehr, kein Festnetzapparat, keinerlei Verbindungsmöglichkeit nach draußen, bis auf den Stummel einer abgekniffenen Telefonleitung.

Das bedeutete, ich war und blieb komplett auf mich allein gestellt.

Und ich musste duschen. Selbst wenn es das Letzte sein sollte, was ich tat, in diesem Leben, ich musste einfach duschen.

Das Gelände war noch dunkler als sonst, es gab keinerlei elektrisches Licht mehr, nirgendwo. Selbst die Busbar war unbeleuchtet. Doch die Dunkelheit schützt einen nur bedingt, wenn man stinkt wie ein offenes Grab.

Vorsichtig suchte ich mir meinen Weg Richtung Duschtrakt.

Was wusste ich? Roxanne hatte Hope umgebracht, Leroy vermutlich Hidalgo, auch wenn der Anschlag eigentlich nur Romans Boot gegolten hatte, damit der aufhörte, ihre versenkten Sklavenleichen wieder hochzuholen. Und dann war da noch der Mord an Alice.

Alice. ›Führ mich ans Licht‹, verdammte Scheiße. Sie hatte die ganze Zeit geahnt, dass ihr Wissen sie das Leben kosten könnte, hatte blindlings auf meine Hilfe gehofft, und ich hatte es einfach verbockt. Und nach der Entdeckung des toten Babys war ihr alles egal gewesen, war sie auf Kollisionskurs gegangen, und irgendjemand aus der verdammten Clique ist hingegangen und hat sie totgespritzt. Kein Zweifel. Das sagte mir meine Erfahrung.

Nicht einer der Überdosierten, die ich im Laufe meiner frühen, schillernden Karriere als Spezialist fürs Aufspüren vermisster Süchtiger gefunden habe, hatte die Kanüle noch im Arm. Es ist ein Reflex, der im letzten, oft allerletzten wachen Moment die Nadel aus der Vene reißt, selbst bei denen, die sich vorsätzlich auf diese Art suizidieren.

Irgendjemand hatte Alice mittels Injektion vergiftet und ihr, Kanüle in kaltem, festem Griff, beim Verrecken zugesehen. Ich war mir sicher, nur wie ich das beweisen sollte, stand erst mal in den Sternen.

Was wussten die anderen, was wusste die Gegenseite? Dass ich, meiner eigenen Aussage nach, herausgefunden hatte, warum sie Schisser umgebracht hatten. Dass ich Leroys Vergangenheit als Bombenleger kannte. Und Gründe sah, massive Verstärkung aus Deutschland anzufordern.

Die nicht kommen würde.

Schissers Plan war gewesen, die Bande zu beerben. Er wollte die Bucht, den Campingplatz.

Schisser war gescheitert. Mir drohte das Gleiche.

Der Duschtrakt war unbeleuchtet, menschenleer. Ich tastete mich vor bis zur Waschmaschine und zog ein paar von meinen immer noch ungewaschenen, aber im Vergleich zu denen an meinem Körper geradezu taufrischen Klamotten hervor. Duschgel fand ich keins, dafür Waschpulver. Rasch zog ich mich aus, zerrte an der Kette, scheuerte mir die oberste Hautschicht runter, stellte mich wieder unter den kalten Strahl, griff mir ein Handtuch, rubbelte mich ab, sprang in Jeans, T-Shirt und Schuhe und rannte raus.

Rannte in jemanden hinein.

Es war Scuzzi. Und seine Augen quollen ihm aus dem Schädel.

Mühsam löste ich den Griff um seine Gurgel. Ein leichtes Zittern durchlief mich. Anscheinend hatten meine Instinkte schon in einen Modus hochgeschaltet, dem mein übriger Verstand noch leicht hinterherhinkte.

»Was …?«, keuchte er und brach ab, um sich den Hals zu massieren.

»Erklär ich dir später«, raunte ich und zerrte ihn mit mir, bis hinter den Leuchtturm.

Er habe überall nach mir gesucht, krächzte er. Er sei tief beunruhigt, sagte er.

»Wo ist die Leiche von Alice?«, fragte ich.

Sie war fort. Seebestattet, wie es so schön heißt. Mit Blumen geschmückt, in ein weißes Tuch eingenäht, mit dem Schlauchboot rausgefahren und irgendwo versenkt. An den Füßen ein weiteres Muster von Scuzzis Handarbeit.

»Allmählich krieg ich echte Zweifel, ob die überhaupt zur Zeltbeschwerung dienen sollten«, meinte er verdrießlich.

»Du bist einfach zu argwöhnisch«, sagte ich. »Denk immer dran, dass Vertrauen die Grundlage jeder Liebe ist.«

»Könntest du mal aufhören, mich zu verarschen?« Ich winkte ihm, leise zu sein, und er senkte die Stimme. »Mag sein, ich war ein bisschen naiv, seit wir hier angekommen sind. Mag sein, ich habe mit offenen Augen geträumt. Doch so langsam krieg ich Schiss, Kristof. Der Ton, die ganze Stimmung ist in den letzten Stunden gekippt. Plötzlich werde ich geschnitten, so wie du vorher. Die wollen hier auf einmal alles aufgeben und nach Goa gehen.«

Gehen? Falsches Verb, dachte ich. Flüchten, eher.

»Und immer wieder fällt dein Name in dem Zusammenhang. Als ob du und nur du allein es wärst, der hier alles kaputt macht. So wie die Musikanlage. Es ist die reine Hetze. Dabei kamst du doch eigentlich gut an, in den letzten Tagen. Ich kapiere das nicht. Was geht hier ab?«

Ich weihte ihn in knappster Form in alles ein, was ich herausgefunden hatte, und auch in alles, was ich bisher nur vermutete.

Er starrte entgeistert, völlig von den Socken.

»Ein Bring- und Holservice für Arbeitssklaven? Du meinst, *Sklaven?* Aber, Kristof, das ist Europa, hier. Im einundzwanzigsten Jahrhundert!«

»Und eine der korruptesten Ecken des Kontinents. Glaubst du wirklich, jemand kann kontrollieren, was genau sich unter diesem Meer aus Plastikplanen abspielt, durch das wir hergekommen sind? Auf diesen gigantischen Plantagen? Oder hat auch nur ein Interesse daran? Solange das Geld sprudelt? Wasserrechte, Umweltauflagen, Menschenrechte, alles ist hier verhandelbar.«

Er sah sich wild um. »Lass uns abhauen«, stieß er hervor. »Wie auch immer. Zur Not zu Fuß. Wenn das stimmt, was du sagst, sind wir mit dem, was wir jetzt wissen, nicht mehr sicher.«

»Okay«, sagte ich. »Doch erst will ich noch herauskriegen, was genau mit Schisser passiert ist.«

Wie lange würden Roxanne und der Rest brauchen, ihre Spuren zu verwischen, ihre Koffer zu packen, einen Makler mit dem Verkauf der Käserei zu beauftragen und den Anker zu lichten? Vielleicht gerade lang genug, um sie noch zu stoppen und für ihre Taten ans Kreuz zu nageln.

»Weißt du, wo sie die Leiche von Alice hingebracht haben?«

»Ich denk mal, in die Nachbarbucht.«

»Warum nicht einfach ins offene Meer?«

»Weil, wie es hieß, die Fischer sie sonst wieder hochholen, in ihren Netzen.«

Ja, das war plausibel. Wenn Roman sich nur an die Spielregeln halten würde.

Und Kristof.

Das Feuer loderte. Leroy, Alma, Vishna und Roxanne standen abseits, die Köpfe zusammen in reger, ernster Diskussion. Die Rastafaris rauchten, Almas hennagefärbte Freundinnen und der ganze andere fransige Riff-raff der Gemeinschaft rauchten mit. Obutu, Friedrich und Armand schlugen die Trommeln, Rolf versuchte an der Bongo Schritt zu halten. Es wollte ihm nicht gelingen. Die drei Afrikaner schlugen einen neuen Takt an. Schneller, lauter, eindringlicher als das übliche Strandparty-Tam-Tam.

Leroy, Alma, Vishna und Roxanne diskutierten. Noch. Noch war also Zeit. Noch war die Jagd nicht eröffnet.

Auch wenn die Trommeln schon zu den Waffen riefen.

Wellblechschuppen sind fast unmöglich zu knacken, ohne dabei erheblichen Lärm zu machen. Die Konstruktionen hier waren obendrein alle genietet, nicht geschraubt. Da kam man nur mit Gewalt rein, und das hieß schepperndes Getöse.

Der Schein des Strandfeuers reflektierte flackernd im Schaufenster des Surf- und Tauchshops. Der Laden grenzte an das Bootshaus, mit einer Verbindungstür im Inneren.

Wir schlichen um beide Gebäude herum, soweit sie im Schatten lagen. An der Rückseite des Shops war ein Garagentor, rostig und augenscheinlich nur selten benutzt. Man brauchte es nur anzusehen und konnte förmlich das Quietschen hören. Noch dazu war es mit einem dicken Vorhängeschloss an einem Haken gesichert, der solide im Felsgrund einbetoniert war.

Felsgrund. Kein Fundament. Hm. Die Bleche reichten bis fast auf den Boden hinunter, doch der war, wie gesagt, nackter Fels und wie überall hier reichlich zerfurcht, die Spalten mit Sand gefüllt. Keine fünf Minuten später hatte ich mich durch die größte davon und unter der Blechwand hindurchgewühlt.

Es gibt doch immer, immer, immer einen Weg hinein.

Ich musste nur noch mit Kopf und Armen ein Element des Holzbodens hochdrücken, dann konnte ich aus dem Felsspalt klettern und auch Scuzzi hochhelfen.

Das Lagerfeuer warf seinen Schein durch das Fensterglas. Vorsichtig sahen wir uns um.

Die zum Bootshaus führende Tür war abgeschlossen, doch Scuzzi brauchte nicht lange, um den Schlüssel in einer Schublade zu finden.

Ich pflückte in der Zwischenzeit ein Taucher-Stirnlicht von einem Ladegerät, suchte Brille, Flossen, Atemgerät, Bleigürtel, Tauchermesser und ein langes Seil zusammen. Auf einen Neoprenanzug verzichtete ich. Das An- und Ausziehen ist zeitaufwendig, da holte ich mir unter den gegebenen, schwer vorhersehbaren Umständen lieber ein Paar blaue Lippen.

Im Bootshaus musste ich das Stirnlicht zu Hilfe nehmen, um herauszufinden, welches die vollen und welches die leeren Pressluftflaschen waren. Das Schlauchboot und das Dingi dümpelten, angebunden an eine Sprossenleiter, vor sich hin. Eines der beiden riesigen Rolltore führte zur Strand-, das andere zur Hafenseite. Beide hatten Elektroantrieb und, wahrscheinlich für den thermonuklearen Ernstfall, zusätzliche Handkurbeln. Militärs denken doch immer an alles.

Scuzzi stieg runter ins Dingi, nahm die Taucherausrüstung entgegen, machte das Boot los und sich mit den Rudern vertraut.

Der Spind, aus dem Roxanne die Schrotflinte geholt hatte, war unverschlossen. Und leer. Wäre ja auch zu schön gewesen. Es wurde höchste Zeit, hier zu verschwinden.

Ich drückte den Schalter des vom Strand abgewandten Tores. Nichts. Kein Strom. Also packte ich die Handkurbel. Sie ließ sich leicht genug drehen, nur die Untersetzung war angesichts des zu bewegenden Gewichts natürlich fürchterlich klein. Ich musste rackern wie ein Kuli. Und selbstverständlich ging das Tor nicht geräuschlos in die Höhe, sondern ächzte und rasselte, und jedes neue Rolltorelement verließ die Führung mit einem Klacken, bevor es sich oben auf die Rolle legte.

Nervtötend, obwohl ich mir einigermaßen sicher sein konnte, dass das Getrommel draußen all unsere Heimlichkeiten übertönte.

Sobald die Öffnung hoch genug war, ruderte Scuzzi hindurch, raus ins Hafenbecken. Ich kurbelte das Tor wieder runter, bis seine untere Lippe so gerade ins Wasser tauchte. Dann verfluchte ich mich dafür, Scuzzi nicht meine Jeans und meine Schuhe mitgegeben zu haben, stieg also, wie ich war, hinab in die kalte Brühe, schwamm zum Tor, tauchte drunterweg und durfte dann erfahren, wie verdammt schwierig es ist, mit klatschnassen Klamotten aus dem Wasser in ein so leichtes und bewegliches Boot wie das Dingi zu klettern. Ohne Scuzzis energisches Zupacken wäre ich heute noch am Strampeln.

Das Feuer loderte, die Trommeln dröhnten, mehrere dralle Frauen schüttelten ihr Haar und was sie sonst noch zu schütteln hatten. Alma war ausnahmsweise nicht darunter, sie konferierte weiterhin mit Leroy, Roxanne und Vishna. Ich fragte mich, worauf sie warteten. Kristof war nach seinem Telefongespräch verschwunden, nun auch Scuzzi. Irgendetwas *mussten* sie jetzt unternehmen. Doch nein. Es machte mich kirre.

Wie immer schien das Meer nachts noch glatter zu sein als bei Tag, und obwohl Scuzzi sich jede Mühe gab, rührte er ganz schön in der Suppe herum, warf weiße, fluoreszierende Gischt auf. Ich löste ihn ab und nahm Kurs auf die offene See, entschlossen, einen größtmöglichen Bogen zu schlagen. Wir mussten quer über die Bucht, vorbei an der Strandparty, und da wir das Geschehen am Strand so deutlich sehen konnten, war nur schwer zu glauben, dass es umgekehrt anders sein sollte. Doch seit meiner Feuerwache gestern Nacht hatte ich eine ziemlich präzise Vorstellung davon, wie weit der Lichtschein des Strandfeuers aufs Wasser reichte. Ich steuerte einen Kurs weit außerhalb, durchs tiefe schwarze Dunkel, ruderte obendrein mit leichtem Schlag, fast ohne Wellenbildung, unsichtbar. Trotzdem war es eine entnervende Erfahrung.

Die ganze Zeit dröhnten die Trommeln, gleichmäßig, eintönig, stumpfsinnig. Unglaublich langsam zog die Strandparty an uns vorbei. Niemand rief, niemand zeigte auf uns, setzte uns nach mit heulendem Außenborder und gezückten Schlag- und Schusswaffen.

Nur die Trommeln dröhnten und dröhnten. Afrikanische Buschtrommeln, die ausgewachsene, ernste, hypnotische Sorte. Und sie wurden nicht länger geklopft, sie wurden geschlagen. Kein Gitarrengedudel, kein Singsang mehr, um sie zu begleiten. Die Trommeln sprachen für sich selbst. Aufputschend für die eine Seite, einschüchternd für die andere. Ein in Jahrhunderten, wenn nicht Jahrtausenden erprobter Effekt, dem man sich nicht entziehen konnte.

Nach rund zwei Dritteln der Distanz wurden mir die Arme lahm, also tauschte ich wieder die Plätze mit Scuzzi und bereitete mich für meinen Tauchgang vor. Die Jeans ließ ich an, sie waren eh schon nass, wechselte nur die Schuhe gegen Flossen, schnallte den Bleigürtel um den Bauch und das Tauchermesser an die Wade, legte Brille und Stirnlicht bereit, verschraubte das Atemgerät mit der Flasche, drehte das Ventil auf. Vorbereitungen so weit abgeschlossen, blieb mir nichts zu tun, als zu warten und mit meiner wachsenden Beklommenheit zu ringen.

Ruderschlag auf Ruderschlag arbeiteten wir uns um die beide Buchten trennende Klippe herum. Keine Brandung, nichts erlöste mich von dem Gefühl von latenter Bedrohung, das von der stillen, schwarzen Wasserfläche aufstieg wie Nebel.

Nach dem Passieren der Felsnase und dem Andocken an der ersten der Bojen waren wir vor Blicken sicher, und ich atmete ein wenig auf. Immer noch erreichten uns die Trommeln, doch mittlerweile aus solcher Distanz, dass ihr Geräusch fast schon etwas Beruhigendes hatte.

Nun denn. Pressluftflasche umgeschnallt, Seil hinten am Bleigürtel befestigt, Brille vollgerotzt und ausgespült und aufgesetzt, Stirnlicht ausgerichtet, Mundstück zwischen die Zähne geklemmt, und ich war bereit.

Na ja. So bereit man eben ist für einen nächtlichen Tauchgang im Atlantik, ausgestattet mit der geballten Erfahrung eines beim Karaoke gewonnenen Schnuppertauchkurses im Mülheimer Hallenbad Süd.

Die Trommeln wurden wieder lauter, schienen näher zu kommen, steigerten sich in ein gemeinsames Crescendo und verstummten nach einem letzten, heftigen, dreifachen Schlag.

Dröhnende Stille folgte und ließ Raum für die Frage, womit sich die Trommler wohl als Nächstes beschäftigen würden.

Plötzlich war es zu still, mich klatschend ins Wasser fallen zu lassen, deshalb glitt ich unbeholfen vom Heck des Dingis hinunter und, Beine voran, zögernd hinein in die schaurig kühle, schweigende Schwärze unter mir.

Nichts, musste ich feststellen, befeuert die Fantasie in ähnlichem Maße wie die Unmöglichkeit, auch nur *ahnen* zu können, ob sich von irgendwoher in dieser fremden Unterwasserwelt etwas nähert, irgendein Vieh mit kaltem Blut und starren Augen, das gleich exploratorisch an einer nackten Stelle deiner Haut zutzeln oder dir ohne viel Federlesens den Sack abreißen wird.

Für einen Moment aufkeimender Panik stoppte ich jede Bewegung. Nichts kam, um mich in die Tiefe zu ziehen und anschließend seinen Jungen zum Ausweiden zu überlassen. Meine Anspannung löste sich zögernd.

Im Grunde hatte ich es jetzt nur noch eilig, und Scheißekalt war mir auch. Ich knipste das Stirnlicht an, bemühte mich um eine gleichmäßige Atemfrequenz, gab Scuzzi ein Zeichen und tauchte unter.

Erst mal sah ich nicht viel. Erst mal war ich auch abgelenkt durch die Leine, die sich dauernd um meine Beine und Flossen wickeln wollte. Ich schwamm ein Stück weg vom Boot, um den Winkel zu ändern, und ging dann auf Tiefe.

Die Welt reduzierte sich auf einen von meiner Stirn ausgehenden, beleuchteten Trichter, umgeben von finsterstem Nichts. Kein Links, kein Rechts, kein Oben, kein Unten. Einzig die seitlich an der Brille vorbeiperlenden Abluftblasen und der regelmäßig notwendig werdende Druckausgleich durch Backenaufpusten verrieten mir, dass ich mich weiterhin im Sinken befand.

Schließlich erreichte der Lichtstrahl den Grund, strich über eine halb vom Sand begrabene Landschaft aus Kisten und Fässern, dazwischen lange und kurze Zylinder mit Spitzen vorne und Finnen hinten dran. Mit sachtem Flossenschlag überquerte ich ein komplettes Flugzeug, der Rumpf zermalmt unter einem Überseecontainer, die Türen des Behälters aufgesprungen und verbogen, drinnen Unmengen spiralförmig aufgewickelter oder lose verteilter Munition jeden Kalibers. Sie hatten tatsächlich nicht eher aufgehört, ihren Mist hier abzukippen, bis der Gipfel des Haufens fast aus der Wasseroberfläche ragte. Hier herumzutauchen und zu -leuchten gab einem das verunsichernde Gefühl, Zeuge eines unter Umständen lebensbedrohlichen Staatsgeheimnisses zu werden. Es war gruselig. Doch nichts im Vergleich zu dem, was ich als Nächstes entdeckte. Denn dahinter, auf dem blass aufscheinenden Fingernagelkranz rings um die Landseite der Bucht, wartete das Entsetzen.

Es begann eher harmlos mit Reusen, hier und da schon wieder belegt mit krabbelndem Schalengetier. Gefolgt von einem Eimergewicht. Daran eine Kette. An der Kette die abgenagten Reste eines menschlichen Fußes, komplett mit Unterschenkelknochen.

Weitere Gewichte folgten, umgeben von Knochen, Skelettteilen, manche noch mit Fetzen von Fleisch, Haut, Haar, Kleidung. Fische und vielbeinige Krustentiere nuckelten oder kauten daran herum. Manche scheuten zurück vor dem Lampenstrahl, andere ließen sich überhaupt nicht stören.

Roxanne und ihre Freunde waren schlau genug, die Toten nicht über der Munition zu versenken. Irgendeinen Aufschlagzünder mit einem der Betongewichte getroffen und es hätte sie einen Kilometer hoch in die Luft geschleudert.

Doch den Rand der Bucht hatten sie ordentlich bepflanzt mit ihren Topfblumen des Grauens.

Selbst unter Umständen wie diesen, in einer so fremden, befremdlichen Umgebung ist die Wahrnehmung noch auf gewohnte Formen geeicht, und so zuckte ich gewaltig zusammen, als der Lampenstrahl kurz eine menschliche Gestalt streifte.

Ich wagte kaum, den Kopf und mit ihm die Lampe zurückzudrehen. Tat es dann doch, nahe am Zittern.

Es musste sich um eine der frischeren Leichen handeln. Gebläht von Verwesungsgasen schwebte sie am Ende ihrer Fußkette, sachte bewegt von der Dünung wie ein Luftballon von einer Sommerbrise.

Doch damit stoppten die Ähnlichkeiten. Langsam drehte der Leichnam sich um, wie um nach mir zu schauen, und ich ruderte panisch rückwärts, was wohl einen Sog erzeugte, denn die schauerliche Gestalt neigte sich vor, als ob sie mir folgen oder nach mir greifen wollte. In meiner Hektik vergaß ich, einfach den Kopf zu wenden und mit ihm die Lampe, sodass mich bis heute in bestimmten Nächten immer mal wieder das Bild eines schlangenförmigen Fischs einholt, der sich unter Zuckungen in die linke Augenhöhle des Toten vorarbeitet.

Mit äußerster Mühe würgte ich Aufsteigendes zurück. Mehrmals.

Und in diesem Stil ging es weiter, Meter für Meter.

Mich überkam eine Erschütterung, wie sie einen nach einem schweren Unfall packen kann, etwas nahe an Lähmung des Denkens und Handelns durch ein Hirn, das mit dem Verarbeiten nicht nachkommt, das durchdreht im Streben nach einer Befreiung von den Bildern.

Gleichzeitig konnte ich mich auf eine unerklärliche Weise nicht sattsehen an all den grässlichen Details. Ich schwamm und starrte und schwamm und hatte vollkommen vergessen, was ich hier eigentlich gewollt, gesucht hatte, als ich ihn fand.

Schisser. Erst war es nur ein großes Bündel am Boden. Dann blinkte etwas auf, das sich als die Stahlkappe eines Motocross-Stiefels erwies. Dann erfasste mein Blick nach und nach die ganze Gestalt.

Anders als die anderen Leichen hier war er vollständig bekleidet, trug noch seine geliebte Dainese-Jacke, seine schwarzen Lederjeans, die Stiefel mit ihren so sorgfältig freigeschnittenen Stahlkappen. Ohne die Klamotten hätte ich ihn gar nicht erkannt. Nicht nach zwei Wochen im Meer.

Anders als die anderen hatten sie ihn komplett eingewickelt, bevor sie ihn versenkten. In ein Netz.

Anders als die anderen hier waren es bei ihm gleich vier Eimergewichte, die ihn unten hielten. Als ob seine Mörder befürchtet hätten, er könne doch noch mal hochkommen.

Denn anders als die anderen war er am Leben gewesen, als

sie ihn unter Wasser drückten. Sie hatten ein Netz über ihn geworfen, weil sie ihn sonst nicht zu fassen gekriegt hätten. Sie hatten ein Netz über ihn geworfen wie über ein wildes Tier, und dann hatten sie ihn mitsamt dem Netz ins Meer geschleift. Ins Meer, seiner größten, wenn nicht einzigen Angst. Und dann hatten sie ihn ersäuft. Einen Arm hatte er noch freibekommen, vermutlich mithilfe des Dolchs, der immer in seinem linken Stiefelschaft steckte. Der Arm baumelte nun, angefressen, die Hand schon skelettiert, außerhalb des Netzes herum.

Ersäuft hatten sie ihn. Feige und heimtückisch ersäuft.

Ein Sirren riss mich aus meinen Gedanken. Ein Sirren wie von einem Außenborder.

Es kam näher.

Sie hatten das Fehlen des Dingis bemerkt. Oder, schoss es mir durch den Kopf, sie hatten uns das Boot ganz bewusst klauen lassen. Um uns hier draußen ohne Zeugen fertigzumachen. Weil längst nicht alle Mitglieder der Gemeinschaft eingeweiht waren. Weil etliche immer noch an die Mär von der selbstlosen Flüchtlingshilfe glaubten. Und es ihnen nur schwer zu vermitteln wäre, warum Kristof den einen Tag mit offenen Armen aufgenommen wurde und den nächsten Tag mit offenem Kopf am Strand verblutete.

Das Sirren war gleichmäßig, unbeirrbar, Vollgas bis zum Anschlag, und es wurde lauter und lauter und lauter. Ich riss an der Sicherungsleine und spürte Scuzzi anziehen, beschleunigte mit meinen Flossen aufwärts, so hart es nur ging. Das Sirren war jetzt überall, unmöglich zu orten, und dann sah ich über mir den weißen, fluoreszierenden Pfeil, der direkt auf den kleinen, rechteckigen Schatten des Dingis zuhielt, und ich schlug mit den Flossen wie wahnsinnig, stieg höher und höher in panischer Hast, brach direkt neben dem Plastikbötchen aus den Fluten, schoss mit dem Restschwung hoch in die Luft, sah noch den Bug des Schlauchbootes, so nah, dass man die Glühfäden in seinem Suchscheinwerfer glimmen sehen konnte, packte Scuzzi mit beiden Händen und riss ihn mit mir unter Wasser, während der harte Kiel des *Zodiacs* über uns hinwegraste und die Trümmer des Dingis ringsum Richtung Meeresboden taumelten. Scuzzi wollte sich freistrampeln aus meinem Griff, doch ich hielt ihn fest gepackt, peilte den Schatten der Boje an, knipste das Stirnlicht aus, und wir tauchten auf.

Mit beiden Händen fest an den eisernen Ring um den Fuß der Boje geklammert, hustete Scuzzi und spuckte, sagte aber kein Wort. Geschockt, wahrscheinlich.

Das Schlauchboot fuhr eine scharfe Kurve, hielt auf uns zu, Suchscheinwerfer voll aufgeblendet. Zum Glück war die Boje groß genug, uns Sichtschutz zu bieten, solange wir uns Hand über Hand um sie herum hangelten. Doch nur bis die Verfolger das Gas wegnähmen und den Kreis enger schnürten. Anschließend könnten sie uns erschießen oder erschlagen oder sich sonst was Nettes für uns einfallen lassen.

»Wir müssen ans Ufer«, entschied ich.

Scuzzis Miene zeigte Skepsis pur.

»Und zwar tauchen.«

Das ließ seine Skepsis in nackten Unglauben abkippen.

»Wir müssen uns am Mundstück abwechseln«, erläuterte ich. Das mischte einen ordentlichen Schub von Widerwillen in den ungläubigen Ausdruck.

»Und zwar jetzt!« Ich schob ihm das Mundstück gewaltsam zwischen die Zähne, holte tief Luft und zog ihn mit mir, Stirnlicht wieder an und sturheil Tiefe suchend, den Grund.

Das Sirren über uns erstarb. Ich knipste das Licht aus. Griff mir das Mundstück, was Scuzzi in spürbare Unruhe versetzte, so tief unter Wasser, in völliger Dunkelheit.

Über uns nahm der Motor wieder Drehzahl auf, sein Geräusch jedoch ab. Ich wagte es, knipste das Licht wieder an, gab Scuzzi das Mundstück zurück, und so arbeiteten wir uns quälend langsam in grausamer Atemnot über den Grund vor, Licht an, Licht aus, Pause, Mundstück tauschen, weiter, bis der Boden in einem Chaos aus Haushaltsschrott anstieg und zu einem schmalen, müllübersäten Streifen Strand am Fuß der nahezu vertikalen Klippe wurde.

Unter gierigen Atemzügen schleppten wir uns an Land, schlotternd vor Unterkühlung, fix und fertig von der Anstrengung des Tauchens.

Keuchend sah ich mich um. Genau hier hatte ich die *Buell* gefunden. Hastig streifte ich die Flasche ab, den Bleigürtel, die Brille, warf alles hoch auf den Müllberg, wo es sich nahtlos in den anderen Krempel einfügte.

Scuzzi hockte sich hin, unterdrückte sein Husten und Spucken und blickte besorgt aufs Meer hinaus. Kein Laut war zu hören, keine Bewegung wahrzunehmen.

Zuerst.

»Und jetzt?«, fragte er, und ich machte »*Schschsch.*«

Da war etwas ... Ein winziges Geräusch, ein Plätschern. Das Schlauchboot hatte die Bucht noch nicht verlassen, ich war mir sicher. Wer immer an Bord war, suchte wahrscheinlich noch im Bereich der Boje und des versenkten Dingis nach uns, wartete schweigend darauf, dass wir dort an die Oberfläche kamen, tot oder lebend.

»Ganz egal, was du vorschlägst«, flüsterte Scuzzi, »aber da gehe ich nicht wieder rein.« Und er deutete aufs Wasser, über dem, wenn man extrem genau hinhörte, ein Brabbeln zu vernehmen war, ein feuchtes Blubbern, wie von einem Unterwasser-Auspuff, bei einem Außenbordmotor im Standgas, an einem Boot auf Schleichfahrt.

Was nun? Mit einem mulmigen Gefühl besah ich mir das steil aufragende Chaos der Müllkippe, unseren einzigen Ausweg.

»Du willst doch nicht etwa da hoch, oder?«

»Wir warten noch ein bisschen«, sagte ich, im selben Augenblick, in dem draußen auf dem Wasser das Gas aufgerissen und der Suchscheinwerfer aufgeblendet wurde.

»Komm mit!«, schrie ich und krabbelte schon bergan, folgte instinktiv der Route, die ich schon mal runter und rauf gekraxelt war, wenn auch mithilfe einer Seilwinde, und mit Schuhen an den Füßen.

Uns barfuß und mit bloßen Händen durch Glas und Schrott nach oben zu arbeiten wurde eigentlich nur dadurch ermöglicht, dass jemand einen trockenen, tiefgestimmten Schuss abfeuerte. Schrot. Noch kam der Knall vom Wasser, doch schon der nächste würde vom Strand kommen, und wollten Scuzzi und ich uns nicht für Wochen gegenseitig Schrotkugeln aus den Hinterschinken porkeln, mussten wir schleunigst außer Reichweite gelangen, und das ließ uns bergan fliegen wie die Äffchen und Scheiß auf die ganzen scharfkantigen Bleche und Scherben.

Der nächste Schuss fiel, wie erwartet von direkt unter uns, und so halb und halb erwartete ich, dass Scuzzi hinter mir getroffen aufschrie, doch er blieb still. Wir waren aus dem Schussbereich, hieß das. Keuchend, schweißgebadet, blutend aus Schnitten an Händen und Füßen, stoppten wir kurz inmitten angebrannt, giftig und faulig stinkender Dunkelheit und Stille.

Unten am Strand versuchte jemand den Suchscheinwerfer senkrecht zu stellen, fluchte, weil das nicht recht gelingen wollte. Trotzdem ...

»Weiter«, flüsterte ich. »Aber leise.« Ich wollte es hören können, wenn unsere Verfolger sich ebenfalls an den Aufstieg machten.

Doch von unten kam kein Geräusch mehr.

Dafür von oben. Eine tiefe Stimme sprach, lauschte, sprach. Jemand stand am oberen Rand der Klippe und telefonierte. Dann gluckerte etwas, und meine Nüstern füllten sich mit dem scharfen Geruch von Benzin.

Wir saßen in der Falle. Schrot von unten, Sprit von oben. Ein seitliches Ausweichen war unmöglich, die steilen Felsen boten keinen Halt. Ich hätte am liebsten geschrien. Uns blieb nur eine einzige Chance: nach oben, entschlossen, sofort nach oben, bevor jemand den Sprit ansteckte.

Aufwärts, schnell und gleichzeitig leise. Unmöglich, aber man versucht es dann trotzdem. Schnell ging es ganz von allein, befeuert durch wachsende Panik, auf leise wurde der Not gehorchend verzichtet.

Jemand lachte. Ich erkannte Friedrichs Bariton. Offenbar amüsierten ihn unsere Bemühungen, der Verbrennung bei lebendigem Leib zu entgehen. Ich hob den Kopf, sah seine runde Gestalt, sah, wie er die letzten Tropfen aus dem Kanister schüttelte, bevor er ihn wegwarf und ein Streichholz anriss. Ich hechtete jetzt in Sätzen nach oben, flog geradezu über den Müll, halb blind von den Benzolgasen, mit einem höllischen Brennen in sämtlichen Schnittwunden, geschüttelt von einer Angst, die sich Griff für Griff, Zug um Zug, Meter für Meter in einen blindwütigen, berserkerhaften Hass wandelte. Es wurde mir egal, ob ich gleich umkam, aber Friedrich, der mir jetzt in die Augen sah, Friedrich musste mit mir sterben, egal, wie ich es anstellte.

Er lachte, warf das brennende Streichholz. Es erlosch noch im Flug. Ich gewann einen weiteren Meter.

Friedrich lachte nicht mehr, riss ein weiteres Streichholz an, warf es. Es fiel ins Benzin und verzischte.

Irgendwo tief in mir löste sich eine letzte Reserve, und ich schoss nur so den Berg hinauf.

Friedrich fluchte, riss ein neues Streichholz an und schrie gellend, als ich ihm mein Tauchermesser in den ersten Körperteil rammte, den ich erreichte – seine Wade – und es in der Wunde drehte, in blutrünstiger Entschlossenheit, größtmöglichen Schaden anzurichten, größtmögliche Ablenkung von seinen verfluchten Streichhölzern zu erreichen. Das Bein knickte ein, ich langte hoch, kriegte Friedrichs Haar zu fassen und hängte mich mit meinem ganzen Gewicht daran. Er versuchte noch, sich aufzubäumen, doch ich zog mit der Kraft eines Wahnsinnigen. Er verlor das Gleichgewicht, kippte nach vorn, stürzte von der Klippe, hinein in den Müll, überschlug sich ein, zwei Mal, und mit einem tiefen, hohlen Ton, wie ein sachter Schlag von zarter Hand auf das Fell einer Pauke, explodierte der Hang zu einem Flammenmeer.

Sofort bückte ich mich nach Scuzzi, der sich noch die letzten Meter hochkämpfte, schon beleckt vom sich rasend ausbreitenden Feuer, und ein scharfes, raues Zischen fuhr quer über meinen Kopf hinweg. Aus dem Augenwinkel sah ich Obutu stolpern, so sehr hatte er sich darauf konzentriert, mich zu köpfen, so unerwartet war mein Bücken gekommen. Doch er fing sich und hob die Machete erneut, Klinge funkelnd im Licht der Flammen, und ich warf mich zur Seite, rollte mich ab, sprang auf die Füße, und in einiger Entfernung schoss eine kleine, blaue Flamme auf mich zu, ein Schuss krachte, doch ich spürte keinen Treffer. Trotzdem blieb mir nichts, als zu rennen, nur weg vom Schein des Feuers, blindlings in die Dunkelheit.

Jemand schrie in Agonie, inmitten der Flammen, schrie entmenschlicht, und ich rannte. Mehr konnte ich nicht tun.

Sie setzten mir nach, Obutu und Armand, tauschten sich bilingual aus über ihre Wahrnehmungen, geübte Jäger, ausgeruht, ausdauernd, völlig sicher, das gehetzte, panische, verwundete Wild jeden Augenblick zu stellen und ohne große Mühe in eine Trophäe zu verwandeln.

Ich verlangsamte meine Flucht zu einem Laufschritt, gezwungenermaßen, alles an Reserven restlos verbrannt. Obendrein war das gemäßigte Tempo leiser als heilloses Preschen durch stachelige Büsche und über losen Schotter. Ich wollte weg von der Fläche, raus aus der Landschaft, ich wollte Deckung und eine Möglichkeit, etwas zu fassen zu kriegen, das man als Waffe gebrauchen konnte, oder ein Fahrzeug zum Entkommen, und ein kleiner Funken Hoffnung fuhr mir in die Glieder, als ich die dunklen Schemen der Gebäude der Pferderanch ausmachte.

Gleichzeitig konnte ich hören, ja geradezu spüren, wie Armand und Obutu, rechts und links hinter mir, an Boden gewannen.

»Pas si vite«, forderte Armand und lachte. Er war kaum außer Atem.

»Now I see you«, freute sich Obutu, als ob wir Verstecken spielten. Ich stolperte über etwas und warf mich zu Boden, duckte mich in eine Mulde.

»Now I don't.« Er näherte sich suchend, gespannt und siegessicher. Von meiner Position aus sah ich ganz klar die hoch über den Kopf gehaltene Machete, doch er sah mich nicht und wäre vorbeigegangen, hätte sich mir nicht ein keuchendes Wimmern der Angst entrungen, leise, hilflos. Obutu lachte, machte einen Schritt auf mich zu, sog scharf die Luft ein, schrie, schrie entsetzt, schrie anhaltend, hallend, verstummte mit einem dumpfen, knirschenden Aufprall, und ich schob den Blendladen wieder über den Brunnenschacht. Wie, um sicherzugehen.

»Pas mal«, fand Armand, am Doppellauf einer Schrotflinte entlang. Er stand direkt über mir. In Panik krabbelte ich rückwärts, starrte dabei unverwandt auf Armands sich weiter und weiter krümmenden Abzugsfinger, erwartete zitternd noch das Mündungsfeuer zu sehen und dann nichts mehr, nie mehr, und etwas fuhr mit pfeifendem Schwung durch die Nacht und schlug Armand den Schädel zur Seite. Der Schuss bellte, eine blaue Flamme schoss dicht über mich hinweg, und als die Blendung durch das Mündungsfeuer nachließ, stand Scuzzi da, rußgeschwärzt, mit wildem Blick, würgend, spuckend, schwankend vor atemloser Erschöpfung, auf ein Kantholz gestützt, Armand leblos zu seinen Füßen.

»Gestern wollte ich noch für immer hierbleiben!« Kaum wieder bei Atem, ich nach dem Schuss kaum wieder bei Gehör, wusste Scuzzi nicht, wohin mit sich vor Empörung. »Ich kapiere das nicht! Gestern war doch noch alles total friedlich! Und heute renne ich durch die Nacht und schlage Leute mit Knüppeln nieder! Leute schießen auf mich, versuchen, mich zu verbrennen! Dieselben Leute, mit denen ich gestern noch gekifft habe!« Nachdenklich nahm er Armands Schrotgewehr auf.

Ich ging die paar Schritte bis zum Schuppen, zog die Tür auf und betrachtete das *Pegaso*-Mofa wie eine Dreizehnjährige ihr geliebtes Pony. Wenn wir es damit irgendwie nach Puerto schafften ...

»Du hast nur mit ihnen gekifft«, sagte ich mit einem Anflug von Bitternis.

Nach Puerto und dort sofort rein in die Hafenbar, unter Menschen, ein paar steife Brandys gekippt, bis die Flossen wieder aufhörten zu schütteln, dass man die eigenen Finger nicht nachzählen konnte, dann ein paar Biere gegen den trockenen Hals, dann die Bullen angerufen, die Küstenwache, wen auch immer.

Ich stemmte das Tor auf, schob das Mofa nach draußen, und etwa Kaltes, Rundes, in der Mitte Hohles drückte sich gegen meine Schläfe. Scuzzi trat neben mich, schrak ebenfalls zusammen, und das Schrotgewehr entglitt seinem Griff und fiel zu Boden.

Sie fesselten uns die Hände mit Handschellen auf den Rücken. Dann zeigten sie uns die Haftbefehle. Im Schein der Taschenlampe konnte ich sogar die Unterschrift auf dem Fax ausmachen.

Ich möchte dich tot sehen, Hufschmidt, dachte ich. Ich möchte auf deinem Grab tanzen. Ich möchte drauf schei–

»Habláis español?«, unterbrach Enrique meinen Gedankengang.

Ich schüttelte stumm den Kopf und wollte ihn schon an Scuzzi verweisen, da kam der mir mit einem für ihn ungewohnt aufsässigen »Hä?« zuvor. »Wir sprechen kein Spanisch«, schnauzte er. »Wir wollen einen Dolmetscher. Und einen Anwalt. Wir lassen uns doch nicht in Ketten legen, nicht nachdem man gerade noch versucht hat, uns umzubringen. Und schon gar nicht, solange die Hälfte der Arschlöcher, die uns ans Leder wollen, noch frei herumläuft! Seht lieber zu, dass ihr Leroy und Alma und die beiden anderen Schlangen festnehmt. Habt ihr mich gehört? Leroy,

Alma und ...« Er verstummte stöhnend, weil Enrique ihm gleichmütig den Kolben des Schrotgewehrs in den Bauch rammte.

Carlos, der andere Gardist, hatte inzwischen den Streifenwagen ums Haus herum gefahren. Im Licht der Scheinwerfer suchten die beiden nun seelenruhig das Gelände ab, wobei sie uns an den Ellenbogen mit sich herumführten. Als sie Armand entdeckten, wurden sie sichtlich lebhafter. Enrique bückte sich zur hingestreckt liegenden Gestalt, tastete nach der Halsschlagader, tastete und tastete und kam dann mit einem Kopfschütteln wieder hoch.

»Na super«, murmelte Scuzzi. »Ich hab ihn gekillt. Gestern noch überzeugtes Mitglied der Love-and-Peace-Generation, heute Totschläger. Es ist nicht zu fassen.«

Meine Gedanken rasten. Irgendetwas stimmte hier nicht. Üblicherweise darf man sich im Gewahrsam der Staatsmacht zumindest seines Lebens einigermaßen sicher sein. Nicht nur, dass einen die Beamten nicht einfach so kaltmachen dürfen, es wird auch erwartet, dass sie einschreiten, sollte jemand anders das versuchen.

Gleichzeitig hatten Leroy und die anderen diese beiden in der Tasche. Nur – wie tief? Und – wer hatte die überhaupt gerufen? Und wozu? Dienten ihnen die deutschen Haftbefehle nur als Vorwand? Wollten sie uns überhaupt verhaften? Oder für immer zum Schweigen bringen? Waren es diese Fragen, die sie beschäftigten? Abführen oder abkehlen?

Und wir standen mit gefesselten Händen daneben und konnten die Antwort abwarten. Es war zu viel. Ich hatte niemals zuvor einen Nervenzusammenbruch gehabt, doch jetzt spürte ich einen heraufziehen, mit Sicherheit, mit Macht.

Der ältere Gardist ließ meinen Ellenbogen los und nahm Enrique ein Stück beiseite.

»Falls ich gleich unkontrollierbar zu jodeln beginne«, flüsterte ich Scuzzi zu, »kannst du versuchen, abzuhauen.«

»Pst«, machte er, und sein Gesicht nahm einen lauschenden Ausdruck an. Enrique und Carlos unterhielten sich nüchtern, sachlich, noch nicht einmal besonders leise. Wieder und wieder wanderten ihre Blicke zu uns.

»Ach du Scheiße«, entfuhr es Scuzzi tonlos. »Wenn wir die Hippies auffliegen lassen, hat der eine gerade gemeint, dann ›kommt alles heraus‹.«

Und das, dachte ich, mit letzter Selbstbeherrschung vor dem Kollaps, darf nicht passieren.

Enrique bückte sich noch mal nach Armand und zerrte eine Umhängetasche unter der Leiche hervor. Eine Munitionstasche. Er trug Handschuhe, plötzlich. Mit geübtem Griff schnackte er Armands Schrotgewehr auf und lud beide Läufe.

Carlos lief auf und ab, gab mit raumgreifenden Gesten Anweisungen wie ein Regisseur.

»»Der eine Drogendealer steht hier, erschießt den anderen und widersetzt sich dann seiner Verhaftung‹«, übersetzte Scuzzi mit beachtlicher Ruhe unsere Todesurteile.

Zufrieden mit seinem Setting packte Carlos wieder meinen Arm, nickte mir wohlwollend, väterlich, beruhigend zu, zog mich mit sich, stellte mich mitten hinein in den Lichtkegel des Streifenwagens und ging zur Seite. Enrique hob das Gewehr.

Ja Scheiße, dachte ich, dieser ganzen Nahtoderfahrungen schlagartig überdrüssig, unfähig, auch nur zu protestieren. Dann drück auch ab, du Arsch.

Doch der Knall blieb aus. Stattdessen machte es laut und

deutlich *pock,* und Enrique strauchelte, während sein Käppi in die eine und ein faustgroßer Stein in die andere Richtung von seinem Kopf schwirrten.

Kollege Carlos fuhr zusammen, zerrte seine Dienstpistole aus dem Hüftholster, hob sie in beidhändigem Griff, wusste aber, geblendet vom Licht der Scheinwerfer, offensichtlich nicht, wohin er zielen sollte.

Enrique hatte das Schrotgewehr sinken lassen. Er griff sich an den Kopf, baff, angeschlagen, packte die Waffe dann aber wieder fester und drehte sich um, in die Richtung, aus der der Stein gekommen sein musste. Mit drei, vier langen Schritten war ich neben ihm und trat mit aller Kraft unter das Gewehr. Beide Läufe krachten gleichzeitig, spuckten Flammen und Blei und rissen Carlos glatt von den Beinen, seine Brust eine einzige, offene Wunde. Enrique erstarrte, und ein weiterer Stein traf ihn, diesmal an der Schläfe. Seine Miene entglitt in vollkommene Fassungslosigkeit, und er sank auf die Knie, kippte zu Boden, wo ich auf ihn eintrat, bis er sich nicht mehr rührte und jemand kam und mich von ihm wegzerrte.

»Was haben diese Leute denn nur alle gegen dich?«, fragte Roman in mein Ohr. »Lass mich raten: Zu viel Schiggu-Schiggu?«

Ich hustete. Scuzzi hielt meinen Kopf in seiner Armbeuge und gab mir die Flasche wie eine Mutter ihrem Kind.

»Noch einen?«, fragte er.

Wir hockten angelehnt an Romans Peugeot, den wieder einmal niemand hatte kommen hören.

Ich nickte, Scuzzi hob die Flasche, und ich hustete erneut.

»Meine Fresse, was ist denn das für ein Fusel?«

»Hab ich von ihm«, sagte Scuzzi und meinte Roman, der nervös hin und her lief, seine Miene eine Mischung aus Anspannung und stiller Belustigung.

Meine Hände waren frei, stellte ich fest. Blutig und zerschnitten, zitternd wie die Drehzahlmessernadel eines Abarths, aber frei. Und ich lebte. Es fiel mir schwer, das zu glauben. Also nahm ich Scuzzi die Flasche ab und flößte mir selber einen ein. Hustete, spuckte. Doch, ich lebte. Es war wirklich wahr.

»Enrique atmet noch«, meinte Roman sachlich. »Und auch im Brunnenschacht scheint jemand von ganzem Herzen seine Sünden zu bereuen. Was ich sagen will, ist: Es wird Zeit für dich, eine Entscheidung zu treffen.« Er streckte die Arme vor. Mit der rechten Hand hielt er mir das Gewehr hin, mit der linken ein aufgeklapptes Handy.

»Warte«, sagte ich. Er wartete.

Auge um Auge, dachte ich. Wie du mir, so ich dir.

»Ruf an«, sagte ich dann. »Wir brauchen ihre Aussagen.«

»Eijeijeijeijei. Das wird ein Theater geben …« Roman steuerte den Peugeot die Straße zur *Paradise Lodge* hinunter. Ich saß in der Mitte, Scuzzi ganz rechts. Er hatte den Außenspiegel zu sich gedreht und begutachtete mit verdrießlichem Gesicht die Schäden, die der kurze Kontakt mit dem Feuer seiner Frisur angetan hatte. Davon abgesehen war er nur oberflächlich angekokelt und erstaunlich gefasst. »Ein toter Gardist, da wird die Guardia durchdrehen, glaubts mir.«

»Aber den hat Enrique erschossen«, sagte Scuzzi. »Das können wir doch bezeugen.«

»Zwei Ausländer und ein Zigeuner. Tolle Zeugen.«

»Wir werden das aufklären«, sagte ich. »Und zwar alles.«

»O sicher. Und was willst du denen erzählen, warum du die Tatwaffe mitgenommen hast?«

Ich sah an mir hinunter. In der einen Hand hatte ich die Schnapsflasche, in der anderen die Munitionstasche und zwischen den Knien tatsächlich das Schrotgewehr.

»Wie lange wird es dauern, bis die Guardia am Tatort ankommt?«

»Eine Stunde, Minimum. Jetzt, um vier Uhr morgens, eher anderthalb.«

»Ich brauche keine anderthalb Stunden. Anschließend bringen wir die Waffe einfach wieder zurück.«

»Anschließend an *was?*«, fragte Roman und erhielt keine Antwort.

»Ich kann nur hoffen, du weißt, was du tust«, meinte Scuzzi und nahm mir die Flasche ab.

Ich fummelte zwei Patronen aus der Umhängetasche, schob sie in die Läufe und nickte.

Roman bog durch das Tor der *Paradise Lodge*. Das Gelände war wie ausgestorben. Keine Funzel brannte, kein Strandfeuer.

»Fahr durch bis ans Wasser«, sagte ich. »Und blende die Scheinwerfer auf.«

Wir stoppten am Strand, Fernlicht eingeschaltet, vor uns die Bucht. Leer, so weit das Auge reichte. Die *Gizelle* war fort. Hatte ihren Anker gelichtet und war davongesegelt. Obwohl, nein. Nicht gesegelt. Die Windstille hielt immer noch an.

Ich stieg aus und ging geradewegs ins Meer. Die Schnitte in meinen Fußsohlen brannten vom Salzwasser, dann die in meinen Fingern, doch es interessierte mich nicht. Sobald es mir bis zum Bauch ging, ließ ich mich nach vorn sinken und das Wasser über meinem Kopf zusammenschlagen.

Über meinem Kopf und meinen Ohren. Schwach, weit entfernt und trotzdem deutlich klopfte da etwas einen emsigen, einsamen Takt. Ein Einzylinder-Diesel.

Sie hatten bei aller Hast der Abreise Zeit gefunden, die Benzinleitung des *Zodiacs* durchzukneifen und auch die Zündkabel des Außenborders rauszureißen. Scuzzi kam mit einem Meter Spritschlauch aus dem *Hymer* zurück, kaum dass ich die Drähte zusammengepfriemelt und die Zündung in Gang hatte.

»Da ist nicht mehr allzu viel drin, im Tank«, meinte er, nach einem kritischen Blick, während ich die zerschnittene Leitung löste, wegwarf und den Schlauch auf die Stutzen zwang.

»Die hier sind auch alle leer«, sagte Roman, schüttelte die Ansammlung von Kanistern der Bootstankstelle durch, gab auf und begann stattdessen, das Tor zur Bucht hochzukurbeln. »Und auf dem Wagen hab ich leider nur Diesel.«

»Sieh nach dem Landrover!«, befahl ich Scuzzi. »Das ist ein Benziner.«

Kurz darauf kam Scuzzi zurück, statt eines Kanisters zwei Paddel unterm Arm.

»Der Rover ist weg«, meinte er.

»Nicht zu ändern«, entschied ich, lud Waffe und Munitionstasche ein und startete den Motor.

Scuzzi sprang mit den Paddeln zu mir ins Boot.

»Du musst nicht mit«, sagte ich.

»Ach«, meinte er trocken und hockte sich in den Bug.

»Kommt bloß wieder«, rief Roman über das Aufsummen des Motors. »Ohne eure Aussagen schmeißen die mich für den Rest meiner Tage ins Loch.«

Ich nahm noch mal Gas weg.

»Du hast uns das Leben gerettet, Roman«, sagte ich, möglicherweise ein bisschen feierlich. »So was vergessen wir nie. Du kannst dich also fest darauf verlassen, dass wir dir jedes Jahr zu Weihnachten ein schönes Päckchen Spekulatius in den Knast schicken.«

Keine Ahnung, wo er den Stein herhatte, aber er ging haarscharf vorbei. Absichtlich, denke ich mal.

Vollgas. In unserem Rücken kündigte sich der Morgen an, ein schmaler, blassrosa Streifen, doch vor uns war immer noch tiefste Nacht. Vollgas.

Scuzzi fummelte an dem Suchscheinwerfer herum, drehte ihn zu sich, ließ ihn los.

»Im Arsch«, rief er resigniert, brach eine Scherbe heraus und warf sie über Bord.

Vollgas. Im Grunde nerven mich Boote. Von Land sieht es immer so mühelos aus, wie sie dahingleiten, doch sobald man drinsitzt und es eilig hat, spürt man, gegen was für eine enorme Reibung der Motor anzukämpfen hat. Kein Wunder, dass die Dinger so viel Sprit verbrauchen.

Fünf Minuten Vollgas exakt. Zündung aus, das Boot verlangsamte und kam zum Stehen. Ich kniete mich gegen die Wulst und hängte meinen Kopf über Bord, bis zum Hals ins Wasser. Das Klopfen des Einzylinders war deutlich lauter geworden, die Richtung allerdings nicht wirklich zu bestimmen. Gefühlssache. Ich startete den Motor, dachte an Hidalgo, an Schisser, an Alice und an die kleine Hope und überließ den hochkommenden Gefühlen das Steuer.

Drei Stopps später war der Streifen am östlichen Horizont breit und hell genug, um etwas Licht über unsere Schultern zu werfen. Und auf den Schemen einer Segelyacht vor uns. Vollgas. Scuzzi und ich duckten uns aus dem Fahrtwind, machten uns so klein es ging für maximales Tempo. Vom Gejagten zum Jäger zu werden hat etwas Berauschendes. Endlich hat man die Initiative zurück. Einziges Problem ist ihre Beherrschung.

Vollgas, unterbrochen von ersten, kurzen Aussetzern, die den Außenborder und mit ihm das ganze Boot ruckeln ließen.

Wir schafften es gerade noch, die *Gizelle* zu überholen und in ihren Kurs einzuschwenken, bevor uns mit einem Schlag endgültig der Sprit ausging. Quer zur Fahrtrichtung der Yacht kamen wir zu ganz leicht schaukelndem Stillstand.

Eine wunderschöne Frau stand am Steuer der Yacht, eine Kapitänsmütze keck in die Stirn gerückt. Schwarze Ponyfransen lugten unter dem Schirm hervor, hingen ihr fast bis in die grünen Augen.

Ich saß mit dem Rücken zur Wulst im *Zodiac,* sah ihr entgegen. Sie hielt voll auf uns zu, der Bug der Yacht scharf wie ein Messer aus dieser Perspektive.

Wie von allein hob sich die Schrotflinte, schmiegte sich an meine Wange.

Leroy erschien neben Roxanne, Haar und Miene wuschig von Schlaf, dann Alma, eine Pistole in der Hand.

Ich zielte über ihre Köpfe.

Die *Gizelle* hielt Kurs.

»Sie wollen uns unterpflügen!«, rief Scuzzi. »Mach was!«

Ich senkte den Lauf, zielte auf die Köpfe. Alma und Leroy gingen in Deckung. Roxanne nicht.

Unsere Blicke trafen sich.

Frostbeulen, dachte ich.

Die *Gizelle* hielt Kurs. Ich senkte die Waffe auf ihren Bug, knapp unterhalb der Wasserlinie. Zählte innerlich bis drei.

Bei zweineunzehntel warf Roxanne das Steuer herum, die *Gizelle* drehte ab, verfehlte das Schlauchboot um nicht viel mehr als einen Meter.

Scuzzi atmete auf.

Und ich drückte ab.

Hektik kam auf an Bord der Yacht, die schlürfend Wasser aufnahm durch das tellergroße Loch in ihrem Bug. Alma bekam einen Tobsuchtsanfall und legte auf mich an, änderte ihre Meinung aber angesichts des genau auf sie gerichteten Doppellaufs.

Auch bei abgestelltem Motor glitt die *Gizelle* weiter und weiter, steckte ihre Nase dabei tiefer und tiefer in den Atlantik, und ich dachte daran, ihr einen Fangschuss ins Heck zu verpassen und dann nach den Paddeln zu greifen und kehrtzumachen.

Dachte einen Moment zu lang.

»Waffe fallen lassen!«, schallte über das Wasser. Okay, nicht exakt in diesen Worten, man sprach Spanisch, doch in diesem Tonfall, klar verständlich in ganz gleich welcher Sprache auch immer. Es war ein Kommando mit einem Unterton von Prophetie, vorausahnend, dass der Angesprochene jeden Augenblick die Waffe fallen lassen wird, völlig unabhängig davon, ob er den Wortlaut verstanden hat, sich kooperativ zeigt oder nicht. Gesprochen wie mit der Zunge um einen Abzugsbügel, wenn man so will. Unwiderstehlich.

Ich legte das Gewehr ins Boot und beide Hände gut sichtbar auf die Gummiwulst.

»Ich wollte ihnen exakt dieselbe Chance geben, die sie dem kleinen Mädchen gelassen hatten.« Ich hatte eine halbe Stunde nonstop geredet, und Scuzzi hatte gedolmetscht, doch jetzt blickte er mich skeptisch an. Als ich keine Anstalten machte, die Aussage zurückzunehmen, zuckte er die Achseln und übersetzte auch das.

Wir saßen zu dritt in Rodriguez' privater Kabine, wo der Capitan sich ein Bild von den Geschehnissen zu machen versuchte. Ein Band lief mit, zur Beweisaufnahme.

Nun seufzte Rodriguez auf, beugte sich vor, spulte das Band ein Stück zurück und gab mit einiger Schärfe zwei Sätze von sich, an denen Scuzzi ein bisschen zu knacken hatte.

»›Wir versuchten, die flüchtigen Straftäter zu stellen, als uns der Treibstoff ausging. Antriebslos musste ich von meiner Waffe Gebrauch machen, um eine von der Besatzung der *Gizelle* absichtlich eingeleitete Havarie zu verhindern‹«, übersetzte er schließlich, gefolgt von einem selbstkritischen »Oder so ähnlich«. Beide sahen mich an. Ich zuckte die Achseln, Rodriguez drückte einen Knopf, und Scuzzi wiederholte das Gesagte noch mal auf Spanisch, unmerklich souffliert vom Capitan.

»Wir hätten sie ersaufen lassen sollen«, brach es aus mir heraus. »Sie hatten es *verdient!*«

Capitan Rodriguez hieb auf den Stoppschalter des Bandes. Dann lehnte er sich in seinem Stuhl zurück, nahm die Arme hinter den Kopf, sah zur Decke, seufzte und begann einen kleinen Vortrag, in Häppchen.

»Von Zeit zu Zeit«, übersetzte Scuzzi, »müssen wir dem König ... und der Admiralität ... und dem Verteidigungsministerium ... und dem Ministerpräsidenten ... mal etwas zurückgeben ... dafür, dass sie uns ... Tag für Tag, Jahr für Jahr ... mit so einem schönen Schiff ... herumfahren lassen.«

Rodriguez lachte, Scuzzi feixte, nur ich grunzte. Und

brauchte beide Hände, um mir ein Bier unter den Rüssel zu halten, mein Nervenkostüm immer noch in einem Zustand wie eine frisch angerissene Saite.

Sie hatten nicht nur Alma, Leroy und Roxanne festgenommen, sondern auch die *Gizelle* vor dem Versinken gerettet, indem sie den Bug so weit anhoben, dass das Loch im Rumpf über Wasser blieb. Matrosen bargen kistenweise Unterlagen und den Warenbestand des Headshops aus der Yacht, luden alles um ins Schlauchboot, während der gesamte Schleppverband gemächlichen Kurs auf die Bucht hielt.

Blaulicht erwartete uns.

Als es ans Anlegen ging, holten sie die drei an Deck, Hände sorgsam auf dem Rücken gefesselt. Leroy schluchzte, wankte, er gab den Sterbenden Schwan, wie ich es selten bei einem Verhafteten erlebt habe, und die Matrosen, unwillig ihn zu tragen, blickten angewidert und ließen ihn auf die Knie fallen. Sein Kaftan rutschte hoch. Er trug Römersandalen, mit Lederschnüren um die Waden, an denen er trotz gefesselter Hände eifrig herumfummelte. Plötzlich hielt er ein Handy in den Fingern, presste eine Taste. Ich rief dem Matrosen neben ihm etwas zu, da zerriss ein dumpfer Knall die morgendliche Stille. Der Matrose stieß Leroy mit dem Gesicht voran zu Boden und kickte ihm das Handy aus der Hand, doch der Rest von uns starrte gebannt in die Richtung, aus der der Knall gekommen war. Aus der abgesperrten Bucht. Eine Wassersäule stieg auf, höher als die Klippen, und niemand rührte sich, niemand atmete, bis sie wieder in sich zusammengefallen war.

Eine unbestimmte Zeit später erreichte uns die von der Explosion verursachte Welle, schaukelte das Schiff durch und löste die allgemeine Lähmung.

Ganz Pathos über Courage hatte Leroy lieber sterben, lieber die Bucht und die ganze Gegend in ein Inferno verwandeln wollen, als sich vor Gericht zu verantworten.

Pech gehabt.

Capitan Rodriguez begleitete uns an Land, erläuterte einem Lametta-behangenem, vor Wut schmallippigen Offizier der Guardia Civil die ihm bekannten Sachverhalte und gab kurz unsere Aussagen wieder.

Bei Alma, Leroy und Roxanne wurden die Handschellen der Küstenwache gegen solche der Guardia ausgetauscht und die drei in einen schwarzen Gefangenentransporter verfrachtet. Etliche Zottelköpfe warteten schon hinter den vergitterten Fenstern, Romans hagerer Charakterschädel mitten unter ihnen.

Zum Abschied trat Rodriguez noch mal an mich und Scuzzi heran, schüttelte erst ihm die Hand, nahm dann meine Rechte mit festem Griff, legte mir seine Linke fest auf die Schulter, schenkte mir einen äußerst festen Blick.

»Good luck«, sagte er und fügte, mit spürbar erhöhtem Druck auf Hand und Schulter, hinzu: »And don't *ever* come back.«

Was immer Rodriguez ihnen erzählt hatte, war für die Guardia offenbar ohne Belang, denn sie legten uns direkt in Eisen. Wir protestierten, ich auf Deutsch, Scuzzi auf Spanisch, doch sie verwiesen lapidar auf die aus Deutschland stammenden Haftbefehle und schoben uns zu den anderen in die Schwarze Minna.

›Hufschmidt, Kriminalbeamter und Volltrottel‹, möchte ich eigenhändig in deinen Stein meißeln, dachte ich. Und dann möchte ich die Hose runterlassen und auf dein Grab schei–

Plötzlich schoss mir etwas ganz anderes durch den Kopf.
»Wo ist eigentlich Vishna?«, fragte ich in die Runde.

Weg, war die Antwort. Sie hatte sich den Landrover geschnappt und war abgehauen, allein, sobald klar wurde, dass die gesamte Situation auf der Kippe stand.

Fast hätte ich gelacht.

Egal, worauf sie sich einlassen, was immer sie anstellen, welche Verbrechen sie auch begehen mögen, bestimmte Menschen werden nie erwischt, nie für irgendetwas zur Rechenschaft gezogen, landen nie hinter Gittern. Irgendwelche andere Idioten ziehen immer die Arschkarte und für sie gleich mit. Es ist wie das Gegenteil von einem Fluch, ein Segen, nur bestimmt für von einer ganz speziellen Sonne Beschienene, und die kleine, goldlockige Vishna gehörte dazu.

Während wir also in Ketten in die Guardia-Civil-Kaserne gekarrt wurden, stieg sie daheim voll entspannt aus dem Flieger, kehrte zurück in den Schoß ihrer sicherlich gut situierten Familie. Während wir in U-Haft vergammelten und hoffnungsfroh unseren Auslieferungsterminen oder Gerichtsverhandlungen entgegenblickten, würde sie ihr Studium wieder aufnehmen, sich nebenbei einen Ballsportler oder sonst einen grotesk überbezahlten Schwachkopf anlachen und nach und nach mit ihm ein paar ach so blonde Kinderchen in die Welt setzen. Und manchmal, wirklich nur manchmal, wird sie dann bei Kaffee, Kuchen und Likör ihre besten Freundinnen mit Anekdoten aus ihrer ›wilden Zeit in Spanien‹ unterhalten. Natürlich nur die Patschuliparfümierten Schwärmereien von der vielen freien Liebe unterm Sternenzelt, das ganze eklige Business mit den zu Tode geschundenen Arbeitssklaven und ihren stinkenden Leichen schon lange dem seligen Vergessen anheimgegeben.

Sie verhörten Scuzzi, mich und Roman getrennt von den anderen für zwei Tage und den besten Teil von zwei Nächten. Sie versuchten, mir weiszumachen, es stünde mies für mich, doch habe ich in meinem Leben mehr Zeit auf der falschen Seite von Verhörsituationen zugebracht als ein Mülheimer Taxifahrer vor roten Ampeln. Wenn drei Leute unabhängig voneinander in ihren eigenen Worten ein und denselben Tathergang schildern, muss man schon ein Hufschmidt von einem Ermittler sein, nicht herauszubekommen, was tatsächlich passiert ist.

Also blieb ich einfach bei der Wahrheit. Na ja. Okay, anfangs *habe* ich versucht, es so darzustellen, als ob Enrique seinen Kollegen Carlos mit Absicht erschossen hätte. Weil Carlos ihn hindern wollte, mich zu töten. Doch sie kamen mir drauf und wurden echt unangenehm, und ab da blieb ich dann sturheil bei dem, was sich wirklich abgespielt hatte.

Irgendwann gingen ihnen die Ideen aus und sie fingen an, mich mit den immer gleichen Fragen zu löchern. Als mein Dolmetscher mich zum zwölften Mal »Also, bleiben Sie bei Ihrer Version?« fragen musste, verlor ich ein bisschen die Beherrschung und brüllte herum, bis sie mich packten und in eine Zelle im Keller schleiften.

Bang und zu die Tür. So halb und halb erwartete ich, dass als Nächstes zwei Mann vom Spezialkommando reingestürmt kämen, um mich durchzulassen, doch im Endeffekt ließen sie mich nur bis zum Morgen schmoren, bevor ich wieder nach oben gezerrt und zusammen mit Scuzzi und Roman völlig unzeremoniell vor die Tür gesetzt wurde.

Hufschmidt, musste ich zu meinem kolossalen Ärger feststellen, war nicht nur zu dämlich, einen wasserdichten Haftgrund vorzulegen, er war auch außerstande, ein vernünftiges Auslieferungsverfahren einzuleiten, das uns einen vom Staat finanzierten Rückflug eingebracht hätte. Stattdessen wurde sein verdammter Haftbefehl einfach aufgehoben, und Scuzzi und ich standen da, in unseren zerfetzten, verschmurgelten Klamotten, ohne einen Cent auf der Naht, und konnten zusehen, wie wir nach Hause kamen.

Einen dicken Haufen, dachte ich.

Ein Cousin von Roman kam uns abholen. Wir waren in allen Zeitungen, doch von allgemeinem Überschwang konnte keine Rede sein.

Die Behörden hoben anhand der auf der *Gizelle* beschlagnahmten Unterlagen einen ganzen Ring von Menschenhändlern und Sklavenhaltern aus, doch so richtig schien es niemanden zu freuen, noch nicht mal die befreiten Flüchtlinge. Sie kamen – ungeachtet dessen, was sie bis dahin durchgemacht hatten – allesamt in ein Internierungslager, wo fürderhin Bürokraten auf der Grundlage schwammiger Richtlinien, dürftiger Informationen und praxisfremder Gesetze über ihre weiteren Schicksale entscheiden würden.

Das gab meinen Bemühungen eine etwas saure Note, doch ich ließ das nicht an mich heran. Ich hatte getan, was ich konnte, und vor allen Dingen hatte ich es überlebt. Ich fühlte mich total erschöpft und gleichzeitig knisternd vor Energie.

Man hatte mich fast gelyncht, mich mit Schäferhunden gejagt, mit Motorbooten zu überfahren versucht, man hatte auf mich geschossen, mich fast in Brand gesteckt, beinahe in Stücke gehackt und um ein Haar mit Schrot zerfetzt.

Und ich war immer noch da und an einem Stück. Ich konnte es, buchstäblich, nicht fassen.

Rauch stand über der *Paradise Lodge*. Alices Wohnmobil war fort, wahrscheinlich verscherbelt, der Rest der Anlage geplündert, und was nicht fortzuschleppen war, angesteckt.

Romans, Romans, Romans und ihre Frauen und Sprösslinge hingen oder liefen überall herum, die unrasierten Hackfressen ausgesprochen zufrieden.

»Ursprünglich haben *wir* hier gewohnt, nachdem die Marine weg war«, sagte Roman. »Dann kamen die Hippies. Dann die Guardia Civil. Die Hippies durften bleiben. Wir nicht.«

Er stieg aus dem Wagen und schüttelte so nach und nach allem und jedem die Hand. Man sah sich um, beratschlagte.

»Endlich wieder ein eigener Hafen«, rief Roman und grinste goldzahnlückig.

Scuzzi stand vor dem schwarzverkohlten Fahrgestell, das den Aufbau des Hymers getragen hatte. In den ausgeglühten Resten des Fahrersitzes, Arme auf dem nackten Eisenreif des Lenkrades, saß mein Freund, der Rote Rächer, und blickte mir mit einer Mischung aus Triumph und Provokation entgegen. Ich nickte ihm freundlich zu.

»Hast du noch Geld?«, fragte Scuzzi. Ich schüttelte den Kopf, lächelnd. Wer braucht schon Geld? Leben, Leben ist die einzige Währung, die zählt.

»Du?«, fragte ich höflichkeitshalber zurück. Kopfschütteln.

»Plastik?« Kopfschütteln, Geste zum verbrannten Wrack.

»Und nun?«, wollte er wissen.

Ich winkte ab, strahlte ihn an, dann den Himmel. Leben. Was braucht man mehr. »Komm mit mir«, sagte ich, wie der gute Hirte zu einem verirrten Schaf. »Ich bring dich nach Hause.«

»Das ist nicht dein Ernst!«

»Wo ist das Problem?« Ich verstand nicht, ehrlich nicht.

Scuzzi sah in meine strahlende Miene und schluckte. »Du willst mich bestrafen, stimmts? Dafür, dass ich dich erst hierhin gebracht und dann nicht mit dir an einem Strick gezogen habe, richtig?«

»Unsinn«, versicherte ich mit einem Großmut, der mich schwindelig machte.

Scuzzi biss sich auf die Nägel, suchte nach dem letzten möglichen Strohhalm.

»Und was ist mit Sprit?«, fragte er.

Zack, drückte ich ihm einen leeren Kanister und ein Stück Plastikschlauch in die Hand.

»Ganz wie früher«, strahlte ich.

»Aber bis nach Hause sind es ...«

»Schlappe zweieinhalbtausend Kilometer.« Ich winkte lässig ab. »Ein Klacks. Bei einer Durchschnittsgeschwindigkeit von 25 Kilometern pro Stunde sind das gerade mal, äh ...«

Ich kam nicht sofort drauf, trat stattdessen die Pedale, und das Plärren des Zweitakters füllte mein Herz mit Jubel.

»Aufgesessen!«, rief ich fröhlich.

Scuzzi schwang sich resigniert auf den Gepäckträger. Ich wollte los, doch er tippte mir noch mal auf die Schulter. »Kristof, falls du Vishna findest ...«

»Nicht ›falls‹«, unterbrach ich ihn. »Sondern ›sobald‹. Wir kommen da praktisch vorbei.«

Vivian Kirschner, Freiburg im Breisgau. Ja, ich kann einen Personalausweis lesen, auch wenn ich dafür erst in einer kleinen paillettenbestickten Handtasche wühlen muss und eigentlich total damit beschäftigt bin, ein Rezept für Lammkeule zu ergoogeln.

»Okay. Sobald du sie findest und bevor du sie dann an die Bullen auslieferst, kannst du sie noch was fragen? Nämlich was genau das war, das sie und Roxanne dem Rum beigemischt haben? Ich wittere da ein Geschäft, das genug für uns beide abwerfen könnte.«

»Klar doch«, sagte ich und beschleunigte uns in die Morgensonne.

Jörg Juretzka

Jörg Juretzka, 1955 in Mülheim geboren, »18 Jahre herangewachsen, 18 Jahre gelebt und dann das Schreiben angefangen«, ist gelernter Zimmermann und baute unter anderem Blockhütten in Kanada, bevor er sich aufs Schreiben konzentrierte. *Prickel* war der erste Fall für den abgerockten Privatermittler Kristof Kryszinski und die Stormfuckers, »breite, haarige, ledergewandete, an delikaten und weniger delikaten Stellen tätowierte und gepiercte Männer«, kurz, Mülheims schlagkräftigste Motorrad-Gang.

Lange verdiente er mit seinen Büchern so wenig, dass er hauptberuflich Tischler blieb. Seit 2003 bestimmt jedoch das Schreiben seinen beruflichen Alltag. Seit 1998 scheucht der Mülheimer Autor seinen Privatschnüffler Kristof »Krüschel« Kryszinski durch Drogenhöllen, Kneipen und ruhrige Hinterhöfe. Seine Romane sind ebenso kantig markant wie der Autor selbst, der Raymond Chandler zu seinem Idol erklärt. Bereits sein Erstling *Prickel* wurde 1999 mit dem Deutschen Krimi Preis ausgezeichnet. Danach hat er ihn zwei weitere Male erhalten, unter anderem auch 2010 für *Alles total groovy hier*. 2006 wurde ihm der Literaturpreis Ruhr verliehen. Außer Krimis schreibt Jörg Juretzka auch Kinderbücher und gelegentlich Drehbücher fürs Fernsehen.

Bibliografie

Kriminalromane: *Prickel* (1998); *Sense* (2000); *Der Willy ist weg* (2001); *Enzi@n* (2001, zusammen mit Roger M. Fiedler); *Fallera* (2002); *Equinox* (2003); *Wanted* (2004); *Bis zum Hals* (2007); *Alles total groovy hier* (2009) und *Rotzig & Rotzig* (2010).
Kinderbücher: *Das Schwein kam mit der Post* (2006) und *Der Sommer der Fliegenden Zucchinis* (2008).
Hörspiele: *Sense* (2001) und *Das Schwein kam mit der Post* (2007).

Jörg Juretzka im Unionsverlag

Der Willy ist weg

Willy Heckhoff, Millionenerbe mit Villa und triebgesteuertes Maskottchen der Bikergang »Stormfuckers«, ist verschwunden. Spurlos. Der Verdacht, er könnte entführt worden sein, bestätigt sich, als bei den Bikern Erpresserbriefe mit horrenden Lösegeldforderungen eingehen. Höchste Zeit für den selbst ernannten Privatdetektiv Kristof Kryszinski, sein ganzes Können unter Beweis zu stellen. Während die übrigen Gangmitglieder kreative Wege der Geldbeschaffung beschreiten, gilt es für ihn, zwischen spielsüchtigen Anwälten, durchgeknallten Nazi-Rockern und hartgesottenen Mafiakillern die Täter zu entlarven ... Ruhr-City-Ermittler Kryszinski läuft zur Höchstform auf.

»Es gibt kaum etwas Witzigeres als Juretzka-Schreibe.«
Westdeutsche Allgemeine Zeitung

»Stark, stärker, Kryszinski!« *WDR*

»Jörg Juretzka ist der Mann für den Spaß, seine kleinen Helden um den abgehalfterten Privatdetektiv Kryszinski sind die wahren Stehaufmännchen des deutschen Krimis.« *Berliner Zeitung*

»Was in diesem Roman zunächst nur schrill, schräg und komisch zu sein scheint, wird unversehens sehr ernst und sehr böse. Und Juretzkas sarkastischer Stil sucht seinesgleichen. Hut ab!« *Nordseezeitung*

Mehr über Autor und Werk auf *www.unionsverlag.com*

metro – Spannungsliteratur im Unionsverlag

Roberto Alajmo Mammaherz
Raúl Argemí Chamäleon Cacho;
Und der Engel spielt dein Lied
Bernardo Atxaga Ein Mann allein
Lena Blaudez Spiegelreflex
Patrick Boman Peabody geht fischen; Peabody geht in die Knie
Hannelore Cayre Der Lumpenadvokat; Das Meisterstück
José Luis Correa Drei Wochen im November; Tod im April
Pablo De Santis
Die Fakultät; Voltaires Kalligraph; Die sechste Laterne; Das Rätsel von Paris; Die Übersetzung
Garry Disher Drachenmann; Flugrausch; Schnappschuss; Beweiskette; Rostmond
Friedrich Glauser
Die Wachtmeister-Studer-Romane
Joe Gores Hammett
Chester Himes Harlem-Romane
Petra Ivanov
Fremde Hände; Tote Träume; Kalte Schüsse; Stille Lügen
Jean-Claude Izzo Die Marseille-Trilogie: Total Cheops; Chourmo; Solea
Stan Jones
Weißer Himmel, schwarzes Eis; Gefrorene Sonne; Schamanenpass
Jörg Juretzka Der Willy ist weg; Alles totel groovy hier
H.R.F. Keating
Inspector Ghote zerbricht ein Ei; Inspector Ghote geht nach Bollywood; Inspector Ghote hört auf sein Herz; Inspector Ghote reist 1. Klasse
Yasmina Khadra
Die Algier-Trilogie: Morituri; Doppelweiß; Herbst der Chimären
Thomas King
DreadfulWater kreuzt auf
Bill Moody Solo Hand; Moulin Rouge, Las Vegas; Auf der Suche nach Chet Baker; Bird lives!
Christopher G. Moore
Haus der Geister; Nana Plaza
Bruno Morchio Kalter Wind in Genua; Wölfe in Genua
Peter O'Donnell
Modesty Blaise – Die Klaue des Drachen; Die Goldfalle; Operation Säbelzahn; Ein Hauch von Tod
Celil Oker
Schnee am Bosporus; Foul am Bosporus; Letzter Akt am Bosporus; Dunkle Geschäfte am Bosporus
Leonardo Padura
Adiós Hemingway; Der Nebel von gestern; Das Havanna-Quartett: Ein perfektes Leben; Handel der Gefühle; Labyrinth der Masken; Das Meer der Illusionen
Nii Parkes
Die Spur des Bienenfressers
Pepetela
Jaime Bunda, Geheimagent
Claudia Piñeiro Ganz die Deine; Die Donnerstagswitwen
Paco Taibo II Vier Hände
Masako Togawa Schwestern der Nacht; Der Hauptschlüssel
Tran-Nhut Das schwarze Pulver von Meister Hou
Gabriel Trujillo Muñoz
Tijuana Blues; Erinnerung an die Toten
Óscar Urra Poker mit Pandora
Domingo Villar
Wasserblaue Augen; Strand der Ertrunkenen
Nury Vittachi Der Fengshui-Detektiv; Der Fengshui-Detektiv und der Geistheiler; Der Fengshui-Detektiv und der Computertiger; Shanghai Dinner; Der Fengshui-Detektiv im Auftrag Ihrer Majestät
Manfred Wieninger Der Engel der letzten Stunde; Kalte Monde; Rostige Flügel

Mehr über alle Bücher und Autoren auf *www.unionsverlag.com*

Im Rotbuch Verlag erschienen

Rob Alef
Das magische Jahr
Kriminalroman

320 Seiten, broschiert
ISBN 978-3-86789-025-0, € 9.90

»*Music from Liverpool can save your life.*«

Schneetreiben im Sommer ... Am Abend des 2. Juni wird in Berlin ein Antiquitätenhändler mit zertrümmertem Schädel aufgefunden. Für Hauptkommissar Pachulke und seine Kollegin Zabriskie ist schnell klar, dass es hier nicht um Raubmord geht. Der Ermordete war ein enger Freund von Richard Dubinski, dem legendären Wortführer der Studentenbewegung der sechziger Jahre. Als Pachulke sich mit einem anonymen Informanten auf dem zugefrorenen Müggelsee im Osten der Stadt trifft, schlägt der Mörder erneut zu ...
Packend, ideenreich, witzig – Rob Alef zeigt, was passiert, wenn die Zeit aus den Fugen gerät. Ein eiskalter Krimi und eine alternative Geschichte der 68er-Bewegung. Den Soundtrack zu dieser Magical-History-Tour liefern die Beatles.

Nominiert für den Friedrich-Glauser-Preis für den besten Kriminalroman 2009.

www.rotbuch.de